KB243173

나그네가 밤에 쓰는 감회
旅夜書懷
언덕의 가녀린 풀 미풍에 나부낄 새
높이 솟은 돛단배에서 홀로 밤을 지샌다
별 드리운 평야 광활하고
달 솟아오른 큰 강물 출렁이누나
細草微風岸
危檣獨夜舟
星垂平野闊
月湧大江流

太極道君

권오단 新무협 판타지 소설

목풍아

목풍아 3

권오단 新무협 판타지 소설

초판 1쇄 찍은 날 § 2005년 5월 10일
초판 1쇄 펴낸 날 § 2005년 5월 20일

지은이 § 권오단
펴낸이 § 서경석

편집장 § 문혜영
편집책임 § 김민정
편집 § 장상수

펴낸곳 § 도서출판 청어람
등록번호 § 제1081-1-89호
등록일자 § 1999. 5. 31
어람번호 § 제2-0596호

주소 § 경기도 부천시 원미구 심곡1동 350-1 남성B/D 3F (우) 420-011
전화 § 032-656-4452   팩스 § 032-656-4453
http://www.chungeoram.com
E-mail § eoram99@chollian.net

ⓒ 권오단, 2005

ISBN 89-5831-509-1 04810
ISBN 89-5831-506-7 (SET)

권오단 新무협 판타지 소설

목풍아 3

추풍대협 목춘망

도서출판 청람

암행어사 목풍아

암행어사 목풍아

　소요루로 돌아온 목풍아는 언제나 그렇듯이 삼층 주루의 난간 옆에 앉았다. 술을 내오라 명하고는 서산에 지는 노을을 바라보다가 허리에 찬 철권(鐵券)을 꺼내어 탁자에 내려놓았다. 은회색 철권이 석양빛에 비추어 노란빛으로 반짝거렸다.

　'네가 없었다면 큰일 날 뻔하였다.'

　모든 죄를 용서한다는 사면 철권을 미리 받아놓은 것이 다행한 일이었다. 방효유를 설득시키지 못한 죄를 들어 자신의 공을 축소시켜 버릴 꼬투리를 잡겠다는 도연의 암계는 적중하였지만, 자신에게 그 대응책이 있었다는 것은 도연에게 적잖은 충격을 주었을 것이 틀림없다.

　연왕이 웃고 있을 때 도연의 당황한 얼굴이 그것을 반증하였다. 그가 목풍아 모르는 사이에 곡왕 주혜를 끌어들여 남경성을 쉽게 함락한 것처럼 목풍아는 도연이 모르는 사이에 구멍 줄인 철권을 만들어 그의 암계에서 벗어나 버렸으니 이번 일은 크게 보자면 두 사람 모두 한 번씩 주고받았다고 해도 과언이 아니었다.

철로 만들어진 사면 문서이므로 깨어질 일도 없이 평생을 사용할 수 있었다. 사면 철권이 있으므로 도연은 자신을 좀처럼 얽어매기 어렵다는 걸 깨달았을 것이다. 그러므로 다른 방법을 이용하여 자신을 음해하거나 제거시킬 방편을 찾아낼 것이 분명하였다.

그것은 물론 차기 황태자 책봉과도 관계가 있을 것이다. 천하가 바뀌었으니 도연 역시 차기 대권을 생각하지 않을 수 없을 것이다. 차기 대권을 생각하면 차남을 지지하고 있는 도연에게 장남인 주고치의 신임을 받고 있는 자신이 가장 신경 쓰일 것이 틀림없다.

황실의 법도는 장자 우선의 예(禮)가 철저하게 지켜지기 때문이다.

이럴 경우 도연은 방효유를 설득하지 못한 일을 꼬투리로 잡아 논공행상에서 제외시킬 흉계를 꾸밀 것이 틀림없다. 지금도 도연에게 맞대응을 할 수 없는 위치에 있는데, 논공행상에서 제외된다면 자신의 발언권이 더욱 약해질 뿐이다.

더구나 지금은 장자인 주고치와 내명부를 관장하는 마 황후, 그리고 그동안 차근차근 인심을 잡아놓은 상궁들과 궁녀들이 연왕부에 있으므로 당장 자신에게 힘이 될 수 없었다.

힘이 없다는 것은 차기 대권 주자의 힘 겨루기에서 둘째인 주고후가 황태사가 될 가능성이 높다는 것이었으므로 목풍아는 무엇인가 포석을 깔아두지 않으면 안 된다 생각하였다.

한동안 생각에 잠겨 있을 때 누각 위로 몇 사람이 올라와 목풍아 앞에서 꾸벅 인사를 하였다. 조기와 하원길, 그리고 구룡방의 몇몇 행수였다.

"잘 왔다. 앉아라."

목풍아가 자리를 권하니 사람들이 차례로 목풍아의 앞에 앉았다.

목풍아는 준비된 술잔에 술을 따라 일일이 한 잔씩 건네주었다. 부하들이 술을 마시는 모습을 보고 고개를 돌려보니 서산에 지는 해가 먼산 끝에 걸려 있다.

간들간들한 노란 빛이 숨 막힐 듯한 아름다운 붉은 빛을 토하는데 마치 그 모습이 건문제의 마지막처럼 생각되었다.

중천에 높이 있을 때는 쳐다보기도 힘든 빛을 뿌리던 태양이 기력이 다하여 서산에 걸리면 슬픈 피보라를 남기며 덧없이 사라져 가는 것이다. 권력이란 이렇듯 허무한 태양의 잔영일지도 모른다. 자신 역시 석양처럼 어느 한때에 갑자기 무너져 내릴 수 있는 것임을 알았을 때 목풍아는 어느새 권력의 소용돌이 한가운데에서 빠져나갈 수 없는 자신을 발견하였다.

착잡한 심정을 누르며 술 한 잔을 따라 벌컥 마시고는 책상을 두드리며 노래를 불렀다.

해는 산 끝에 걸리고[白日依山盡],
장강은 바다로 흘러든대[長江入海流].
천 리 밖을 보고자 하면[欲窮千里目],
다시 한 층을 올라야 하리래[更上一層樓].

아버님이 만류한 뜻을 조금은 알 것도 같았다. 도연을 만난 후에 목풍아는 사람 위에 사람이 있다는 사실을 알았다. 영웅은 영웅을 알아보듯 도연 역시 목풍아를 같은 눈으로 바라보고 있을 것이 틀림없었다.

배는 떠났으니 되돌릴 수 없는 상황이었다. 이렇게 된 이상 도연을 밟고 갈 수밖에 없는 것이다.

조기와 하원길은 목풍아의 의도를 짐작하고 결연한 표정으로 목풍아를 바라보았다.

목풍아는 노래를 멈추고 그들을 바라보며 입을 열었다.

"세상이 바뀌었다. 그러므로 우리는 다른 방식으로 변화해야 할 필요가 있다."

조기가 말했다.

"뭐든 말씀하십시오, 대장."

목풍아가 고개를 끄덕이며 말했다.

"조기, 너는 그동안 모은 재물을 가지고 남경성 곳곳의 주루를 인수하도록. 남들이 알아서는 안 된다. 믿을 만한 부하들에게 주루나 찻집을 인수해 주도록 해. 이미 남경성의 가장 큰 주루도 인수하였으니 이곳도 부하에게 넘기고 너는 황실과 세상이 돌아가는 정보를 수집하는 데 총력을 기울이도록……."

"예."

조기는 목풍아가 또 다른 무엇인가를 꾸미고 있음을 깨닫고 고개를 꾸벅 숙였다.

자신이 정보를 소중하게 생각하는 것처럼 도연 역시 다음 단계로 정보력을 가진 비밀스러운 단체를 조직할 것이 틀림없었다. 그 단체에 대응하기 위해 포석을 깔아놓는 것이 중요하였다.

목풍아는 이번에는 하원길을 바라보았다.

"하원길, 그동안 장사하느라 수고 많았다."

"대, 대장. 무슨 말씀이십니까?"

"이제 세상이 바뀌었다. 얼마 후에 과거(科擧)가 있을 것이다. 이제 장사는 그만두고 과거에 응시하도록 하라. 그동안 보상은 과거 급제로 갚아주마."

"대, 대장……."

"너무 감격할 필요는 없다. 너 역시 조기와 유기적으로 연결해서 조정 내에서 흘러드는 정보를 입수하여 나를 도와야 할 것이다."

"예, 대장."

목풍아는 이번에는 행수들을 바라보았다.

"내명부는 내가 쥐고 있는 것이나 다름없으니 비단과 같은 사치품의 거래가 활발해질 것이다. 너희는 상권을 넓히면서 조기, 하원길과 연계하여 나를 도와야 할 것이다."

"예."

상인들이 일제히 고개를 숙였다.

"좋아, 좋아."

이날 목풍아는 조기와 하원길 등의 부하들과 즐겁게 술을 마시며 놀았지만 마음은 그리 편하지 못하였다.

다음날 연왕의 즉위식이 봉천전(奉天殿)에서 있었다. 문무백관들이 시립한 가운데 연왕이 황제의 위에 올랐으니 연호가 영락(永樂)이다. 역사는 영락제라 이름하였다. 이날 즉위식이 끝나자 논공행상이 있었다.

건문제 당시의 법을 옛 법으로 돌리고, 전쟁에 참여한 고을은 삼 년 동안 요역을 면제시켜 주었으며, 전장에서 공을 세운 장수들은 각각의 공에 맞추어 공신에 봉해지게 되었는데 그 논공의 명단에서 목풍아는 빠져 있었다.

기가 막힐 노릇이었지만 이미 예상한 바였다.

즉위식이 끝난 후 목풍아는 따로 천자에게 불려갔다.

"불러 계십니까?"

바닥에 이마를 대고 큰절을 하니 영락제가 호탕한 웃음을 지으며 말했다.

"하하하. 풍아, 논공행상에서 제외되었다고 섭섭한 것은 아니겠지?"

목풍아가 배시시 웃으며 말했다.

"다르게 생각하는 바가 계시겠지요."

천자가 심각한 얼굴로 입을 열었다.

"다른 사람이 맡기에는 힘든 일이기에 너를 부른 것이다. 세간에 건문제가 죽지 않았다는 이야기가 떠돌고 있다. 너도 들었겠지?"

이것은 목풍아가 당황스럽게 생각하는 바이다. 남경이 함락된 후 세간에 떠도는 소문이 있었는데, 건문제가 승려의 모습으로 변장하여 궁전이 탈 때 도망쳤다는 것이다. 홍무제가 유언을 하면서 위급할 때 쓰라고 남긴 상자가 있었는데 그 속에 가사(袈裟), 면도칼, 은전과 탈출하는 순로도가 들어 있어 어렵지 않게 탈출하였다는 것이다.

소문은 목풍아를 여간 당혹시키는 것이 아니었다. 만약 그 소문이 사실이라면 또 다른 화근이 기다리고 있는 것이다. 도망친 건문제가 세력을 규합하여 군사를 이끌고 영락제를 치러 온다면 심각한 문제가 되는 것이다. 논공행상에서 제외된 것이 바로 그런 이유 때문임을 목풍아는 순간적으로 짐작할 수 있었다.

"이미 짐작하였겠지만 너를 논공행상에 포함시키지 않은 것은 네게 암행어사의 임무를 맡기려고 하였기 때문이다. 너도 예상은 하고 있었겠지만 내가 천자가 된 후에 남방의 인심이 급속도로 나빠지고 있다는 소식을 전해 들었다. 건문제의 소문도 그렇지만 인심을 회복하는 것이 중요하단 말이다. 네 임무는 남방의 인심을 나에게로 돌리는 것이다. 이미 네 재주를 알고 있으니 너를 믿고 암행어사의 임무를 맡기는 것이다."

"황은이 망극하옵니다."

다행스러운 일이었다. 어차피 도연에게 밀려 궁궐을 떠날 것이라 생각은 하였지만 천자의 명을 이행하며 직속 비리 감찰 임무를 맡게 되었으니 권력과 멀어진 것도 아니다.

생각해 보면 천자의 입김이 작용한 것이 틀림없었다. 도연의 권력도 천자 앞에서는 소용이 없는 것이다. 천자의 명을 누가 거역할 수 있겠는가.

도연 역시 목풍아를 먼 곳으로 보내는 선에서 만족하였을 것이다. 그동안 차근차근 힘을 키우면 되는 것이므로…….

그때 천자의 목소리가 들려왔다.

"네 생각처럼 쉬운 일은 아니다. 쉽게 생각해서는 안 돼."

"무슨 말씀이십니까?"

"나는 건문제가 무림계를 움직일까 염려하고 있는 것이다."

"무림계라니요?"

"이 나라는 너무나 넓고 커서 황제의 힘이 전부 미치지 못한다. 소림사와 무당파와 같은 무림계의 큰 종파에도 크게 의존을 하는 편이지. 아버님 역시 마찬가지였고 나 역시 그들의 도움을 얻었다. 관군이 없는 곳은 그들이 치안을 도맡고 있으므로 무시할 수 없는 존재란 말이다. 이제 세상이 바뀌었지만 건문제의 종적은 알 수 없다. 만일 그가 살아나 그들의 힘을 얻고 조력자를 얻어 군사를 일으킨다면 또다시 중원은 힘든 전쟁이 계속될 것이다. 설마 너는 그런 것을 바라지는 않겠지?"

"네."

"내가 너를 암행어사로 내보내는 것은 바로 그 때문이다. 너는 머리가 명석하고 수완이 좋아서 무림계를 내 편으로 만들 수 있을 것이다. 천하가 안정을 찾기 위해서는 그만큼 네 책임이 크다. 남방의 백성들과 무림인들의 인심이 내게서 돌아서지 않도록. 알겠느냐?"

"견마지로를 다하겠습니다."

목풍아는 큰절을 하였다. 생각보다 큰 임무가 틀림없었다. 남방의 흐트러진 인심을 바로잡는 것은 누구나 할 수 있는 일이 아니었다. 목풍아밖에는 없다고 자부하는 목풍아였다.

목풍아는 천자에게 마패를 받아가지고 그 즉시 궁궐을 나왔다. 임무를 받았으니 남경에서 오래 머물 수도 없는 일이었다.

소요루로 돌아온 목풍아는 일도에게 지전과 짐을 준비하라 이르고 조기에게 자초지종을 간단히 이야기하고 후일의 당부를 잊지 않았다. 하소선에게 잠시 들러 이별의 정을 나눈 목풍아는 일도와 오괴, 독돈을 데리고 남경을 나섰다.

취보문(聚寶門) 밖을 나서니 사람들이 그득하게 모여 있었다. 제태와 황자징, 방효유 등 간신으로 지목된 사람들과 그의 가족들이 연좌되어 처형이 되는 날이었기 때문이다.

처형을 지켜보기 위해 문무백관들이 동원되었으며, 수만에 달하는 사람들이 몰려나와 금천문 바깥은 인산인해를 이루었다.

마침 처형이 시작될 찰나여서 금부 관원 하나가 문서를 들고 나와 역신들의 죄를 차례로 열거한 후 국법에 따라 효수한다고 소리를 치니 취보문 성루에 매달린 북이 쿵— 쿵— 하고 울리었다.

목풍아도 사람들 사이에 끼어들어 형을 바라보았다.

군졸 두 사람이 가장 앞에 있는 제태를 잡아 윗도리를 벗기고 얼굴에 회칠을 하더니 화살로 두 귀를 꿰어 군중에 회술레를 시켰다.

두 귀가 꿰어진 제태는 피를 철철 흘리며 회술레를 당하는 와중에도 말이 없었다. 빨리 죽고 싶은 마음 때문인지 모든 것을 포기한 듯한 얼굴이었다.

다시금 취보문 위의 북이 둥— 둥— 하고 울었다. 군졸이 제태의 상투를 풀더니 준비한 줄로 표미기(豹尾旗)에 매달았다. 그러자 기다리고 있던 도수(刀手)가 커다란 귀두도(鬼頭刀)를 들고 제태의 주변을 한참을 돌다 그 머리 위로 칼을 가져가더니 손에 침을 퉤— 하고 뱉었다.

제태가 별안간 웃음을 흘렸다.

"흐흐흐. 삶이란 꿈속의 꿈과 같으려니…… 한 세상 오랜 꿈속에서 잘살았다."

취보문 위에서 둥— 둥— 하고 북소리가 울리니 도수가 힘차게 귀두도를 휘둘렀다. 제태의 머리가 바닥에 뚝 떨어지니 몸통에서 붉은 피가 펑펑 쏟아져 나왔다. 도수가 얼른 한 발로 제태의 등을 차니 몸통이 나둥그러지며 바닥에 하염없이 붉은 피를 쏟았다.

둘러서서 그 광경을 보는 사람들은 등줄기가 서늘하여 서로 고개를 돌렸다. 구역질을 하는 사람들도 간간이 있었지만 오랜 전쟁에 인심이 황폐해진 사람들은 무심한 얼굴로 처참한 살인의 현장을 지켜볼 뿐이었다.

이어서 역신들의 이름이 차례로 불려지고 그와 함께 목이 잘려 장대

끝에 걸리게 되었다.

역신들이 차례로 사형을 당하고 마지막에 입이 찢어진 방효유의 차례가 되었다.

방효유의 경우에는 바로 사형을 당하는 것이 아니라 그 일가족과 십족까지 모두 잡혀와 방효유의 앞에서 형을 기다리게 되었다.

방효유는 선비로 이름이 높은 때문인지 눈을 감은 채 의연하기 이를 데 없었으나 그 앞에 있는 가족들 가운데 비명을 지르는 자나 욕을 하는 자, 말없이 눈물만 흘리는 자들로 아비규환의 상황이었다.

방효유의 인척으로 잡혀 들어온 자는 모두 팔백칠십삼 명이나 되었으니 적은 숫자가 아니었다.

방효유가 보는 앞에서 망나니가 하나씩 인척들의 목을 잘랐다. 노한 황제의 명이었다. 차례로 목이 잘려 나가는 모습을 보는 방효유에게서는 미동조차 없었다.

목풍아는 그 사이에서 하원길을 발견하고 다가가 은근슬쩍 말을 걸었다.

"어떤가? 저 모습이?"

"……."

하원길은 목풍아를 보고 꾸벅 인사를 하였지만 대답을 하지 못하였다.

"서 모습을 보거라. 자신의 가족조차 구하지 못하는 자가 천하의 백성들을 구할 수 있겠는가?"

"……."

"언젠가 내가 큰 물이 되라고 한 것이 바로 저 때문이다. 큰 물은 천하를 굽이쳐 흐르므로 흐릴 수 밖에 없다. 깨끗함에 집착한 자의 말로

가 바로 저것이 아닌가. 의리니 나발이니 하는 것은 잡소리다. 관리는 자신의 명예보다 오직 백성들의 행복만을 생각할 뿐이다. 집에 돌아가거든 네 스스로에게 한번 물어보라. 역사에 이름이 남는다는 것은 좋은 일이지만 가족 전체를 희생시키고 천하 백성을 이롭게 하지도 못하고 개죽음당하는 것이 관리로서 잘한 일인지 말이야.”

목풍아가 뒷짐을 지며 고개를 돌려 방효유의 처형을 바라보았다. 마침내 모든 인척들의 목이 잘리고 방효유의 차례가 되었다. 방효유는 다른 죄인과 다르게 책형(磔刑)을 받게 되었으므로 미리 준비된 십자 기둥으로 끌려갔다.

이미 맥이 빠질 대로 빠진 방효유는 끌려가 준비된 십자 기둥에 두 손이 못 박히었다.

입이 잘려 소리도 나오지 않았다. 십자 기둥이 천천히 올라가자 방효유의 처참한 몰골이 군중들 시야에 나타났다.

선혈이 까맣게 옷에 달라붙어 바짝 마른 몸이 허수아비처럼 보였다.

그 반짝이는 눈빛이 하늘을 응시하는 듯하더니 어느새 몇 개의 창이 방효유의 가슴팍으로 날아들었다.

퍼퍽—

방효유의 몸이 흔들리더니 두 개의 창이 가슴을 꿰뚫고 있었다. 하늘을 바라보던 찡그린 얼굴이 풀려지며 천천히 바닥으로 얼굴을 떨어뜨렸다. 당대의 거유(巨儒)로 불리던 방효유는 그렇게 비참한 생을 마감하고 말았다.

피비린내를 맡고 날아든 까마귀 떼들이 벌써 하늘을 까맣게 물들이고 있었다.

처형이 끝이 나자 목풍아는 흩어지는 사람들 사이로 처연히 걸음을 옮겼다. 권력의 자리에서 밀려난 자의 결과였다.

목풍아는 방효유의 죽음을 바라보며 이를 앙물었다. 이제 시작인데 도연에게 밀려나긴 싫었다. 하지만 암행어사로 임명된 마당이니 한동안 조정에서 떨어져 있을 수밖에 없는 현실이었다. 그동안 도연이 힘을 키울 것이 분명하지만 목풍아가 누구인가.

'좋아. 이 땡중 놈. 지금은 내가 임무를 맡고 멀리 떠난다만 어디 누가 이기나 해보자.'

목풍아는 목을 젖혀 크게 웃었다.

목풍아는 하원길을 떠나보내고 장강을 건넌 후 마차 한 대를 빌려 대로를 따라 서쪽으로 향하였다.

마차는 누런 벼가 익어가는 가을 들판 사이로 난 대로를 따라 달리고 있었다. 전쟁의 와중에도 들판의 곡식은 제법 잘 익었다. 목풍아는 금빛 들판의 풍경을 바라보며 생각에 잠기었다.

천자의 의도는 건문제가 문제를 일으킬 여지를 없애라는 것이었다. 건문제가 살아 있다는 것을 가정하고 그가 재기의 발판을 마련하는 것을 막는 일과 백성들로 하여금 새로운 천자가 더욱 백성들을 생각하고 있다는 인기 전략을 임무로 부여받은 것이다.

천자의 명령을 대신 집행하는 암행어사의 임무를 부여받았으니 권한은 큰 것이었지만 건문제의 문제를 생각하면 바다에서 바늘 하나를 찾으라는 것이나 다름이 없었다. 더구나 목풍아가 겪어보지 못한 무림이란 세계에서 어떤 일이 일어날지 알 수 없는 일이므로 암행어사라는 권력만큼 위험 부담이 큰 일이라 할 수 있었다.

목풍아는 오괴에게 고개를 돌렸다.

"오괴, 무림이란 어떤 곳인가?"

독돈이 재빨리 말했다.

"고집쟁이 무인들이 설쳐 대는 곳이지요."

목풍아가 싱긋 웃으며 오괴를 바라보았다.

"고집쟁이? 과연 그러한가?"

오괴가 목풍아의 의도를 알아차리고 대답했다.

"예, 대장. 무인들은 방효유처럼 꽉 막힌 사람들이 많습니다. 협객을 지향하여 충(忠)이나 의리(義理)를 위해서라면 목숨까지도 거는 사람들이 무림인입니다. 저도 예전에는 그랬으니까요. 아마 건문제가 살아 있다면 무인들을 동원하는 일이 어려운 것도 아닐 겁니다."

"새로운 천자의 명을 받은 내가 그들의 적이 될 수도 있겠군."

"무인들을 설득하는 일이 그렇게 쉽지만은 않을 겁니다. 대화보다는 당장 주먹과 칼이 먼저 날아올 테니까요."

독돈이 껄껄 웃으며 말했다.

"우허허허. 대장, 그 점에 대해서는 걱정 마십시오. 제가 있지 않습니까. 이 독돈이 있는 이상 까부는 무인 놈은 한 방에 처리해 드릴 테니 염려 마십시오."

목풍아는 독돈의 말에 대꾸도 아니하고 다시 말했다.

"오괴, 무림계에서 가장 영향력이 큰 방파가 어디인가?"

"당연히 무당파와 소림사이지요. 중원의 태산북두로 알려진 두 방파와 정보력을 자랑하는 개방이 있습니다."

"그렇다면 그들을 잡으면 되겠군."

독돈이 말했다.

"밝음이 있으면 어둠도 있는 것. 백련교와 명교 역시 무시할 수 없는 세력이지요. 홍무제 때 명나라를 만드는 가장 큰 세력이 백련교와 명교라고 보시면 무당파와 소림사가 전부가 아니란 것을 알 수 있을 겁니다."

오괴가 말했다.

"무림에서는 정파와 사파로 세력이 양분되어 있습니다. 보이지 않는 힘으로 서로 공존하고 있는 거지요. 저희처럼 말입니다."

턱을 괴고 이야기를 듣던 목풍아는 생각보다 큰 임무임을 깨달았다. 잘못하면 평생을 암행어사질이나 하며 떠돌아다닐 수도 있는 일이다. 도연이 암묵적으로 암행어사를 인정해 준 것을 이해할 수 있을 것 같았다. 방효유 같은 무리가 득실거리는 무림, 말보다는 주먹이 앞서는 무림과 관부를 감시하는 일까지 모두 맡은 꼴이었다. 생각을 돌려보면 웬만한 사람은 감당하지 못할 일이다. 오직 목풍아 자신만이 가능한 일을 맡은 것이 틀림없었다.

'도연, 제법이군. 목풍아라야 가능한 어려운 일을 맡겼어.'

목풍아는 목을 젖혀 크게 웃었다.

"와하하하. 그럼 내가 너희 두 사람을 부하로 거느리고 있는 것처럼 천하를 위해 정사 양 파를 한번 거느려 볼까? 와하하하."

오괴와 독돈이 서로의 얼굴을 바라보았다. 정사파의 맹주가 되는 것이 가능한 이야기같이 생각되지는 않았지만 목풍아라면 가능하리란 생각도 들었다.

오괴가 고개를 돌려 물었다.

"대장, 그런데 어디로 가십니까?"

목풍아가 웃음을 그치고 말했다.

"무당산으로 간다."

“예?”

오괴의 얼굴이 일그러졌다. 달라진 세월에 아무도 알아볼 사람이 없는 사문을 다시 찾아가는 일이 반갑기보다는 왠지 께름칙스러웠다. 무당산으로 간다는 것은 한번에 무당파와 승부를 보겠다는 말이었다.

“대장, 너무 서두르는 것 같습니다.”

“와하하하. 나도 안다, 아직은 시기가 아닌 것을. 내 목적지는 무당파가 아니다. 무당산이 있는 방향이란 말이지.”

“예? 저는 무슨 말씀이신지…….”

목풍아는 오괴를 보며 씽긋 웃더니 턱을 괴고는 창밖을 바라보며 말했다.

“건문제가 살아 있다면 아마 다시금 천자의 자리를 찾으리라 마음먹을 것이 분명해. 그렇다면 이 상황에서 가장 필요한 것이 무엇일까? 아마 모르긴 몰라도 머리 좋은 모사가 많은 제갈가문을 찾을 것이 분명해. 제갈가문이 있는 곳이 호북의 융중산 아래이고 무당파가 있는 무당산이 그곳에서 그리 멀지 않으니 빈털터리가 된 건문제가 도움을 청하러 반드시 그곳을 찾아갈 것이 분명해. 그래서 우리는 제갈가문이 있는 양양으로 간다.”

일도가 눈치를 살피다가 입을 열었다.

“그런데 대장, 정말로 전번 황제가 살아 있다는 겁니까?”

“글쎄, 그건 모르는 일이지. 시신이 발견되지 않았으니 그렇게 추측할 수도 있고…….”

“그럼 대장은 천자가 죽었다고 생각하십니까?”

“천자가 살아 있으면 어떻단 말이냐? 이미 세상은 바뀌었는데. 생각해 보면 건문제가 천자가 되는 것부터 문제가 있었지. 왕조 초기에 힘없는 천자가 생겨나면 항상 정권이 쉽게 바뀌게 되는 것이 역사가 보여준 교훈이었다. 그러고 보면 연왕이 천자가 된 것은 시대의 흐름이라고 할밖에……. 만약 건문제가 살아 있더라도 이미 시대의 흐름을 거스를 수는 없는 것이니 백성들의 고통만 커질 뿐이야. 정말로 중이 되어 산사에서 세상을 잊고 수행하는 사람이 되어버린다면 그것이 억조창생을 위해 좋은 일일지도 모르지."

목풍아는 고개를 돌려 일도를 보며 씨익 웃었다.

"그러고 보니 우리 일도가 논공행상에서 빠졌구나."

목풍아는 품속에서 작은 목함 하나를 꺼내 일도에게 건네주었다.

"대, 대장, 뭘 이런 걸……."

일도가 호기심 어린 표정으로 목함을 받아 열어보았다. 까만 일산안경 하나가 빛을 받아 반짝거리고 있었다.

"대, 대장……."

자신을 제외한 세 사람만 착용하던 일산안경이었다. 언젠가 자신도 함께 일산안경을 끼고 대로를 활보하는 것이 꿈이던 일도는 목풍아에게 일산안경을 받게 되자 손이 떨리고 저도 모르게 눈물이 흘러나왔다.

"일도, 그동안의 노고에 대한 상이다. 너는 이 목풍아의 심복. 이제 이 대장은 친왕(親王)들도 두려워하는 암행어사가 되었다. 너희는 산천초목도 떨게 하는 암행어사의 심복다워야 하지 않겠느냐? 어서 써보도록……."

일도가 천천히 일산안경을 귀에 걸었다. 까만 세상이 펼쳐져 있었다. 입이 귀에 걸리었다.

이제부터 대장을 호위하며 일산안경을 착용하고 거리를 활보할 것을 생각하면 벌써부터 기분이 좋아지는 일도였다.

"대장, 충성을 다하겠습니다."

"와하하하. 일산안경 하나에 그렇게 기분이 좋으냐?"

"그럼요. 이걸 아무나 합니까? 천하의 목 대인과 두 분 형님 고수, 그리고 이 일도만 차는 안경이 아닙니까? 그렇지 않습니까? 형님들."

오괴와 독돈은 그 이야기에 저도 기분이 좋아져서 고개를 끄덕끄덕하며 엄지손가락을 치켜들었다.

그날 저녁 일행이 도착한 곳은 안현(安縣)이라는 작은 마을이었다. 여장을 풀고 현에서 가장 좋은 객관에 투숙한 목풍아가 다음날 아침 누각에서 식사를 끝내고 차를 마시고 있을 때였다.

한바탕 안현에 들리는 이야기들을 수집하러 시정거리를 돌고 온 일도가 사내 하나를 데리고 목풍아 앞에 도착하였다.

"대장, 억울한 일을 당한 사람이 있어서 데려왔습니다. 관가 앞에서 매를 맞고 있는 것이 불쌍해서 데려왔습니다요."

목풍아가 가만히 바라보니 나이는 삼십대 중반의 사나이인데 차림새가 남루하였다. `

"무슨 일인가?"

"어서 말하거라. 우리 대인께서는 무슨 사정이든 어렵지 않게 들어주시는 무지무지 높으신 어른이란 말이다."

일도가 사내에게 힘을 주어 말하니 그 사내가 목풍아 앞에 무릎을 꿇고는 입을 열었다.

"대인, 정말 억울합니다. 저는 길평(吉平)이라 하는데 올해 나이가 서른다섯 살입니다요. 십 년 전 제가 변방에 수자리를 가기 전에 저의 재산으로 소 다섯 마리가 있었습니다. 저의 매형에게 소 다섯 마리를 맡긴 후에 수자리를 마치고 집으로 돌아와 맡겨둔 소를 달라고 하니까 세 마리는 병이 들어 죽었다고 저에게 두 마리를 주는 것이 아니겠습니까요. 그때만 해도 매형은 가난해서 소 한 마리도 없었습니다. 그런데 지금은 스무 마리가 넘는 소를 키우고 있습니다요. 이웃 사람에게 물어보니 제가 맡긴 다섯 마리 소가 새끼를 낳고 낳아 그렇게 불어난 것인데 두 마리만 저에게 주다니 그게 말이나 됩니까요?"

"그렇게 억울하다면 관가에 알리면 될 것이 아니냐?"

"현령이 제 억울한 사정을 들어주지 않았습니다요. 매형에게 뇌물을 받아먹고 모른 체하고 있는 것이 틀림없습니다."

"뭐야?"

그렇지 않아도 심심해서 근질근질거리던 참이었다. 고개를 돌려 일도에게 말했다.

"안현의 현령이 도대체 어떤 놈이냐?"

"안현의 현령은 두원(杜遠)이라는 자인데 뇌물을 좋아하여 간간이 돈 있는 자의 편을 들어주는가 봅니다요. 시정의 평판은 그리 좋은 편이 아니었습니다."

"좋아, 좋아. 천자의 성덕을 보여줄 첫 번째 기회가 왔다."

일도의 얼굴에 화색이 돌았다. 높기만 한 관리를 호령할 수 있다는 생각에 날아갈 듯한 일도였다. 천자의 명을 수행하는 어사의 힘을 빨리빨리 사용하고 싶었기에 일도는 객관에 도착하자마자 목풍아의 명을 받아 시정을 구석구석 염탐하였던 것이다. 이제 그 결과가 곧 나타날 것이니 일도는 자신이 큰 공을 세운 것만 같아 목에 힘이 절로 들어갔다.

"좋아. 그럼 관가로 간다. 앞장서라."

목풍아는 일산안경을 소매에 슥슥 닦아 눈에 끼고는 자리에서 벌떡 일어났다.

오괴는 암행어사가 암행어사답지 않게 움직이려는 것에는 반드시 의도한 것이 있으리라 생각하고는 독돈과 동시에 일산안경을 끼고 목풍아의 좌우에 포진하였다.

신이 난 일도 역시 까만 일산안경을 끼고 재빨리 목풍아의 옆에 섰다.

길평이라는 사내가 이들의 갑작스러운 행동에 멍하여 바라보았다.

목풍아가 소리쳤다.

"뭐 하는 게냐? 관가로 앞장서라니까."

"예, 예, 대인."

길평이 꾸벅 절을 하고 어리둥절한 얼굴로 앞장을 섰다. 사람들로 가득한 길 가운데가 열리며 멍한 얼굴의 길평이 앞장서고 그 뒤에 목풍아가 위풍당당하게 걸어갔다. 그 좌우에 오괴와 독돈이, 그리고 그 뒤편에 일도가 걸음을 맞추어 위풍당당하게 걸었다.

흰 장포를 입은 목풍아 외에는 모두 푸른 장포에 까만 안경을 쓰고 있는 까닭에 사람들의 시선이 한곳에 집중되었다.

천자의 명을 음지에서 수행하는 암행어사답지 않게 기세당당한 행렬이었다.

안하무인의 극치를 보여주는 듯 특이하고 기이한 이들의 모습에 사람들은 멍하니 멀어져 가는 그들을 바라보고 있었다.

잠시 후 목풍아는 안현의 관가에 도착하였다. 관가 앞을 막아선 관군 네 사람은 오괴와 독돈에게 가볍게 제압당하고 목풍아는 걸음을 멈추지 않고 관가의 정청으로 들어갈 수 있었다.

"웬 놈들이냐! 웬 놈들이냐!"

창과 박도를 든 군사들이 몰려들었다.

목풍아는 팔짱을 낀 채 소리쳤다.

"현령이 어떤 놈이야? 어서 나오지 못하겠나!"

되려 큰 소리를 치는 통에 군사들이 일순간 어리둥절해져 서로의 얼굴을 바라보았다. 멍해 있는 것은 길평뿐 까만 안경을 쓴 세 사람의 표정 역시 태연하기는 마찬가지였다.

"대인께서 오셨는데 현령은 뭐 하는 거냐구? 어서 대령하지 못하겠나!"

일도가 소리를 질렀다.

목풍아가 일도를 바라보았다. 오괴와 독돈이 동시에 일도를 노려보며 말했다.

"맞고 싶으냐?"

"아니요."

일도는 침을 꿀꺽 삼키곤 고개를 푹 숙였다. 그때였다. 사모를 쓴 뚱뚱한 관원 하나가 아전의 부축을 받으며 정청으로 걸어 들어왔다.

"도대체 어떤 놈이 겁도 없이 관가에 쳐들어왔단 말이냐? 모가지가 두 개나 된단 말이냐?"

안현의 현령 두원이었다. 두원이 정청에 들어서서 바라보니 정청의 사방에 창과 박도, 활을 든 군사들이 가득한데 그 가운데에 까만 안경을 쓴 네 사람이 위풍당당하게 서 있고, 그 옆에 매일 아침 억울하다고 항변을 하던 길평이 서 있는 것이 아닌가.

두원이 손가락으로 길평을 가리키며 소리쳤다.

"이 자식이, 아직도 포기하지 않고 이제는 기괴한 건달들을 데리고 관가로 쳐들어와? 당장 저놈들을 잡아……."

명이 떨어지기 무섭게 목풍아가 소리쳤다.

"네놈은 목이 두 개나 되는 거냐?"

두원이 멍하니 목풍아를 바라보았다.

"너, 넌 누구냐? 대체 겁도 없이 현령에게 소리를 지른단 말이냐? 죽고 싶은 게냐?"

"죽고 싶은 것은 네놈이지."

목풍아가 피식 웃으며 두원에게 다가갔다.

오괴와 독돈이 그 옆을 따라가자 군사들이 두원의 앞을 막아서며 소리쳤다.

"죽고 싶은 게냐? 어서 물러나라."

목풍아가 두원의 옆에 있는 아전을 보고 손짓을 하였다.

아전이 어리둥절하여 군사들 틈을 비집고 목풍아에게 다가가니 목풍아가 허리춤에서 둥근 마패를 살며시 꺼내 아전의 손에 쥐어주었다.

"헉, 마, 마패……."

마패를 보는 아전의 얼굴이 백지장처럼 하얗게 변하며 마패를 쥔 손이 사시나무처럼 떨리기 시작하더니 급기야는 바닥에 털썩 무릎을 꿇고 이마를 박으며 소리쳤다.

"주, 죽을죄를 지었습니다. 죽을죄를 지었습니다."

난데없는 아전의 행동에 현령이 군사들 틈을 비집고 들어가 바라보다가 갑자기 두 눈이 황소 눈알처럼 커지고 말았다. 마패였다. 천자의 명을 대신하여 수행하는 사람이 눈앞에 있는 것이다.

그러나 현령 두원은 사시나무 떠는 듯한 아전과는 다르게 침착한 표정으로 돌아와 두 손을 맞잡아 포권을 취하며 목풍아에게 말했다.

“현령 두원이 어사께 인사를 드립니다.”

목풍아가 고개를 까닥거리며 정청 안으로 들어갔다. 당장 큰일을 내버릴 것처럼 관가로 들어온 목풍아는 두원을 호령하기는커녕 아무 일 없는 사람처럼 태연하기 그지없었다.

두원이 목풍아의 뒤를 따라오며 말했다.

“그런데 어쩐 일로 저희 현을 찾아오셨습니까?”

목풍아가 정청 가운데 있는 의자에 털썩 앉아 두원을 바라보았다. 기가 죽지 않는 것으로 보아 청렴하거나 청렴하지는 않지만 머리가 좋은 것이 틀림없었다. 일도의 정보로 미루어보자면 후자로 보는 편이 옳을 듯싶었다.

목풍아가 다짜고짜 말을 놓으며 말했다.

“네가 수령의 일을 너무 못하고 있는 것 같아서 내가 찾아왔다.”

두원이 고개를 숙이며 말했다.

“그럴 리가요. 제가 그럴 리가 있습니까? 설마 바깥에 함께 온 길평이라는 자가 상공께 꾸며댄 이야기를 믿으시는 것은 아니겠지요.”

“글쎄, 나는 믿음이 가던데?”

“그렇지 않습니다. 길평이 자신이 맡겨놓았던 소를 되찾아간 것으로 이미 사건은 종결이 났습니다.”

“그 매형이란 자의 소가 길평이 맡긴 소가 낳은 새끼들인지 짐작이 가지 않던가?”

“바보가 아닌 다음에야 저도 짐작이야 가지만 길평의 매형이 가진 소가 길평이 맡긴 어미 소가 낳은 것이 아니라고 하는데 전들 어떡합니까? 저는 다만 법대로 판결을 한 죄밖에 없습니다. 법에 저촉되지 않는데 심증만 가지고 판단을 내릴 수는 없는 일이지요.”

번들거리는 얼굴로 말을 잘하는 수령의 입을 때리고 싶었으나 목풍아는 미소를 잃지 않고 입을 열었다.

"네가 해결하지 못한 사건을 내가 해결해 주지."

목풍아는 아전에게 명하여 길평의 매형이란 자를 포박하여 오라 이르고 길평도 포박시켜 정청 가운데 꿇어앉혀 놓았다.

잠시 후 길평의 매형이란 자가 포박되어 정청의 앞뜰에 무릎이 꿇리었다. 이미 잡으러 간 아전과는 입을 맞춘 상태일 테니 어떤 식으로든 말하지 않으려 시치미를 뗄 것이 분명하였다.

목풍아는 한동안 말을 않고 바라보다가 입을 열었다.

"어젯밤에 어떤 자 하나가 네놈이 소도둑이라고 신고를 하였다."

매형이란 자가 길평을 힐긋 바라보더니 머리를 도리도리 내저었다.

"예? 제가 소도둑이라굽쇼? 저는 소도둑이 아닙니다요."

"그럼, 네 집에 있는 스무 마리의 소는 어디서 났느냐?"

"그, 그건……."

목풍아아 포박당한 길평을 손가락질하며 다시 물었다.

"저자가 누구냐?"

"제 처남입니다."

"네 처남이 수자리로 가기 전 소 다섯 마리를 맡겼다 하였는데, 그중에 두 마리를 네가 돌려주었지?"

"예."

"그런데 저자가 네가 가진 소가 모두 자신의 것이라 하는 것이 아니겠느냐?"

"그, 그럴 리가요. 당치도 않은 말씀입니다."

목풍아가 씨익 웃으며 말했다.

“그래서 내가 거짓을 고한 죄를 물어 포박을 시켜놓았지. 감히 어사 앞에서 거짓을 고하였으니 혀를 자르는 형벌을 받아야겠지.”

다시 고개를 돌려 매형이란 자에게 말했다.

“자, 그럼 네가 가진 소는 어디서 난 것일까?”

“예? 그, 그건⋯⋯.”

“어서 말해 보라니까. 끝내 입을 열지 않겠다면 네놈이 소도둑임을 스스로 인정하는 것으로 알겠다.”

목풍아는 슬쩍 옆에 서 있는 현령에게 고개를 돌려 말했다.

“아무래도 저놈이 소도둑이 틀림없는 것 같군요. 저놈과 길평이 다 함께 죄를 지었으니 저놈들이 가진 소를 몽땅 압수하여 현령이 관리하도록 하세요.”

“예, 예. 알겠습니다.”

현령 두원이 엉겁결에 고개를 굽실거렸다.

매형이란 자가 멍하게 두 사람이 이야기하는 모습을 바라보았다. 자신을 잡으러 온 아전의 말에 따르면 어사가 길평의 이야기를 듣고 관청에 찾아왔으며, 시킨 대로만 잡아떼면 별일없을 것이라는 것이다. 그러나 시키는 대로 하니 자신은 소도둑이 되었으며 재물은 모두 현령의 것이 되는 것이 아닌가.

화가 머리끝까지 치솟았다. 지금 생각해 보니 어사와 현령이 작당을 하고 자신과 길평의 재물을 모조리 가져가려는 것이 틀림없었다. 매형이란 자가 고개를 쳐들고 두원에게 소리쳤다.

“상공, 너무한 처사가 아닙니까? 시키는 대로 했는데 어째서 저를 궁지로 모는 겁니까?”

두원의 얼굴이 굳어지는 것을 보곤 목풍아가 자세히 들으려는 사람처럼 귀에 손을 대고 고개를 갸웃거리며 말했다.

"뭐? 뭐라구? 뭐라 하였지?"

매형이란 자가 목풍아에게 고개를 돌려 말했다.

"어사님, 사실 제가 가진 소는 처남이 맡긴 소가 낳은 것이 맞습니다."

"뭐라고? 방금 전까지는 아니라고 하지 않았느냐?"

"제가 그동안 키운 정도 있는데 다짜고짜 많은 소를 다 내놓으라 하는 길평이란 놈의 심보가 얄미워서 길평에게 소를 주지 않으려 수를 쓴 것입니다."

목풍아가 현령의 얼굴을 바라보다 고개를 돌려 다시 물었다.

"그런데 어째서 거짓말을 했지? 감히 어사 앞에서."

"그것은 모두 현령과 아전이 시킨 일입니다요. 제가 사정을 말하고 뇌물로 소 한 마리 값을 주니까 제게 유리한 판정을 내려주었습지요."

목풍아가 현령 두원의 백지장 같은 얼굴을 보고 피식 웃으며 말했다.

"웃기는 일이군. 법대로 시행한 것이 이거냐? 네가 그러고도 수령이 맞느냐?"

목풍아는 호통을 치고는 오괴와 독돈에게 소리쳤다.

"저 안면수심의 탐관오리를 당장에 포박하여 무릎을 꿇려라."

말이 떨어지기 무섭게 두원이 포박되어 목풍아의 앞에 무릎이 꿇려졌다.

목풍아가 두원의 얼굴 가까이 다가가 입을 열었다.

"내 나이가 어려 만만하게 보였더냐?"

두원은 몸을 와들와들 떨면서 말했다.

"아, 아니올시다."

"아니긴 뭐가 아니야? 코딱지만한 벼슬도 아닌 일개 현령 주제에 나를 우습게 봐?"

목풍아는 두원의 가슴팍을 걷어찼다. 그리고 벌러덩 쓰러진 두원에게 다가가 냄새를 킁킁 맡으며 소리쳤다.

"관청에 들어올 때부터 구린 냄새가 진동을 한다 했더니 바로 이놈 때문이었구나. 퉤, 퉤, 퉤, 퉤. 에이, 드러워."

목풍아는 침을 뱉다가 바닥에 엎드려 사시나무 떨듯이 쪼그리고 있는 아전의 엉덩이를 걷어차곤 의자로 돌아와 털썩 앉았다.

목풍아는 바닥에서 덜덜 떨고 있는 아전에게 소리쳤다.

"호조를 관장하는 아전, 어서 나와."

"예, 예."

발발 기며 아전이 다가오자 목풍아가 말했다.

"내일까지 현령과 아전들의 재산 목록을 작성해 오도록. 만약 한 치라도 거짓이 있을 경우 네놈의 목은 그 자리에서 몸과 분리되는 줄 알라."

"예. 명을 받들겠습니다."

목풍아가 고개를 돌려 길평과 매형이란 자에게 말했다.

"내가 정황을 들어보니 두 사람 모두 잘못이 있었다. 그 소가 모두 네가 맡긴 소에서 생겨난 것임이 밝혀졌지만 네 매형이 소를 키운 공을 무시할 수 없으니 사이좋게 반반씩 나누도록 판결한다. 이의없겠지."

길평과 매형이란 자가 고개를 꾸벅 숙이며 감사해하였다.

판결이 끝나자 목풍아는 형조의 아전을 불러 말했다.

"네놈은 즉시 현령을 옥에 가두어라. 그리고 저놈 때문에 억울한 일을 당한 사람들이 많을 터이니 억울한 송사를 당한 사람들에게 구명의 기회를 주겠노라는 방문을 곳곳에 써 붙이도록 하라.”

형조의 아전이 명을 받들고 나가 득달같이 일을 시행하였다.

다음날 밀려드는 백성들의 송사를 번개처럼 처리하던 중에 옆 마을에 사는 사내 하나가 찾아와 하소연을 하였다.

“저는 옆 마을에 사는 진오라는 사람인데 이 마을에 사는 왕가보란 자에게 집문서를 맡기고 이 년 후에 이자를 계산해서 갚겠다고 다짐을 하고 은자 오백 냥을 빌렸습니다. 이 년 후에 제가 은자 사백 냥을 가지고 가서 갚은 후에 나머지는 내일 갚겠다고 하였습니다. 그런데 다음날 백 냥을 들고 찾아가니 그 친구가 정색을 하며 오백 냥을 빌려갔으면서 백 냥을 가지고 집문서를 찾아가느냐고 시치미를 떼는 것이 아니겠습니까?”

“영수증을 받지 않았느냐?”

“친한 친구라 믿다 보니 영수증을 받지 않았지 뭡니까? 너무 믿은 것이 화근이었습니다. 현령에게 항소를 해보아도 안 되고 주(州)의 관가까지 찾아가 항소를 해보았지만 증거가 없다고 인정할 수 없다는 판결이 나왔습니다. 더 하소연할 길이 없어 한숨을 내쉬고 있던 차에 어사님의 이야기를 듣고 불원천리를 멀다 않고 찾아왔습니다. 제발 제 억울한 사정을 살펴주십시오.”

“좋다. 그렇다면 잠시만 기다리도록 하거라.”

목풍아는 즉시 공문서를 써서 왕가보를 강도 용의자로 잡아오게 하였다.

왕가보가 어리둥절한 표정으로 포박이 되어 관가로 들어와 목풍아의 앞에 무릎이 꿇리었다.

“네가 왕가보냐?”

“예.”

“네놈이 강도 짓을 했다고 신고가 들어왔다.”

“예? 저는 그런 적이 없습니다. 제발 믿어주십시오. 평생을 농사만 짓고 산 사람이 강도 짓이라니요. 어림도 없습니다.”

“음. 나도 네 얼굴을 보니 그렇게 짐작은 간다만 신고가 들어왔으니 난들 어떡하겠느냐? 네 집의 재산을 샅샅이 수색하는 수밖에 없는데 네가 결백하다고 주장을 하니…….”

목풍아가 턱을 괴고 잠시 생각하는 듯하더니 입을 열었다.

“좋아. 이렇게 하자. 너의 결백을 증명할 수 있는 기회를 주겠다. 네가 네 집의 재산을 하나도 빼놓지 않고 그 출처까지 밝힐 수 있겠느냐? 그렇게 되어 일일이 대조를 한다면 네 강도 혐의가 거짓이라고 밝혀질 수 있을 것이 아니냐.”

“아! 그것 좋은 생각입니다요. 제가 즉시 적어 올리겠습니다요.”

왕가보는 얼씨구 좋아라 붓을 들어 차근차근 재산 목록을 작성하여 목풍아에게 올렸다.

재산 목록을 읽어보던 목풍아는 진오에게 받은 사백 냥의 은자를 확인하고는 껄껄 웃으며 일도에게 말했다.

“와하하하. 이걸 보니 네가 강도가 아닌 것을 알겠구나. 그럼 일도가 가서 그자를 이리 데려오너라.”

잠시 후 진오가 정청으로 나타나자 왕가보의 두 눈이 휘둥그레졌다.

목풍아가 재산 목록을 들고 왕가보에게 호통을 쳤다.

“너는 어째서 진오에게 사백 냥을 받았으면서 받은 적이 없다고 시치미를 뗀 것이지? 사백 냥을 날로 먹으려던 것은 강도 짓이 아니란 말이냐?"

"……."

왕가보는 땅바닥에 머리를 박고 살려달라고 백배 사죄하였다. 목풍아는 진오를 농락한 죄를 물어 왕가보에게 사백 냥에 집문서를 넘기게 하고 그 죄를 용서해 주었다.

어려운 송사들을 어렵지 않게 처리하며 호조의 아전에게 받은 두원의 재산 물목을 보니 그동안 알게 모르게 긁어모은 재산이 어마어마하였다. 아전들이 관의 일을 보며 사람들에게 뜯어낸 재산 물목 역시 상상을 초월할 정도였다.

목풍아는 보고서를 올려 현령 두원은 탐관오리의 죄명으로 봉고 파직시키고 곤장 백여 대와 함께 삼천 리 귀양을 보내었으며, 아전들은 재산을 모두 압수하는 선에서 처벌을 그쳤다.

아전들과 두원에게 빼앗은 돈으로 시냇가에 다리를 놓는 등 마을에서 필요한 곳에 충당하게 하고 세금을 감하여주니 사람들의 칭송이 자자하여 사람들이 암행어사 목풍아를 모르는 사람이 없었다. 그날 저녁 정청에 앉아 있는 목풍아에게 오괴가 물었다.

"대장, 대장은 암행어사이신데 너무 노출을 하신 것이 아닙니까? 저는 걱정이 됩니다."

"할 수 없는 일이다. 백성들의 삶을 편하게 하면서 구멍 줄 하나를 만들어놓으려 벌인 일이니 말이다."

"구멍줄 말입니까?"

"옛말에 교활한 토끼는 여러 개의 굴을 판다 하였다. 무림인들을 만났을 때 무공을 모르는 내가 우위를 선점하는 길은 덕을 쌓아두는 것밖에 없다. 그들이 칼과 주먹으로 위협하더라도 나는 덕을 구멍 줄로 삼아 그들과 상대해야 한다. 의리를 목숨처럼 여기는 사람들이므로 지금의 천자를 나쁘게 생각하는 무인들이 많을 것이다. 천자를 대행하는 나에게 그 불만과 원한이 쏟아질 것이 분명해. 그러나 사람들의 인망이 있는 사람은 어렵게 생각할 것이 틀림없다. 그런 점이 필요하다 나는 생각하였다. 의리를 중시하는 사람들에게 내가 어떤 사람인지 각인시켜 놓는 것이 무엇보다 필요하다. 지금 나는 백성들에게는 새로운 천자가 더욱 좋은 세상을 만들어간다는 희망을 심어주는 일과 앞으로 무림인들을 만났을 때 선수를 치기 위한 힘을 축적하고 있는 것이다. 세상은 넓고 사람은 많다. 어떤 사람을 만날 것인지는 알 수 없지만 목표없이 망망대해를 끝없이 표류하는 배와 같은 신세인 내가 언제 어떻게 될지 알 수 없는 일이 아니겠는가. 이제 두원이 파직되었다는 소식을 들었다면 관리들이 정신을 번쩍 차리고 백성들에게 선정을 베풀기 위해 힘을 쓰겠지. 한동안 백성들의 삶이 고단하지는 않을 거야. 그 덕에 나도 내 이름을 알려 구명 줄을 만들 수 있으니 일석이조가 아닌가. 앞으로도 요란하게 일을 꾸며 두 가지 일을 한꺼번에 벌여야 할 게야.”

오괴는 그제야 목풍아의 의도를 알 수 있었다. 언제나 단순하게 생각하는 법이 없는 목풍아였다. 무림인들은 인망이 있거나 덕이 있는 사람에게 함부로 대하지 않는다. 자신과 독돈 역시 천하를 이롭게 하겠다는 목풍아의 말에 반하여 그의 부하가 된 것처럼, 그 덕을 사모하여 그 부하가 되는 것을 꺼리지 않는 무인들의 습성을 목풍아는 제대로 알고 있는 것이다.

오괴의 머리가 절로 끄덕여졌다. 자신의 위치를 최대한 활용하여 차근차근 유리한 입장을 만들어가는 목풍아가 언제 보아도 믿음직스러운 오괴였다.

하지만 목풍아는 그것만을 바라보는 것이 아니었다. 목표가 없는 암행은 끝없는 유랑만이 있을 뿐이다. 궁전으로 돌아갈 명분을 만들기 위해서는 무언가 목표를 만들어야 하는 것이다. 보이지 않는 목표를 만들기 위해 목풍아는 흔들기를 시도하고 있는 것이다.

몇 년 동안 계속된 전쟁 끝에 천자가 힘으로 밀려났으므로 영락제 초기 정세는 안정을 찾지 못하고 흔들릴 것이 틀림없었다. 도망친 건문제가 살아 있다면, 아니, 도망친 건문제가 아니더라도 영락제의 제위에 불만을 품은 무리들이 정권을 재탈환하기 위해 뭉칠 것이 틀림없었다.

천자의 군대에 종군하였던 무림의 문파들이 충의(忠義)를 명분으로 반드시 일어날 것이 분명하였다. 그런 세력을 찾아내는 것이 목풍아의 임무였다. 지금은 천자의 눈에 보이지 않는 세력이지만 암암리에 세력을 키운다면 영락제의 눈앞에 비수를 겨누고 또다시 큰 전쟁이 일어날 것이 틀림없었다.

목풍아는 오랜 전란에 시달린 백성들을 위해 그것을 막아야 할 의무가 있었다. 작은 단서 하나 없는 망망한 일을 하기 위해 목풍아는 튀어나온 송곳 같은 암행어사로서 백성들의 인망을 쌓아가는 것이다.

안현(安縣)에서 공무를 마친 목풍아는 마차를 타고 질풍처럼 고을을 주유하며 공정한 판결로 이름을 날렸다.

목풍아의 판결은 판에 박힌 듯 법에 의존하지 않았으며 재물보다는 사람들 간의 화해와 용서에 주력을 두었기 때문에 백성들의 공감을 불러일으켰다.

한 달간을 질풍처럼 고을을 질타하며 칭송을 불러일으키던 목풍아가 탄 마차는 안휘성의 성도인 합비(合肥)를 향해 달리고 있었다. 합비에서 서북 방향으로 방향을 틀면 숭산 소림사가 나타나고 서남 방향으로 방향을 바꾸면 무당산과 제갈세가가 있는 양양 방면이 나타난다. 그사이에 무슨 일인가가 벌어져야만 한다고 목풍아는 생각하고 있었다.

마차 속에서 시원하게 넓은 황금 들녘을 바라보고 있으려니 묵묵하게 앉아 있던 오괴가 목풍아에게 말했다.

"대장, 미행이 따라붙은 것 같습니다."

오괴의 말이 끝나기도 전에 독돈이 말했다.

"마차의 좌우에 모두 여덟 명, 합이 열여섯 명인데 어떡할까요? 제가 나가서 잡아버릴까요?"

일도는 바깥에 자객들이 있다는 말을 듣고 마차 바깥을 살펴보았지만 보이는 것은 넓은 황금 들녘뿐이었다. 일도는 그들이 삼십오 년간 깜깜한 동굴 속에 갇혀 생활한 탓에 청각이 극도로 발달된 사실을 몰랐다.

목풍아가 웃으며 고개를 내저었다.

"그럴 것 없어. 때가 되면 저들이 나를 공격할 테니 말이야. 아마 내가 거처하는 곳에서 일을 벌이지 않을까? 그때 몇 놈을 사로잡지 뭐."

강소성과 안휘성으로 요란하게 움직이던 목풍아는 이즈음이면 상대방의 움직임이 시작되리라 예상하고 있었던 참이다.

목풍아가 선정을 베풀어 백성들의 인망을 쌓고 있다는 것은 새로운 천자의 정치가 백성들의 신임을 얻어가고 있다는 것을 뜻한다. 보이지 않는 세력은 그런 점을 달갑게 생각하지 않을 것이다. 건문제의 잔존 세력이 영락제와 전쟁을 일으키기 위해서는 영락제가 백성들을 생각하지 않는 폭군이라는 것을 백성들에게 보여주어야 하는 것이다.

그런 그들에게 영락제를 대신하는 목풍아가 백성들에게 선정을 베푸는 것이 달갑지만은 않을 것이다. 어떻게든 목풍아를 제거하여 연왕의 책모를 실행시키지 않을 것이 틀림없었다.

자객이 달라붙었다는 것은 보이지 않는 세력이 움직이기 시작했다는 것이었다. 그 세력의 모사가 미꾸라지같이 흙탕물을 일으키는 목풍아를 지목했을 것이다. 그러나 그자가 모르는 것이 있었으니 목풍아를 노리는 자, 그 노리는 자를 목풍아가 노리고 있다는 것이었다.

목풍아가 오괴에게 물었다.

"자객들은 무림에서 어떤 집단에 속하는가?"

"하찮은 존재입니다. 돈을 위해서라면 어떤 일이든 하는 무림인이되 무림인이길 거부하는 존재들이지요. 그놈들에게 의리란 것은 없습니다. 그저 시키는 대로 하는 놈들이죠. 자객들도 평소에는 일반 백성으로 행세를 하기 때문에 점조직으로 움직인다고 보시면 됩니다."

목풍아는 턱을 괴고 생각에 잠기었다. 만약 그들이 자객들에게 청부 살해를 지시했다면 상대방의 정체를 밝히기가 곤란해진다. 아마 자신이라도 정체가 드러날 뒤탈이 없는 방법으로 지시했을 것이 틀림없었다. 그렇게 생각하니 생각보다 보이지 않는 세력의 모사 역시 만만치 않은 인물이 영입된 것이 틀림없었다.

'건문제가 발빠르게 모사를 영입한 모양이구나. 제법 기틀을 잡아가고 있는 것이 틀림없다. 이거 생각보다 어려운 싸움이 되겠는데…….'

목풍아는 관부의 군사를 마음대로 움직일 수 있는 권한이 있었으므로 큰 병력을 일으켜 보이지 않는 세력과 싸우는 것은 어렵지 않지만 어렵게 생각되는 것은 상대방을 모른다는 것이다.

병법의 가장 기초가 되는 정보력에서 우위를 달리지 못한다면 목풍아가 아무리 머리가 좋더라도 승부를 예측할 수 없는 것이다. 더구나 보이지 않는 세력이 궁전에서 도연과 같은 세력을 부추겨 자신을 모함

할 수도 있는 일이다. 지금쯤 내명부의 사람들이 남경으로 돌아왔을 것이니 그 점에 대해서는 큰 문제가 되지 않겠지만 이런 저런 여러 가지 수를 생각하니 머리가 지끈지끈거릴 정도로 골치가 아팠다. 정난군이 일어났을 때는 천자라는 보이는 세력이 있어 대처하기 쉬웠지만 이것은 보이지 않는 허공을 향해 손을 내뻗는 꼴이니 목풍아로서도 대처할 수 있는 수단을 만들기가 어려운 상태였다.

목풍아가 머리를 두드리다가 오괴에게 물었다.

"그놈들도 방파가 있는가?"

"워낙 어두운 곳에서 움직이는 놈들이라 세력이라 하기에는 그렇지만 흑살문(黑殺門)이라는 살수 집단이 있다고 듣긴 하였습니다. 하지만 어디에 있는지는 알 수 없습니다. 살수들은 떨어져 있기를 좋아하니까요."

"그럼 뭔가 이상하지 않은가? 모두 열여섯 명이라면서? 많은 인원이 그림자처럼 따라오고 있다는 것인데 그렇다면 큰 방파가 끼어든 것이 아닐까?"

독돈이 마차 밖으로 머리를 내밀어 보다가 다시 들어와 너털웃음을 지으며 조용히 말했다.

"으허허허. 대장, 제가 보기에 저놈들은 자객이 맞습니다. 열여섯 명이 따라오는데 매복술을 써서 보이지 않게 따라오고 있지 않습니까? 저런 매복술은 자객 집단밖에 사용하지 않습니다."

"그렇다면 자객 집단이 관여했다는 말이로군."

오괴가 말했다.

"대장의 말이 맞는 것 같습니다. 누군가 자객 집단의 우두머리에게 대장의 목숨을 청부한 것 같습니다."

"와하하하. 그래? 그것참, 잘되었네."

오괴와 독돈, 일도가 서로의 얼굴을 바라보았다.

무슨 속내인지는 알 수 없지만 대장이 유쾌하게 웃는 것으로 보아 좋은 계교가 있음을 세 사람 모두 느낄 수 있었다.

한바탕 웃음을 짓던 목풍아는 배를 쓰다듬으며 말했다.

"이거 배가 고프구나. 날도 저물고 있으니 가까운 객점에라도 들러서 요기나 하고 가자구."

멀지 않은 길가에 이층으로 된 식당이 하나 보였다. 마차는 그곳에 멈추었다.

마차에서 내린 목풍아가 가만히 바라보니 길 앞에 작은 내가 흐르고 누각 앞에 잎이 떨어져 가는 버드나무가 늘어져 있는데 이층 누각이 초라하지만 제법 아담하게 서 있었다.

다점(茶店)이라는 깃발과 '식사 됩니다. 술도 있습니다' 라는 글귀가 깃대 위에 흔들거리고 있을 뿐 일반적으로 보이는 주련 하나 보이지 않는다.

목풍아는 점소이를 따라 이층 누각에 올라 자리를 정하고는 주인을 불러 말했다.

"여긴 어째서 주련도 하나 없는가?"

"글을 배운 사람들을 만나기가 어려워서 주련을 쓸 만한 사람이 있어야지요."

"뭐야? 이런 낭패스런 일이 있나. 좋아. 내가 하나 써주지."

주인의 얼굴에 화색이 돌았다. 즉시 점소이에게 종이와 붓을 가져오게 하여 두 손을 비비며 목풍아를 바라보았다. 목풍아가 붓을 들기 무섭게 한 구의 글귀를 써주었다.

반가운 그대 만나 잔을 나누리[相逢意氣爲君歡],
누각의 버드나무에 말을 매고서[繫馬高樓垂柳邊].

"이걸 걸어놓으면 장사가 잘될 거야."
주인의 얼굴에서 미소가 피어났다.
"아이구, 감사해서 어떡하나? 주련을 써주신 대가로 식당의 식사비는 무료로 해드릴 터이니 마음껏 드시고 가십시오."
주인이 싱글벙글 웃으며 목풍아가 써준 글귀를 바라보며 누각을 내려갔다.
목풍아가 조용히 말했다.
"지금 자객들이 어디에 있는가?"
오괴가 조용히 대답했다.
"글을 쓰느라 정신을 판 틈을 타서 지붕에 둘 올라가 있습니다. 나머지는 사방에서 매복을 하고 있는데 어떡할까요?"
"지붕에 있는 둘. 사로잡아 와."
말이 떨어지기 무섭게 시위를 당긴 화살처럼 오괴와 독돈의 몸이 솟구쳤다.
쾅—
지붕이 와지끈 부서지며 두 사람의 신형이 바깥으로 튀어나가기 무섭게 자객들의 팔을 잡았다.
우직—
미처 피할 사이도 없이 오괴에게 잡힌 자객 두 사람의 팔이 부러져버렸다. 그와 동시에 독돈의 발이 두 사람의 정강이를 걷어찼다.
검은 옷을 입은 자객들이 털썩 바닥에 주저앉았다. 오괴와 독돈은 각각 한 사람의 목덜미를 붙잡아 부서진 지붕 아래로 내던졌다.

쾅— 쾅—

먼지가 푸시식 일어나며 자객 두 사람의 신형이 꿈틀거렸다. 그러나 그도 잠시 어느새 지붕에서 내려온 오괴와 독돈이 그들의 등을 밟고 서 있었다.

잠시 잠깐이었다. 오괴와 독돈의 무위는 실로 놀라운 것이 아닐 수 없었다. 일도는 두 사람의 무위에 놀라움을 느끼며 멍하니 두 사람을 바라보다가 갑자기 사방을 돌아보았다.

누각 사방에 검은 옷을 입은 자객들이 시퍼런 비수를 꺼내 들고 둘러서 있었다.

방금 자신들의 동료가 당한 것을 보고 일시에 사방에서 나타난 것이다.

"도적이다! 강도다!"

점소이와 주인이 호들갑을 떨며 이층으로 올라왔다가 쓰러진 자객 두 사람과 부서진 지붕을 번갈아 보고 눈이 휘둥그레졌다.

"우리 사람, 장사 다 망했다. 장사 다 망했다."

주인과 점소이가 비명을 지르며 다시 내려가 버렸다.

독돈이 말했다.

"대장, 저놈들은 제가 처리할까요?"

목풍아가 고개를 끄덕이기 무섭게 독돈이 까마귀처럼 난간을 차고 바닥으로 내려앉았다. 그 후에는 폭풍이었다. 뚱뚱한 몸을 가볍게 움직이며 자객들을 하나씩 쓰러뜨리는 독돈은 실로 바람과 같았다. 일장을 격출하면 까만 옷을 입은 자객들의 몸이 허공으로 솟구쳐 바닥으로 떨어졌다. 어린아이와 어른의 싸움처럼 한주먹과 한 손바닥이면 자객들은 시신이 되고 말았다.

과거 백련교의 흑면독왕으로 수많은 전투에서 보여준 바로 그 모습이 나타나는 것이다. 피도 눈물도 없는 자객들을 상대로 피도 눈물도 없는 잔인한 손속으로 자객들을 하나하나 없애 버리는 것이었다.

일도는 그 광경을 보고 모골이 송연하여 난간 기둥을 붙잡고 침을 꿀꺽 삼키었다. 만만하게만 보았던 형님들의 무공이 실로 잔악하기 그지없었다.

잠시 만에 열네 명을 바닥에 뉘어버린 독돈이 손뼉을 치며 웃다가 천천히 누각으로 올라왔다.

"대장, 열네 명 모두를 황천으로 보내고 왔습니다. 하하하."

간만에 몸을 푼 것이 시원한 모양인지 어깨를 으쓱거리며 오괴의 옆에 서서 오괴에게 혀를 날름거렸다.

"조무래기를 처리한 것 가지고 으스대기는……."

"뭐라구?"

"또, 또?"

목풍아가 두 사람을 노려보자 두 괴인이 찔끔하며 고개를 숙였다. 일도는 무서운 무공을 가진 두 형님을 꼼짝 못하게 하는 그런 목풍아가 또한 놀라울 따름이다.

목풍아는 안색의 변화 없이 바닥에 쓰러진 자객에게 물었다.

"네놈이 어디서 왔는지 알고 싶은데?"

"……."

검은 복면 안의 눈빛이 노려보고만 있을 뿐 말이 없었다.

"네놈의 대장에게 내가 흥정을 하고 싶은데 주선해 줄 수 있겠나?"

"……."

“말을 하면 살려주겠다. 그리고 한마디에 한 사람당 은전 이백 냥씩 주마.”

“……”

목풍아는 고개를 갸웃거렸다. 두 사람 모두 말을 하지 않고 노려보고만 있을 뿐이니 이상할밖에……

“저놈의 복면을 벗겨라.”

오괴와 독돈이 각각 복면을 벗겼다.

머리가 벗겨진 흉측한 얼굴이 나타났다. 얼굴에 칼자국이 수두룩하고 험악한 얼굴이 정상적인 생활을 할 수 없는 사람 같았다.

“입을 벌려봐.”

오괴와 독돈이 명을 받고 그들의 입을 벌렸다.

엄청난 압력에 저항하지 못하고 두 사람이 입을 벌렸을 때 목풍아는 모골이 송연하였다.

두 사람 모두 혀가 잘려 나가고 없었다. 말을 하지 못하도록 어릴 적부터 미리 혀를 자른 것이 틀림없었다. 보안을 철저하게 생각하는 무서운 자객 집단이었다.

말을 하지 못하는 자들이 글을 배웠을 리 만무하였다. 자객단 내부에 그들만의 수화가 통용되리라는 것을 짐작할 수 있었다.

목풍아가 몸을 일으켜 바라보니 오괴에게 잡혀 있는 한 사람은 무릎이 성하고 독돈에게 잡혀 있는 자는 정강이가 부러진 듯하였다.

독돈에게 말했다.

“그자는 살아 있어야 소용이 없는 자이니 죽여라.”

“예, 대장.”

독돈이 망설임없이 일장을 휘둘러 자객의 머리를 때렸다.

퍽—

두 눈과 코, 귀에서 피가 주르륵 흐르며 자객 하나가 맥없이 처져 버리고 말았다.

목풍아가 살아남은 자객 하나에게 말했다.

"네놈들이 죽은 이유를 말해 주마. 감히 천자의 명을 받고 임무를 수행하는 관리에게 칼을 들이댄 죄, 천자의 명을 거역한 반역죄로 죽은 것이다. 잘 듣고 돌아가 네 대장에게 전하라. 사흘 후 내가 합비에 머물고 있을 테니 용서를 받을 생각이 있다면 네놈 대장에게 찾아오라고 말하거라. 만약 내 말을 듣지 않았을 때는 네놈들의 문파를 반역죄로 이 세상에서 흔적을 남기지 않겠다. 내가 너희 정체를 모르리라 생각하는데 그것은 큰 오산이다. 이미 나는 너희 본거지가 어딘지까지 알고 있으니까. 천자의 정보망을 우습게 생각하면 안 되겠지? 반역죄로 처참하게 참살당하기 싫다면 네놈 대장에게 전하라. 내가 합비에 머무르는 시간은 삼 일. 그 삼 일 안에 네놈의 대장이 나를 찾아오지 않는다면 처참한 죽음만 있을 뿐이다."

자객의 얼굴이 두려운 빛으로 떨리었다.

목풍아는 자객의 눈빛에서 두려움을 발견하곤 의자에 앉았다.

"가도 좋다."

오괴가 등을 잡은 발을 떼자 자객이 꾸벅 인사를 하곤 누각을 훌쩍 뛰어 바람처럼 사라져 버리고 말았다.

"독돈, 너는 저놈의 뒤를 따라가 저놈들의 본거지가 어딘지 알아보고 오너라. 눈에 띄지 않도록 명심하도록. 나는 합비로 간다."

"예, 대장."

독돈은 오괴에게 혀를 날름 내밀고는 바람처럼 나가 버리고 말았다.

“일도는 나가서 시체를 처리하려무나.”

“예, 대장.”

일도는 눈앞의 시체가 된 자객을 끌고 누각 밑으로 내려가 버렸다. 점소이와 주인은 큰 사고 없이 무마된 것을 다행스럽게 생각하였지만 자신의 주루에서 살인 사건이 터진 것이 두려운 모양인지 힐끔힐끔 목 풍아의 눈치를 살피고 있었다.

“먹을 것을 가지고 오너라.”

“예, 예.”

목풍아의 호령에 주인이 계단 밑으로 부리나케 내려가 버리고 말았다.

“와하하하. 이제 걸려들었다.”

목풍아는 배를 잡고 호탕하게 웃었다.

실마리가 드디어 잡히기 시작한 것이다. 건문제의 생사, 그리고 영락제의 반대 세력에 대한 정보를 확보할 수 있다는 것만으로 목풍아는 깜깜한 어둠 속에서 미약한 빛을 보았다 생각하는 것이다.

한편 목청껏 웃는 목풍아를 보며 오괴는 알 수 없는 불안감을 느끼고 있었다. 자신과 독돈이 목풍아를 보호하고는 있지만 한 치 앞을 알 수 없는 험난한 무림계에서 무공을 모르는 목풍아가 어찌 되는지는 알 수 없는 일이다.

수십여 명의 고수들이 일제히 공격이라도 해온다면 자신과 독돈, 두 사람만으로는 이 영악한 대장을 지켜낼 도리가 없는 것이다.

천하 백성을 위해 존재하는 대장을 험난한 강호에서 지켜내려면 무엇인가 자신을 지킬 수단은 필요하다 생각하는 오괴였다.

“대장.”

“왜 그러는가?”

오괴는 심각하게 목풍아를 바라보며 말했다.

“강호는 생각보다 위험한 곳입니다. 자신을 지키기 위해서라도 무공은 필요합니다.”

목풍아가 빤히 오괴를 바라보다가 입을 열었다.

“나보고 무공을 배우라 하는데…… 그 점에 대해 나도 생각을 해본 적이 있어. 내가 한번 물어봐도 될까?”

“뭐든 물어보십시오.”

“오괴가 무공을 배워 이 정도면 괜찮다 싶을 때까지 얼마나 걸렸지?”

“십 년 걸렸습니다.”

“전심전력으로 무공만 연마하였겠지?”

“예.”

목풍아가 피식 웃으며 말했다.

“자, 그럼 답이 나왔지? 나는 평생을 무예란 것을 해보지도 않고 책만 보고 도박장에서 시간을 보내다가 세상에 나왔어. 이제 내 직분이 천자의 명을 받은 어사인데 어사의 직분을 수행하며 무예를 배운다면 어느 세월에 나를 지킬 수 있을 정도의 고수가 될 수 있겠나? 전심전력으로 공부해도 이루기 힘든 것은 무엇이나 마찬가지야. 내가 너에게 나처럼 공부를 하라 하면 할 수 있겠는가?”

오괴는 고개를 끄덕였다. 맞는 말이었다. 오괴는 오직 무예 수련에만 전력을 기울인 끝에 장족의 발전을 이룰 수 있었던 것이다. 이제껏 무예를 수련하지 않은 목풍아에게 당장 자신을 지킬 수 있는 무예를 연마하는 것을 기대할 수 없는 것은 당연한 일이었다.

목풍아는 오괴의 어깨를 치며 말했다.

"와하하하. 내가 무예를 못하지만 그래도 나에게 천하제일의 고수 두 사람이 있으니 그것으로 만족하니까 너무 실망할 것은 없어. 그저 생긴 대로 살아가자구. 손빈(孫臏)은 두 다리가 잘려 나갔어도 천하를 통일하는 데 큰 공을 세웠다. 나는 무공은 몰라도 잘 돌아가는 머리와 이 주둥이가 있잖아. 와하하하."

오괴는 따라 웃었지만 자꾸만 일어나는 불안감은 쉽게 떨쳐 낼 수 없었다. 어느덧 구십 줄로 들어서는 자신의 나이 때문인지도 몰랐다.

다음날 목풍아 일행은 합비에 도착하였다.

안휘성의 성도인 합비(合肥)는 북으로는 회하(淮河), 남으로는 장강이 흐르는 강남으로 가는 입구로서 동비천(東肥川)과 서비천(西肥川)이 합류했다고 해서 합비라는 이름이 붙어졌다.

사방에 하천이 흘러 넓은 퇴적지를 이룬 곡창 지대로 삼국 시대 조조군의 대장 장료(張遼)가 팔백의 병사로 손권의 십만 군대와 싸워 승리할 정도로 하천을 끼고 있는 군사상의 요지였다.

목풍아가 당당하게 합비성으로 들어가니 이미 소식을 듣고 합비성의 지주(知州)와 동지(同知), 판관(判官)이 문 앞에서 예를 취하며 목풍아를 맞이하였다.

이미 목풍아의 소문은 들은 바 있거니와 합비에 들를 것을 예상한 다음이라 철두철미하게 준비하여 목풍아에게 올렸다. 목풍아가 형적부와 호적부 등을 살펴보니 잘 준비되어 있을 뿐 아니라 백성들의 불만 같은 것은 찾아보기 힘들었다.

"과연 북송의 고관인 포청천을 모신 포공사(包公祠)가 있는 곳이라

남다른 바가 있구려. 만족하오."

목풍아는 웃으며 형적부를 살펴보다가 문득 한 여인의 독살 사건이 눈에 들어왔다.

여자는 무죄를 주장하나 받아들이기 힘들어 내일 모레 사형에 처한다는 판결이었다.

이상하게 생각해 관리들을 이끌고 순시를 하는 척하며 여죄수의 감방으로 들어가니 창백한 얼굴의 여인 하나가 칼을 찬 채 하염없는 눈물을 흘리고 있는 것이 보였다.

"저 여인은 무슨 죄를 지었나?"

"예. 제 지아비를 독살한 극악무도한 죄를 지었습니다."

형적부에서 보았던 그 여자가 틀림없었다.

목풍아가 감방 앞으로 다가가 여자에게 말을 걸었다.

"네가 지아비를 독살한 여자냐?"

여인이 물끄러미 목풍아를 바라보았다. 고문을 많이 당했던 모양인지 얼굴과 몸이 야위어 말이 아니었지만 상당히 아름다운 여인임엔 틀림없었다.

"저, 저는 아닙니다."

목풍아를 바라보는 여인의 맑고 큰 눈에서 눈물이 주르륵 흘러내렸다. 말에 힘이 없었지만 목풍아를 바라보는 눈빛이 거짓이 아니라는 것을 보여주고 있었다.

목풍아가 따라온 판관에게 물었다.

"세상에 지아비를 독살하는 일은 웬만한 독녀가 아니고선 할 수 없는 일이다. 나는 납득이 안 가는데? 어찌 된 일인지 알 수 있겠나?"

판관이 정중하게 상단절목을 펼쳐 보곤 목풍아에게 말했다.

“저 계집의 이름은 이란(李蘭)입니다. 한 달간 장사를 다녀온 지아비 두포가 저 계집이 차려준 닭고기를 먹고 밥상에 엎어져 죽었습니다. 아마도 이란에게 정부(情夫)가 있어 두포를 살해한 것으로 보입니다.”

“정말 정부가 있었나?”

“심문 과정에서 이란이 딱 잡아떼는 바람에 그 이름을 알아낼 수는 없었습니다.”

목풍아가 턱을 쓰다듬으며 생각에 잠겨 있다가 이란에게 물었다.

“네가 무슨 이유로 지아비를 살해하려 하였느냐?”

이란은 말없이 고개를 좌우로 돌릴 뿐이었다. 야윈 얼굴에서 구슬 같은 눈물이 떨어지는 모습을 보니 청초한 강민의 얼굴이 떠올랐다.

‘이런 제길, 이 와중에도 여자가 보이다니⋯⋯.’

목풍아는 머리를 흔들다가 몸을 일으켜 감옥 바깥으로 나왔다. 이란에게 죄가 없는 것이 틀림없어 보이지만 물증이 없었다. 그때 관청 안으로 독돈이 오괴와 함께 들어왔다. 자객을 몰래 따라갔던 독돈이 목풍아의 귀에 무어라고 소곤거렸다.

“수고했어.”

목풍아가 고개를 끄덕거리다가 문득 독돈을 바라보았다. 독돈은 흑면독왕이라 불리었으니 독에 관해 어쩌면 아는 것이 많을 것이라 생각했기 때문이다.

“독돈, 사람이 닭을 먹고 독살될 수도 있나?”

“재수없으면 닭을 먹고 죽을 수도 있지요.”

“어떻게 죽을 수 있다는 거지?”

“지네나 거미, 뱀 같은 독충을 많이 먹은 닭을 먹었을 때 그렇게 가는 수가 있지요. 백련교 내에서도 오독계(烏毒鷄)라는 닭이 있는데 어려서부터 지네를 먹여 키우는 닭입지요. 이 닭이 큰 닭이 될 때까지 기르다가 누군가를 죽이고 싶을 때 잡아 삶으면 그 국물과 살이 모두 독약이 됩니다. 은수저를 국물에 담가봐도 색깔이 변하지 않으니 자체로 좋은 독약의 재료가 되지요. 또 귀한 인삼에 열이 나는 부자를 넣으면 사약이 되는데 그걸 마시면 구규(九竅)로 피를 토하며 죽어버리지요. 그런데 그건 왜 물어보십니까?"

목풍아가 무릎을 쳤다.

"아! 그랬구나."

목풍아는 즉시 판관과 함께 이란의 집으로 가보았다. 독돈의 말처럼 이란의 집 뒤편은 습한 곳이 많았고 그곳에서 닭들이 어지럽게 노닐고 있었다.

목풍아는 따라온 독돈의 귀에 대고 말했다.

"저 중에서 가장 독이 많은 것 같은 닭을 한 마리 잡아다 주겠나?"

"헤헤헤. 가장 나이 든 닭일 테니 그리 어려운 일도 아니죠."

독돈이 닭들을 이리저리 살펴보다가 장닭 한 마리를 번개처럼 잡아 가지고 돌아왔다.

"자, 판관, 내가 이란이 일부러 독살하지 않았다는 것을 보여주지."

관가로 돌아온 목풍아는 관가 가운데에 불을 지피게 하곤 잡아온 장닭을 삶게 하였다.

고소한 냄새가 관가에 퍼지자 삼삼오오 침을 꼴깍거리며 군졸들이 그 주위를 맴돌았다.

목풍아는 고기가 다 익은 것을 확인하곤 판관에게 말했다.

"흉악한 남자 사형수가 있는가?"

"예."

"그럼 그자에게 이 고기와 국물을 가져다 주라구."

판관이 명을 받고 고기와 국물을 떠서 남자 사형수에게 갖다 주었다.

정청에 앉아 천장의 대들보를 무심하게 보고 있으려니 형리 하나가 허겁지겁 뛰어들어 와 보고를 하였다.

"사, 사형수가 닭고기를 맛있게 먹더니 그만 배를 부여잡으며 죽어 버리고 말았습니다."

목풍아의 앞에 서 있던 지주(知州)와 동지(同知), 판관(判官)이 놀란 눈으로 목풍아를 바라보았다.

목풍아가 빙그레 웃으며 자초지종을 설명해 주니 그제야 세 사람도 그 이치를 깨닫고 이란이 무죄로 풀려나게 되었다.

이란을 감옥에서 빼내어 집으로 돌려보내고 나니 또다시 눈앞에 강민의 모습이 아른아른거린다. 그러고 보니 남경을 떠난 이후로 여자를 생각한 적이 없었다.

지금쯤 남경에 내려와 있을지 모르는 주소천과 주소희, 강민, 그리고 구룡상회의 안주인 화옥과 영리한 하소선이 생각났다. 남경에 있었다면 좋은 시절 누리고 있었을 텐데 어사질 한다고 피 끓는 젊음을 낭비한다 생각하니 불끈불끈 주색잡기가 하고 싶어졌다.

그날 저녁을 관소에서 먹은 후 목풍아가 은근하게 지주에게 말을 걸었다.

"상공, 이곳에 이름난 주루가 있습니까? 밥을 먹었더니 술 생각이 간절하게 나는군요."

지주가 목풍아의 의도를 이해하였으나 자신을 시험하는가 싶어 대답을 머뭇거렸다.

"하하하. 지주께서는 설마 업무 이외의 것에 꼬투리를 잡으려는 것은 아닌가 생각하시는 모양이지요?"

"아, 아닙니다. 그냥 약간 당황스러워서……."

"와하하하. 그런 생각일랑 마시오. 백성들이 걱정없이 잘살고 있으면 관리들이 그만큼 한 것이 아니겠소. 그런데 무슨 꼬투리를 잡을 것이 있겠소. 세상이 태평하다면 관리들도 즐겨야 하는 겁니다. 그렇지 않습니까?"

지주가 안심을 하곤 그 역시 은근한 목소리로 대답했다.

"어사님의 말씀이 지당하십니다. 그렇지 않아도 저도 술 생각이 간절하게 나던 참이었습니다."

"아이구, 이렇게 좋을 때가 있나요? 천자의 정사가 잘 이루어지고 있어 백성들이 태평을 누리고 있는 때에 저희도 술이나 마시면서 좋은 시절을 누려야지요."

"그럼요, 그럼요. 합비는 예로부터 미인들이 많은 고장이지요. 아름다운 기녀들과 좋은 세상을 누리는 것도 풍류가 아니겠습니까?"

"그럼요, 그럼요."

예로부터 여자 좋아하지 않는 남자가 없다 하였다. 목풍아의 기분을 맞추어주기 위해 지주와 동지, 판관이 손을 모아 합세를 하였다. 의기투합한 네 사람은 열 일을 팽개치고 어사 목풍아를 앞장세워 함께 가마에 올랐다.

제 2 장

기녀(妓女) 수선

명화루(明華樓)는 합비의 가장 유명한 주루인데 안휘성의 아름다운 기녀들이 꽃처럼 눈을 부시게 한다는 의미로 지어진 이름이다. 가마를 탄 목풍아의 행렬은 명화루 앞에서 멈추었다. 오랫동안 여인을 만나지 못했던 목풍아는 주루의 입구에서 흘러오는 미인들의 사향 냄새를 맡으니 절로 입이 벌어졌다.

"좋구나, 좋구나."

목풍아는 얼른 명화루로 뛰어들어 갔다.

뒤따라가던 관리들은 물론이거니와 오괴와 독돈, 일도까지 목풍아의 모습을 멍하게 바라보았다.

천자의 직속 부하인 어사는 청렴하고 강직한 사람으로 정해지기 마련이다. 영민한 머리로 억울한 죄수를 구명해 주는 것을 본 터이지만 지주와 동지, 판관 세 사람은 목풍아가 주루에서 입을 쩌억 벌리고 미녀들을 바라보는 모습이 관청에서와는 완전히 딴판이라 사뭇 당황스럽기까지 하였다.

목풍아의 뒤를 따라 계단을 올라가던 지주가 조심스레 입을 열었다.

"저는 어사께서 이런 곳을 좋아하리라고는 생각지 못했습니다."

"웬걸요, 저도 남자인데 술과 여자를 좋아하지 않겠습니까? 너무너무 좋아한답니다. 와하하하."

목풍아는 거리낌없이 아양을 떠는 기녀들의 엉덩이를 두드리며 점소이를 따라 거침없이 누각 위로 올라갔다.

명화루의 주인은 지주의 명을 받고 주루 삼층을 통째로 비우게 하고 최고의 미인들로 하여금 이들의 수발을 들게 하였다. 합비를 다스리는 사람들이 찾아왔으므로 당연히 시중을 드는 여인들은 보기만 하여도 눈이 돌아갈 것 같은 미인들이었다. 그중에서도 눈길을 끄는 것은 목풍아의 시중을 드는 수선(水仙)이라 불리는 명화루의 가장 아름다운 미인이었다.

백옥 같은 피부에 까만 눈망울이 보석처럼 아름다운데 웃을 때 보조개가 옴폭 들어가는 수선의 얼굴을 보고 있으려니 입이 쩌억 벌어졌다.

간만에 대하는 맛있는 술과 아름다운 미인을 보노라니 목풍아는 살맛이 났다.

왜 푸른 산속에 사느냐고 물어봐도[問余何事棲碧山]

대답없이 빙그레 웃으니 마음이 한가롭다[笑而不答心自閑].

복숭아꽃 흐르는 물 따라 묘연히 떠나가니[桃花流水杳然去]

인간 세상이 아닌 별천지에 있다네[別有天地非人間].

아름다운 기녀 수선을 껴안고 술을 마시니 근엄한 어사의 모습이 아니라 허랑방탕한 한량 우두머리가 틀림없었다. 덩실덩실 춤을 추고 가기를 따라 노래를 부르며 목풍아는 놀았다.

설마 어사가 이렇게 방탕하게 놀 줄이야 관리 세 사람도 상상하지 못했던 터라 멍하니 목풍아의 모습을 바라볼 뿐이었다.

그렇게 밤은 깊어 관리 세 사람도 술을 이기지 못하여 함께 놀던 기녀들과 함께 방을 나가 버리고 목풍아는 몸을 가누지 못하고 수선의 침대에 곯아떨어져 버리고 말았다.

한동안 정신없이 잠을 자던 목풍아는 뭔가 섬뜩한 기운을 느끼고 번쩍 눈을 떴다.

기녀 수선이 금방이라도 찌를 듯 목풍아의 코끝에 가늘고 날카로운 장침 하나를 들고 노려보고 있는 것이었다.

이미 목풍아는 두 손목과 발목이 침대에 결박당하여 움직일 수도 없었으니 주소천에게 당한 이래 비슷한 상황을 두 번이나 겪고 있는 것이다.

"이런 제길, 지금 뭐 하는 거야?"

수선이 장침을 목풍아의 코끝에서 이마로, 이마에서 코끝까지 희롱하듯 살짝 움직여 갔다. 살갗에 닿는 차가운 감촉에 등줄기가 오싹하였다. 수선이 씽긋 미소를 지으며 목풍아의 귀에 대고 속삭이듯이 말했다.

"그대를 죽이려 하는 거지요."

목풍아는 생각지도 못했던 기녀 수선이 자객이란 것에 당황하였다. 두 팔과 발목이 묶여 있어 움직일 수도 없는 상황이었다. 오괴와 독돈, 일도는 목풍아가 기녀와 잠자리에 들어간 것이라 생각하여 바깥에서 기다리고 있을 것이 틀림없었다.

만약 소리라도 지른다면 목풍아는 비린내가 풍기는 독침에 맞아 죽을 것이 뻔한 일이다. 어린 나이에 해볼 것도 못해보고 다른 세상으로 가버리는 것은 억울한 일이다. 이럴 때일수록 배짱있게 나가는 것이 중요하다.

목풍아는 미소를 지으며 말했다.

"후후. 수선아, 수선아. 너는 하나만 알고 둘은 모르는 아이로구나."

수선이 머리를 갸웃거리며 말했다.

"무슨 말이지?"

"나를 죽이게 되면 네가 포함된 집단 모두가 괴멸되리란 것은 생각지 않는 것이냐?"

"걱정하지 않아도 돼. 넌 복상사를 당한 것이니 흑살문에 누가 될 염려는 없으니까 말이다."

"복상사?"

수선이 목풍아의 눈앞으로 장침을 가져갔다.

"이 장침으로 네 회음부(會陰部)를 깊숙하게 찌르면 아무런 고통 없이 저 세상으로 가게 되지. 검시관들도 네 중요한 계란 밑까지는 검시하지 않을 것이니 자연사로 알게 될 거야."

'이런… 제길…….'

어떻게든 이 난관을 벗어나는 것이 중요하였다. 할 일이 많은데 여기서 끝을 낼 수도 없는 노릇이었다.

"하하하하."

목풍아는 밑도 끝도 없이 웃었다.

수선이 머리를 갸웃거리며 목풍아를 바라보았다.

“왜 웃는 것이지?”

“계란이라는 말이 웃겼다. 또 네 하는 짓도 웃기고 말이다.”

“뭐가 웃기다는 말이냐?”

“나는 오늘까지 너희 대장에게 나를 만나러 오라 일렀는데 너희 대
장이 나에게 이런 장난을 치려 하는 것이 우스워서 그랬다.”

“뭐라고?”

“수선아, 잘 들어라. 나는 천자의 명을 수행하는 어사이다. 그런데
내가 무엇 때문에 이곳을 찾아왔으리라 생각하느냐? 어제 나는 흑살문
에서 보낸 자객 열다섯을 황천으로 보내었다. 자객들 모두 혀가 없고
흉측하게 생겼더군. 그중에 하나를 살려서 형주에 있는 네 두목에게
보내었다. 자객 주제에 형주의 제법 큰 기루를 운영하고 있더군. 광한
루(廣寒樓)라는 기루였지 아마?”

수선의 눈빛이 흔들거렸다. 그도 그럴 것이 어사가 갑작스럽게 기루
에 찾아오리라는 것은 예상을 못하고 있었기 때문이다. 갑작스런 행보
뿐 아니라 흑살문의 총단이 있는 형주 광한루를 들먹이고 있다는 것은
흑살문에 대한 정보를 목풍아가 가지고 있다는 뜻이었다.

“나는 흑살문의 우두머리가 기루를 운영하고 있다는 말을 듣고 합비
에서 가장 큰 이곳 명화루(明華樓) 역시 흑살문의 끄나풀들이 숨어 있
을 것이라 생각을 하였지.”

“그, 그럼……”

“나는 천자의 명을 받고 흑살문의 문주를 만날 길을 만들기 위해 너
를 만나러 온 것이다. 전장에서도 사자를 살려주는 것은 예의인데 일
부러 찾아온 사람을 이렇게 대하다니 어찌 우습지 않겠느냐?”

알 게 뭐냐. 우선 사는 것이 중요하다. 어떻게든 수선이라는 살수가

살심을 거두도록 만드는 것이 급선무였다. 의도를 알아내는 것은 그 후의 문제이다.

그런데 수선이 멈칫하는 것을 보자 목풍아의 빠른 머리와 혀가 더욱 빠르게 돌아갔다.

"너는 어사 신분인 내가 공무를 제쳐 두고 할 일 없이 기루에 찾아온 줄 알고 있었느냐? 모두 다 예상한 일이다."

"믿을 수 없어."

믿을 수 없었지만 믿을 수밖에 없었다. 어사가 관리들을 데리고 질탕하게 놀았다는 것은 선례가 없는 일이었으므로 수선은 목풍아의 말에 차차 믿음이 가고 있었다.

"와하하하. 내가 소리만 지르면 너를 사로잡을 수 있지만 믿을 수 없다면 창문 밖과 문 앞을 살펴보거라. 내 수하들이 지키고 있을 것이다. 그들은 무공이 무척이나 강해 살수 열다섯 명이 비명도 지르지 못하고 한주먹에 박살이 나고 말았지. 아마 내가 조금이라도 해를 당한다면 너 역시 쉽게 돌아가지는 못할걸?"

수선은 창백한 얼굴로 가볍게 한숨을 내쉬었다. 목풍아의 말이 사실이라면 자신이 도리어 포위당한 꼴이다. 그러나 목풍아의 얼굴을 보니 눈빛이 반짝거리고 미소를 짓고 있는 것이 왠지 자신을 속이는 것 같다.

몸을 일으켜 장문가로 다가가니 누각 끝 기와 지붕에 덩그러니 두 사람의 그림자가 보였다.

살짝 뒷걸음을 치는 수선을 보고 목풍아는 미소를 흘렸다. 언제나 새벽녘이면 기와 지붕 위에 올라가 뜨는 해를 바라보며 궁상을 떨고 있는 오괴와 독돈을 본 것이 틀림없었다.

수선이 다시 가벼운 걸음으로 문 앞으로 다가가 문을 살짝 열어보니 한 사람이 팔짱을 낀 채 근엄하게 의자에 앉아 있다. 일도였다. 일도는 얼굴에 난 칼자국으로 반은 먹고 들어가는 인물이다. 더구나 목풍아에게 받은 까만 일산안경을 밤낮없이 쓰고 있기 때문에 잠이 든 것인지 알 수 없다.

수선은 재빨리 문을 닫았다. 목풍아의 말대로 도망갈 곳이 없으니 도리어 포위당한 것이나 다름이 없었다.

수선이 목풍아에게 다가와 침대 옆에 앉았다.

"내 말이 맞지?"

수선이 고개를 끄덕였다. 목풍아의 얼굴은 위험에 처한 사람의 얼굴이 아니다. 미리 알고 왔으니 그에 대한 대비가 되어 있을 것이 분명했다. 그때 목풍아는 빤히 수선의 백옥 같은 얼굴을 바라보다가 생각할 기회를 주지 않으려고 재빨리 입을 열었다.

"참 의외인걸? 이런 미인이 자객이라니…… 내 소문을 들어는 봤느냐?"

수선이 고개를 끄덕였다. 어찌 듣지 않을 수 있겠는가? 남경에서 오는 내내 무수한 이야기를 만들며 명판관이라는 소문을 진동시킨 목풍아가 아니던가. 사람들이 북적거리며 이야기가 오고 가는 이곳에서 어사 목 아무개의 소문을 듣지 못했을 리 없다.

"너는 이런 이야기를 들어봤느냐? 나같이 죄없고 백성들에게 인망을 받는 사람을 죽이면 지옥의 제일 끝인 무간지옥에 떨어진다고 말이다. 옥졸이 죄인의 가죽을 벗기고 그 벗겨낸 가죽으로 죄인의 몸을 묶어 불수레에 실어, 훨훨 타는 불 속에 죄인을 집어넣어 몸을 태우고, 야차들이 큰 쇠창을 달구어 죄인의 몸을 꿰거나 입, 코, 배, 등을 꿰어 공중에 던지는데…… 이미 죽은 영혼이라 다시 죽을 수도 없으니 두고두고 괴로움을 받아야 한다니 사람은 죄를 지으면 벌을 받을 수밖에 없는 숙명의 존재가 아니겠느냐? 아! 저승을 생각하면 나는 아쉬울 것이 없지만 너는 사람을 많이 죽였을 테니 상당히 괴롭겠구나.”

“그, 그런 말도 안 되는…….”

기녀 수선의 기가 꺾인 듯 눈빛에 어렸던 살기가 서서히 사그라지는 것을 목풍아는 피부로 느낄 수 있었다. 그리고 보면 자신이 연자루나 소요루 같은 술집을 정보망을 위해 포섭한 것처럼 천하의 정보를 쉽게 접할 수 있는 술집이야말로 자객 집단의 좋은 거처가 될 수도 있으리라 생각하였다.

청부를 하는 사람이 가볍게 술을 마시러 와서 기녀에게 청부를 하면 기녀가 선을 통해 흑살문의 자객을 움직인다는 가정을 했을 때 목풍아의 생각은 제법 신빙성이 있어 보였다.

“흑살문의 문주는 어떤 사람이지?”

“그, 그건 저도 몰라요.”

목풍아의 말에 쉽게 흔들리는 것을 보면 전문 살수가 아닌 것은 틀림없었다. 어쩌면 흑살문의 높은 위치에 있는 누군가에게 사주를 받은 것인지도 몰랐다. 아니면 자신을 만나기 전에 시험하기 위한 암계인지도 모르는 일이다. 그렇게 생각하니 자신이 잘 때 죽일 수도 있었음에도 불구하고 사지를 묶어 위협을 가하던 것을 생각하니 후자가 더욱 신빙성이 있었다.

협상을 하기 전 우위를 차지하기 위해 겁을 주는 방법은 외교의 기본적인 수법이었으니 이는 흑살문의 문주가 오늘 목풍아와 만나겠다는 의미가 숨어 있는 것이다.

수선이라는 생각지 못한 살수를 통해 흑살문의 힘을 보여주고 두려움이라는 수단으로 목풍아를 압박하여 좋은 협상을 이끌어내려는 것이 틀림없었다. 그렇게 생각하니 안개가 걷히듯이 죽음에 대한 두려움도 사라졌다.

목풍아는 수선의 얼굴을 바라보며 물었다.

"너는 참 예쁘게 생겼는데 어째서 이렇게 험한 일을 하는 게지?"

"……."

"네가 살수의 임무를 다 하려면 나를 죽이는 것이 마땅하지만 내가 죽으면 너도 죽어야 하니 그것은 살수 본연의 자세가 아니다. 살수는 자신이 살고 남을 죽여야 하는 자객이니까 말이다."

수선은 목풍아를 노려보며 말했다.

"도대체 무슨 말을 하는 거예요?"

수선이 다시 장침을 번쩍 치켜들었다. 수선의 머리 속이 복잡하게 뒤엉키기 시작하고 있는 것이다. 생각할 틈을 주지 않는 목풍아의 전략이 성공하고 있는 것이다.

"이봐, 이봐, 수선아. 아직 내 말이 끝나지 않았는데 이러면 어떡하니?"

"도대체 정신이 없어요, 정신이."

수선은 침을 내려놓고 우울한 얼굴로 목풍아를 바라보았다.

목풍아의 웃는 얼굴을 보고 있으려니 맥이 탁 풀렸다. 사람을 죽이는 일은 그리 유쾌한 것이 아니다. 악한을 죽이는 일은 기분이 좋은 일이지만 의인을 죽이는 일은 수선도 마음에 걸리는 일이었다. 수선은 흑살문 문주의 총애를 받는 자객으로 사람을 죽이는 일을 파리 죽이는 것처럼 생각하였지만 목풍아만은 자꾸만 마음에 걸리는 것이다.

이제 더 생각할 것이 없었다. 흑살문주에게 그 사람됨을 알아오라는 명을 받고 있던 수선은 그 명령을 수행해야만 한다.

"이봐요, 당신은 어떤 사람이죠?"

본론이 나오기 시작하였다. 그러나 목풍아는 수선의 의도를 쉽게 따를 위인이 아니다.

"나? 나는 미인을 좋아하는 사람이지."

목풍아가 허연 이를 드러내며 웃었다.

"농담하지 말아요."

수선이 독침을 번쩍 쳐들었다.

"아이구, 무서워라. 나는 독침을 무서워하는 사람이에요."

수선이 목풍아의 너스레를 참을 수 없어 손을 입에 가져가 까르르 웃었다.

"장난치지 말고 어서 말해 봐요."

"무서운 독침을 치워주면 말해 주지요."

수선이 독침을 방 가운데 있는 기둥으로 휙 던졌다. 독침이 기둥에 박혀 흔들거렸다.

"우와, 대단한 실력."

"과찬입니다."

"좋아, 내가 다 말해 주지. 대장이 내 사람됨을 알아오라 시켰을 테니 물어보면 이렇게 말하면 돼."

수선의 웃는 얼굴이 굳어졌다.

목풍아는 그런 수선의 얼굴을 보며 빙그레 웃었다.

자객은 피도 눈물도 없는 사람이지만 그 무리를 인솔하는 자는 그와는 부류가 다른 사람이어야 한다. 단체를 인솔하기 위해 계산도 하여야 하고 총체적인 관리를 할 수 있는 자가 무리의 대장이 되는 것이다. 그 점을 모를 목풍아가 아니다.

"그런데 이렇게 묶여 있으면 할 말이 목구멍까지 나왔다가도 도로 들어가 버리는데 어떡하지?"

야금야금 자신의 의도대로 풀어가는 목풍아였다. 수선은 어쩔 수 없이 목풍아의 사지를 묶은 밧줄을 풀었다.

"와하하하. 이제 자유가 되었다."

목풍아는 망설임없이 수선을 냉큼 껴안았다.

"이봐요. 나는 당신을 죽이러 온 사람이라구요."

"헤헤헤. 그전에 그대는 나와 하룻밤을 같이 보낸 기생이라구⋯⋯."

목풍아는 수선의 하얀 볼에 입맞춤을 하곤 허연 이를 드러내며 웃었다.

수선은 이런 사람을 본 적이 없다. 방금 전까지 자신을 죽이려던 살수를 좋다고 품에 안는 사람을. 머리가 좋은 사람이니 천지를 모르는 것은 아닌데 겁이 없는 것인지 바람기가 많은 것인지 알 수 없지만 그런 목풍아가 기분이 나쁘지 않은 수선이었다.

"좋아요. 이제 당신에 대해 이야기해 줘야 하는 것 아닌가요?"

목풍아가 웃으며 말했다.

"나는 살수를 웃게 만드는 능력이 있는 사람. 그리고 나와 협력을 하면 이득이 되는 일이 많을 것이라고 너희 대장에게 말해 주면 돼."

"저는 난처해요."

"난처할 것 없어. 너희 대장도 내가 만만한 사람이 아니라는 것을 이미 알고 있을 테니까. 그런데 그보다도 흑살문은 이런 기루를 통해 움직이나 보지?"

수선이 고개를 끄덕였다.

"정보망이 있으니까요."

"너 같은 예쁜 기녀들도 많이들 살수가 되나 보지?"

"저희는 점조직으로 운영되기 때문에 많은 것은 알 수가 없어요. 다만 흑살문의 자객들은 세상에 원한이 많은 사람들로 키워지고 있다는 것, 그리고 여러 방면에서 움직이고 있다는 것밖에는 몰라요."

목풍아는 빙그레 웃으며 말했다.

"너는 어떤 원한이 있어서 자객이 되었느냐?"

수선은 서글프게 미소를 지으며 고개를 내저었다.

"말씀드릴 수가 없어요."

"말하기 싫으면 말하지 마라. 새벽이 다가오는데 잠이나 자자꾸나."

목풍아는 수선을 껴안고 이불 속으로 파고들었다.

한편 기와 지붕 위에서 웅크리고 앉아 동녘의 어슴푸레한 여명을 바라보던 오괴가 입을 열었다.

"독돈, 대장이 너무 여색을 밝히는 것 아닌가? 자객까지 품다니 기가 막힐 일이군."

"우리 같은 사람도 수하로 만드는 대장의 입심인데 계집이 어떻게 당해낼 수 있겠어. 으허허허."

녹논이 헐헐거리며 웃었다. 두 사람은 심후한 공력과 정력 덕분에 바깥에서 철저하게 목풍아의 동태를 살피고 있었던 것이다. 목풍아의 말은 거짓 같았지만 정말로 수선이 목풍아의 말에도 마음을 돌리지 않았다면 목풍아를 죽이기도 전에 피떡이 되어버렸을 것이다.

오괴가 얼굴을 찡그리며 고개를 설레설레 저었다.

“그녀는 자객이야. 자객을 어찌 믿을 수 있겠나?”

“그건 모르는 일이지. 대장의 일인데. 그리고 대장은 한참 왕성할 나이가 아닌가? 그 성질에 자객이든 뭐든 가리겠어?”

“대장은 어사야. 나라의 중책을 맡은 몸이란 말이다.”

“그래서 어쨌다구? 어사는 여색을 가까이하지 말란 법이 있나? 대장은 그리 만만한 사람이 아니니 걱정 말라구.”

독돈의 말에 오괴가 한숨을 길게 내쉬었다.

“나는 걱정이 되는군.”

독돈이 오괴를 바라보았다.

“보이지 않는 무림에 어떤 일이 기다리고 있을지 알 수 없다는 것을 나도 알고는 있어. 하지만 나는 그렇게 생각한다. 대장의 마음속에 우리가 알 수 있는 심계가 숨어 있다는 것을 말이야.”

오괴는 독돈을 바라보았다.

퉁퉁한 독돈이 그동안 바보스러운 행동을 일삼고 있었지만 그 역시 깊은 속내를 숨기고 있던 것이 아닌가 생각되자 일순간 당황이 되었다.

오괴의 얼굴을 바라보던 독돈의 얼굴이 일그러졌다.

“뭐야? 그런 얼굴은? 너는 설마 나를 바보로 알고 있었던 것이냐?”

독돈이 버럭 소리를 질렀다.

“그, 그건 아니고…….”

“아니긴 뭘 아니야? 너 이 자식, 명문정파의 제자라고 날 무시한 거야?”

“아, 아냐.”

“당황하는 것을 보니 그런 것이 틀림없어.”

오괴가 고개를 숙이고 풀이 죽은 사람마냥 대답했다.

"미, 미안하다."

독돈이 너털웃음을 지으며 말했다.

"이봐, 까마귀. 너는 사람을 보는 것부터 배워야겠어. 너는 나처럼 윗자리에 있어보지 못했기 때문에 사람을 보는 눈이 서툴단 말이다. 소싯적 이야기지만 나는 백련교 사대천왕의 한 사람으로 내 밑에 추종자들이 수천 명이 넘었단 말이다. 그들을 수하로 이끌기 위해서는 사람을 보는 감식안이 있어야 한단 말이다. 알겠어? 하긴 심부름만 하던 네가 나보다 사람 보는 눈이 있긴 하겠냐?"

오괴는 불끈 화가 치밀었다.

"그, 그럼 네가 나보다 낫다는 말이냐?"

"당연하지. 내가 매번 내기에서 너에게 이기는 것을 보면 알 수 있지 않느냐?"

오괴가 버럭 소리를 질렀다.

"개소리 말아."

"으허허허. 개소리 같았나?"

독돈은 반질반질한 머리를 쓰다듬으며 동녘에 떠오르는 노란 해를 바라보며 왈왈 짖었다. 잠시 개소리를 한 후에 고개를 돌려 독돈이 말했다.

"이번에는 바른 소리를 할게. 여색 문제는 나도 대장의 심계를 짐작할 수가 없으니 나중에 대상에게 물어보기도 하고…… 나는 지금 고민이 있어. 내 짐작이 맞다면 너 역시 그 고민은 마찬가지일 것 같은데?"

오괴가 말했다.

"나 역시. 그럼 같이 말해 볼까?"

서로의 얼굴을 바라보던 오괴와 독돈의 입에서 같은 말이 튀어나왔다.

"무공!"

서로를 바라보는 두 사람은 고개를 끄덕였다.

거친 강호에 내놓여진 목풍아의 문제점은 무공이 없다는 것이었다. 머리는 누구보다도 뛰어나지만 그것으로 자신을 지킬 수는 없는 노릇이다. 강호를 종횡하던 두 고수의 눈에 그것은 가장 심각한 문제점으로 비추어졌다. 침실에서 자객에게 무방비 상태로 당한다면 그동안 쌓아왔던 천하평안의 노력이 수포가 될 수 있었다. 마냥 운이 좋은 사람 마냥 태평할 수만도 없는 노릇이었다. 그뿐 아니라 수많은 적과 맞닥뜨려졌을 때 두 사람이 목풍아를 반드시 지키리라 장담할 수만도 없는 노릇이었다. 무엇보다 목풍아 자신이 반드시 자신을 지킬 수 있는 무공을 익히고 있어야 한다는 것이 가장 큰 문제였다.

오괴가 말을 꺼냈다.

"문제는 말이야. 대장이 무공을 배우길 싫어한다는 것이야. 그러니까 대장이 모르게 무공을 배울 수 있는 기틀을 우리가 마련해야 한다는 말이지."

"어떻게?"

"속성으로 내공을 키울 수 있는 수단이 필요해. 뭐 좋은 수단이 없을까? 너는 마교니까 빠르게 내공을 키우는 수단을 잘 알고 있을 것 아니냐?"

독돈이 반질거리는 머리를 쓸며 말했다.

"한 가지 있긴 한데?"

"뭔데?"

"내가 강호를 종횡할 때 무당 조사 장삼풍이 대단환(大丹丸)이라는 것을 만들었다는 이야기를 들었는데 말이야. 그것을 먹으면 공력이 증진한다며? 너는 잘 알 것이 아니냐?"

"뭐야?"

오괴의 얼굴빛이 창백하게 변하였다.

대단환. 그것은 무당 조사 장삼풍이 갖은 영약을 조합하여 만든 환약으로 공력을 증강시킬 뿐 아니라 죽은 사람도 살린다는 영단이었다. 분명히 장삼풍이 만들어 복용을 한 적이 있으므로 소문은 있으나 장삼풍이 죽은 이후에는 약이 어디에 있는지 행방을 알 수 없어 전설로만 전해 내려오는 영단이었다.

"너, 너는 그럼, 무당파 최고의 보물인 대단환을 도둑질해 오라는 것이냐?"

독돈이 고개를 끄덕였다.

"너는 무당 조사의 막내제자이니 잘 알 것이 아니야?"

오괴에게는 어렵지 않은 일이었다. 사형들이 무림의 일로 무당산을 떠나 버렸기 때문에 그는 늘상 사부를 수행하며 살아왔었다. 때문에 약실에서 사부가 대단환을 조제하면 은밀하게 보관하는 곳까지 심부름을 도맡아 하였으므로 마음만 먹으면 어렵지 않게 찾아올 수가 있었다. 하지만 사문까지 찾아가 경계망을 뚫고 도적질을 해온다는 것은 오괴의 양심상 그리 유쾌한 일만은 아니었다.

오괴가 머리를 내저으며 녹논에게 말했다.

"사부님이 대단환 덕분에 이백 년 가까이 사셨지만 아직도 대단환이 남아 있는지는 나도 알 수 없다. 그보다 너희 마교에서 전해 내려오는 천보환(天寶丸)이라는 영약이 대단하다 하던데 그것은 어떤가?"

천보환은 백련교의 초대 교주가 만든 영단으로 만독불침(萬毒不侵)

의 효과와 공력 중진의 효험이 있는 천하에 둘도 없는 영약이었다. 백련교 교주에게만 전해진다는 천보환 역시 명대 초에 백련교가 괴멸되며 그 행방을 알 수 없게 되어 대단환과 같은 신세가 되고 말았지만 그역시 목풍아의 내공을 중진시키는 데 탁월한 효과가 있는 영단이 틀림없었다.

오괴가 말을 꺼낸 이유는 바로 이것 때문이었던 것이다.

독돈이 맨머리를 긁적거리며 난처한 듯 말했다.

"이거 참, 곤란한 일이군. 세월이 지나서 백련교의 총단도 없어졌을 것이니 그게 어디에 있는지 알 수가 있나? 백련교 교주의 연공실인 백련정(白蓮亭) 안에 보관한다고 듣긴 들었는데 아직까지 남아 있으려나? 그것은 백련교의 교주가 되어야 먹을 수 있는 백련교 최고의 보물이라고. 그런 보물이 아직까지 남아 있겠나? 벌써 누군가가 훔쳐 갔을지도 모른다구. 내가 대단환 이야기를 뭣 때문에 꺼내었겠냐구? 무당파는 아직까지 남아 있으니 대단환이 있을 확률이 높잖아."

"젠장."

오괴가 바닥에 침을 뱉었다. 대장을 위해 사부님을 배신하고 대단환을 가져올 수도 없는 노릇이었다. 어려운 문제였다. 그때였다.

"오괴, 독돈, 뭐 하느냐?"

목풍아의 목소리가 창밖으로 들려왔다.

"그 문제는 나중에 이야기하자."

두 사람이 시큰둥한 얼굴로 몸을 날려 누각으로 뛰어들어 가 목풍아의 방문을 열고 들어가니 이미 방 안에 일도가 우두커니 서 있었다.

목풍아는 옷을 차려입고 탁자 앞에 앉아 있었는데 그 옆에 수선이 요염하게 앉아 있었다.

“자, 이제 식사나 하러 가자구.”

목풍아가 부하들이 온 것을 확인하고 자리에서 일어나 문을 나서니 일도가 그 뒤를 따르고 독돈이 그 뒤를 따랐다. 오괴는 세 사람이 나가자 수선을 노려보며 말했다.

“운이 좋은 계집. 네년 대장에게 전하거라. 우리 대장의 손끝 하나 건드렸다가는 가만있지 않을 거라고……”

오괴는 가볍게 탁자를 누르고 성큼성큼 바깥으로 나갔다.

둥근 월문이 탁 하고 닫히기 무섭게 탁자의 네 발이 기우뚱거리더니 탁자가 맥없이 주저앉고 말았다.

‘암경(暗勁).’

수선의 얼굴이 새파랗게 질리고 말았다. 목풍아의 말은 사실이 틀림없었다. 만약 자신이 손가락 하나라도 목풍아에게 까딱하였다가는 고수들에게 이런 신세가 되고 말았을 것이다. 살수 수십여 명이 맥없이 죽었다는 말은 거짓이 아니었던 것이다.

탁자의 네 발을 모르는 사이에 부러뜨릴 수 있는 고수는 세상에 얼마 되지 않음을 수선은 잘 알고 있었다. 그러므로 이것은 수선과 흑살문에 보내는 무언의 경고였다.

수선은 떨리는 마음을 안고 창문을 열었다. 하얀 비둘기 한 마리가 날아들었다.

수선은 재빨리 글을 써서 비둘기 발에 달린 대나무 함에 서신을 말아 넣고는 비둘기를 날려 보내었다.

이때 목풍아는 주루의 이층 난간 앞에 있는 탁자에 앉아 융숭한 아침 식사를 하고 있었다.

목풍아의 앞에 앉아 있던 오괴가 입을 열었다.

"대장, 여색을 너무 밝히시면 좋지 않습니다."

닭다리를 뜯던 목풍아가 빤히 오괴를 바라보았다. 오괴는 심각한 얼굴로 목풍아에게 말했다.

"대장, 구룡방주와 하소선까지는 이해할 수 있습니다만 위험한 자객까지 품에 안으시는 대장의 심중은 도무지 알 수가 없습니다. 숨은 생각이 있으시다면 저에게도 말씀해 주십시오."

목풍아가 고개를 젖혀 유쾌하게 웃으며 오괴를 바라보며 말했다.

"와하하하. 노자(老子)는 천하를 크게 다스려 극성에 닿았을 때 이웃 나라를 서로 볼 수 있고 닭 울고 개 짖는 소리를 들을 수 있으며, 백성들은 저마다 자신의 습관에 맞추어 즐겁게 살 수 있다 하였다. 그러나 이것은 현실 사회에서는 존재할 수 없는 것이다. 수만 년 인간이 살아온 세월 동안 노자의 정치가 행해진 적이 있었던가? 사람의 귀와 눈은 음악과 여색을 충분히 즐기라고 존재하는 것이며, 입은 온갖 고기 맛을 보라고 있으며, 몸은 편안하고 마음은 권세의 영화를 자랑하라고 있는 것이다. 나는 사람의 욕망에 순응하며 살아갈 따름이다. 또한 그것이 백성들을 감동시키는 방법이라고 생각한다."

"대장, 그, 그건 아니라고 봅니다."

"와하하하. 의리있는 사람들은 명분을 목숨보다 더 중요하게 생각한다. 그러나 그건 개소리에 불과한 일이야. 나는 서민들을 바라보는 사람, 군사들이 앞 다투어 성을 공격하고 적진으로 뛰어드는 이유가 무엇이라 생각하는가? 길거리의 깡패들이 행인을 습격하여 생매장을 서슴지 않고, 협박과 공갈을 저지르고, 묘지를 도굴하며 동전을 위조하고, 남의 재산을 가로채는 이유가 무엇이라고 보는가? 예쁜 아가씨들이 분

바르고 치장하고는 가야금을 뜯으며 긴 소맷자락을 휘날리는 이유가 무엇이라고 보는가? 도박판의 도박꾼들이 한 치 물러섬이 없는 이유는, 기술자들이 물건을 제작하는 이유는, 농사꾼들이 농사에 전력하는 이유는, 관리들이 법조문을 농락하고 문서나 도장을 위조하면서 도끼 날에 목 잘릴 위험을 망각하는 이유가 무엇 때문이라 생각하는가?”

오괴와 독돈이 서로의 얼굴을 바라보다가 손가락을 둥글게 말았다.

“돈입니다.”

“그렇다. 수만 년 동안 인간 사회는 의리라는 명분 밑바닥에 재물이 항상 있었다. 재물이란 무엇인가? 그 역시 인간의 본성인 것이다. 백성들은 재물을 벌어 부자가 되고 절세미녀를 얻어 행복하게 살기를 소망하는데 정치는 이(利)는 더러운 것이라 멀리하란다. 제놈들은 호위호식하면서 말이다. 제기랄. 이렇게 틀려서 무슨 수로 백성들의 막힌 곳을 터뜨려 줄 수 있단 말인가? 하지만 나는 그런 자들과는 다른 사람이라서 본성에 충실할 수밖에 없단 말이야. 제기랄.”

오괴와 독돈이 어리둥절해져서는 서로를 바라보았다. 분명 뭔가 다른 물음을 했던 것 같은데 목풍아와 이야기를 나누면서 이야기의 본질이 헷갈려 버린 것이다.

머리를 갸웃거리며 다시금 생각을 정리하려 할 때 목풍아가 한숨을 내쉬며 말했다.

“본성에 충실하려 하지만 사실 나는 지금보다 더 많은 여자가 필요한 것이 사실이지.”

그제야 그들은 처음에 말을 꺼낸 의도가 여자를 줄이라는 것임을 깨달았다. 순간 오괴와 독돈이 도리어 멍하였다. 여자를 늘리겠다니 이것은 또 무슨 말인가.

독돈이 머리를 갸웃거리며 말했다.

"어째서 그런가요?"

"지금의 내 상황으로서는 그렇다는 말이지. 믿을 수 있는 세력을 만들기 위해 나는 더 많은 여자가 필요해. 너희에게 말을 하지는 않았지만 나는 천자의 두 공주를 내 손에 넣었다. 그리고 구룡방주 화옥, 남경의 하소선까지……."

옆에 있던 일도의 입이 쩌억 벌어졌다. 벌써 네 명, 거기에 천자의 금지옥엽 두 딸까지 품에 넣었다면 보통 일이 아니다. 이런 엄청난 일을 벌이고도 대장은 자꾸만 여자를 늘리려 하고 있다는 것이다.

목풍아는 오괴와 독돈을 바라보며 말했다.

"내가 어째서 여자들의 마음을 사는 것인지 너희는 짐작하지 못하겠는가?"

오괴와 독돈, 일도는 머리를 내저었다. 어찌 알 수 있겠는가? 두 사람은 침을 꿀꺽 삼키며 목풍아를 바라보았다.

목풍아는 술 한 잔을 마시고 입을 열었다.

"욕망에 순응하려 한다는 한 가지 이유 이외에 또 다른 이유는 내가 천하 백성들에게 뭔가를 해주려 하는 관리이기 때문이지. 맨손으로 이 자리에 오른 나는, 나를 든든하게 받쳐 줄 주변 세력이 없다는 단점이 있다. 도연 역시 그 점을 알고 있기에 내가 궁전을 들락거리며 주변의 세력을 만들까 봐 나를 보내어 버린 것이 아닌가."

오괴와 독돈은 머리를 끄덕거렸다.

"세력이 없다는 것, 그것은 정치하는 데 참 괴로운 일이 아닐 수 없지. 내가 두 공주의 마음을 얻은 것은 궁궐 내부에 내 편을 만들어 든든한 힘을 키우기 위한 것이었다. 내가 없는 사이에 도연이 조정에서 사사건건 나를 비방하더라도 든든한 두 공주가 울타리가 되기 때문에 문제 될 것이 없는 것이다. 그리고 화옥과 하소선은 내가 도망칠 구멍들이다. 정치라는 것은 언제 어떻게 될 것인지 알 수 없는 일이기 때문이지. 어제의 적이 오늘의 동료가 되는, 협의(俠義)나 정의(正義)를 생각하는 무인들의 머리로서는 이해할 수 없는 일이 일어나는 것이 바로 관부란 말이다. 방효유의 일로 도연의 계교에 꼼짝없이 당한 후에 미리 천자에게 받은 사면철권이 없었다면 나는 꼼짝없이 감옥에 갇히거나 도연의 마수에 걸려 목이 달아나고 말았을 거야. 만약 정적에게 쫓기어 도망자 신세가 될 것을 생각한다면 내가 피신할 구멍을 만들어놓지 않으면 안 돼. 옛말에도 있지 않은가. 교활한 토끼는 여러 개의 구멍을 판다고. 내 정치 세력이 튼튼하다면 그럴 것까지 없지만 지금 상황으로서는 그것이 불가능하기에 지역마다 여러 여자를 만들어 위급한 상황에 대비하는 도피처로 만드는 것이 절실하다고 생각했기 때문이다."

"듣고 보니 일리가 있는 말씀입니다. 하지만 그렇다고 자객은 너무하지 않습니까?"

일도는 오괴가 무슨 말을 하는지 알 수가 없어 머리를 갸웃거렸다.

목풍아가 말했다.

"어쩔 수 없는 일이지. 우리는 흑살문이라는 자객 집단에 대해 아는 바가 없다. 뭐든 캐내기 위해서는 이용하는 수밖에 없어. 내 편을 만들어놓는 것도 나쁜 일은 아니지. 생각해 보라. 자객이라고 내가 겁을 먹는다면 그 대장이 나를 무엇이라 생각하겠는가? 천하의 목풍아가 겁을 먹고 물러설 수 없는 일 아닌가? 그렇지 않나?"

"지당하신 말씀."

독돈이 탁자를 치며 소리를 높였다.

오괴는 부끄러운 마음이 들었다. 항상 대장의 심계가 깊은 줄은 알고 있지만 자신의 생각은 항상 대장의 밑바닥을 기어다닐 뿐이다. 모르긴 몰라도 더 많은 생각들이 내포되어 있을 것이 틀림없었다. 그가 아는 것은 대장이 한 가지 생각만 하는 사람은 아니라는 것이기에. 그때였다.

목풍아가 목청껏 웃으며 오괴에게 말했다.

"와하하하. 좋아, 좋아. 나를 생각해 주는 부하가 있다는 것은 기쁜 일이지. 앞으로도 기분 나쁜 일이 있거나 나에게 충고하고 싶다면 즉시 말하라구. 나는 간언을 받아들일 준비가 되어 있는 사람이니까 말이야. 알겠지?"

오괴는 씽긋 웃으며 대답하였다.

"예, 대장."

"좋아, 좋아. 오늘이 흑살문주에게 이야기한 삼 일째야. 내가 수선의 방에서 만나자고 이야기해 놓았으니 너희도 든든히 먹고 준비하라구. 어떤 일이 일어날지 모르니까 말이야."

오괴와 독돈은 목풍아의 결연한 눈빛을 보고 고개를 끄덕였다.

식사를 마친 후 목풍아는 관아에 들러 못다 본 공무를 본 후 저녁 무렵 다시 주루로 돌아왔다.

주루는 여전히 사람들로 들끓고 있었지만 오괴와 독돈은 수상한 움직임을 느끼고 있었다. 주루에 앉은 손님 몇 사람이 날카로운 눈빛으로 목풍아를 힐끔거리고 있었는데 오괴와 독돈이 그것을 놓칠 리 없었다.

“대장, 주루 안의 기운이 심상치 않습니다.”

“오라, 벌써 도착했다는 말이군. 좋아, 좋아. 내가 무섭긴 무서웠나 보군.”

“대장, 조심하십시오. 자객들은 믿을 수 없는 존재들입니다.”

“그리 보자면 세상에 믿을 수 있는 사람이 어디 있나? 걱정 말라구.”

목풍아는 펄렁거리는 장포를 휘날리며 수선의 방이 있는 누각 삼층으로 터벅터벅 올라갔다.

담이 큰 것인지, 간이 굵은 것인지는 모르겠지만 대범한 것만은 틀림없다 생각하였다.

“수선아, 내가 왔다.”

수선의 방 앞에서 큰 소리를 치자 문이 열리고 수선이 다소곳한 모습으로 목풍아에게 다가와 머리를 조아렸다.

“네 대장이 왔느냐?”

수선은 목풍아의 뒤에 서 있는 오괴와 독돈, 일도를 보고 주눅이 들었는지 힘없는 목소리로 대답하였다.

“아직⋯⋯.”

“뭐야. 주루에 수상한 사람들이 득실거리던데 부하들은 먼저 보내고 자신을 나중에 올 생각인가? 와하하하.”

수선의 얼굴색이 창백하게 변하였다. 목풍아를 바라보는 수선이 말없이 고개를 내저었다.

오괴와 독돈이 얼굴을 번쩍 치켜들었다. 들어가지 말라는 의미가 틀림없었다.

수선이 다시금 눈을 깜빡이며 머리를 가볍게 내저었다. 그 표정이 절실하기 그지없었다. 수선의 방으로 들어가면 무언가 위험이 도사리고 있다는 뜻이 분명하였다.

목풍아가 말없이 수선의 얼굴을 바라보다 고개를 끄덕였다. 흑살문의 대장은 오지 않고, 주루에 자객들을 배치하였으며 수선의 방 안에 자객들이 기다리고 있다면 잘되어가던 일이 중간에서 빗나가 버렸다는 의미였다.

'뭐가 잘못되었을까? 다 되었다 생각하였는데…… 뭔가 흑살문주의 흥미를 끄는 새로운 조건이 들어왔다는 말인가?'

수많은 생각들이 머리 속에서 나타났다 사라졌다.

흑살문주를 설득하여 싸우지 않고 흑살문의 정보망을 이용하여 천자의 반대 세력을 찾는 목적을 상대편에서 간파한 것이 틀림없었다. 그렇다고 보이지 않는 자객 집단과 전면전을 벌이기에는 문제가 커지게 된다.

흑살문이 목풍아와 협상을 벌일 마음을 버렸다면 반드시 목풍아를 죽이려 할 것이 틀림없었다. 흑살문의 모든 고수들을 동원할 것이 분명하였다. 이것은 보통 일이 아니다. 원인을 생각하기에 앞서 위험을 벗어나는 것이 중요하다 생각하였다. 그러나 그냥 물러가기에는 목풍아의 자존심이 허락하지 않았다. 흑살문에 뭔가를 보여주지 않는다면 계속해서 자객들이 따라붙을 것이 틀림없기에 자신의 무서움을 보여줘야만 하는 것이다.

목풍아는 수선에게 말했다.

"수선아, 고맙다. 너는 내 옆에 있거라."

목풍아는 오괴와 독돈을 바라보며 고개를 끄덕였다.

두 사람은 천천히 월문의 옆으로 다가갔다.

쾅—

흙벽 앞에 서 있던 두 사람이 갑자기 흙벽을 가볍게 때렸다.

아아악―

방 안에서 비명 소리가 들려왔다. 암경이 흙벽을 뚫고 나가 매복하고 있는 자객들을 격살한 것이다.

그와 동시에 월문이 부서지며 시퍼런 칼을 든 자객들이 튀어나왔다. 월문 옆에 기다리고 있던 두 사람이 자객들의 머리통을 때렸다.

큭악―

일시에 뇌수가 부서지며 자객 두 사람이 비명을 지르며 바닥에 납작하게 쓰러져 즉사하고 말았다.

잇달아 월문 안에서 은빛 독침이 날아들었다. 작은 기척 소리에도 민감한 두 사람이 일제히 소매를 털었다.

강맹한 경풍이 일어나며 은빛 침이 사방으로 흩어져 버렸다.

아아악―

그와 동시에 검은 옷을 입은 자객 몇이 바닥을 뒹굴다가 맥없이 늘어져 버리고 말았다.

오괴와 독돈은 성큼성큼 방 안으로 들어갔다.

자객 두 명이 달려들다 두 사람의 일장에 피떡이 되고 말았다. 천하의 고수 두 사람이 함께 힘을 합치니 적수가 없었다.

방 안을 둘러보니 쓰러진 자객의 수가 여덟 명, 바깥에 두 명이 죽어 있으니 무려 열 명이나 되는 자객이 목풍아를 노리고 있었던 것이다. 그때였다. 방 안으로 목풍아와 수선, 일도가 뛰어들어 왔다.

"형님들, 무사들이 올라옵니다."

일도가 바깥을 가리키며 급히 말했다. 아래층에 대기하던 자객들이 올라오는 것이 틀림없었다.

"저놈들은 내가 맡지."

독돈이 어슬렁거리며 월문 바깥으로 나갔다. 그때 오괴는 창문 바깥에서 들리는 발자국 소리를 듣고 재빨리 창문을 뚫고 나갔다.

"아아악—"

바깥에서 사람들의 비명 소리가 들려오고, 펑펑거리는 장력 소리와 비명 소리도 연달아 들려왔다.

목풍아는 이마를 손가락으로 두드리며 탁자에 앉았다. 일도는 박도를 들고 목풍아의 주위를 경계하다가 코를 킁킁거리며 중얼거렸다.

"기름 냄새가 심하게 나는데, 그렇지 않아요?"

목풍아는 빙그레 웃으며 옆에 앉은 수선을 바라보았다. 까만 눈망울이 촉촉하게 젖어 이슬을 머금은 꽃처럼 아름다웠다.

천하를 평안하게 하겠다는 것이 이렇게 어려울 줄은 목풍아는 이전에는 몰랐다. 유방에게는 항우가, 항우에게는 한신이, 주유에게 제갈량이, 제갈량에게는 사마의와 같은 영웅들이 서로 맞물려 무언가 큰 대의를 이루는 것이 어렵다는 것은 고전에서도 명확하게 드러난 이치이지만 명석한 머리를 가지고도 그 뜻을 펴지 못한 채 죽어간 영웅들을 생각하면 애석한 것이 사실이었다.

이제 목풍아가 다시 자신을 돌이켜 생각하니 과거의 영웅들과 자신의 처지가 다르지 않은 것이 실로 처량하게 생각되는 것이다.

이제 뜻밖의 적을 만나 천하평안이라는 큰 뜻을 이룰 수 없게 된다 생각하면 가슴을 칼로 도려낸 것처럼 슬퍼지고 마음이 처량해지는 목풍아였다.

목풍아는 서글픈 얼굴로 수선에게 물었다.

"수선아, 네가 자객의 대장이라면 어떻게 하겠느냐?"

"저, 저는……."

수선은 얼굴이 붉게 상기되어 머리를 숙였다.

"내가 만약 자객의 대장이었다면 어떻게 하겠느냐?"

"……."

"나는 이렇게 할 것이다. 먼저 나는 자객들을 동원하여 내 곁에서 호위무사를 떼어놓은 후 믿었던 너로 하여금 독침을 찔러 나를 죽이도록 시킬 것이다. 주루에 불을 놓아 그들의 정신이 산만해지는 틈을 타서 말이지."

갑자기 목풍아의 등 뒤가 뜨끔하였다. 화끈거리는 불길이 이는 것 같더니 차차 가라앉기 시작하였다.

"과, 과연……."

목풍아는 수선의 얼굴을 바라보았다. 수선은 갑자기 얼굴을 부여잡고 울기 시작하였다.

"죄, 죄송합니다. 저는 나이 드신 할머니와 어린 동생들을 부양하며 살고 있어요. 제가…… 제가 이 일을 하지 않으면 동생들과 할머니가 위험에 처하기에……."

목풍아는 수선의 머리를 쓰다듬었다. 수선의 잘못이라 말할 수 없었다. 어쩌면 모두 자신의 탓인지도 몰랐다. 동생들과 할머니의 목숨을 지키기 위해 그럴 수밖에 없었던 수선이 불쌍하게만 생각되는 목풍아였다.

"……."

때마침 매캐한 연기가 코끝을 스치고 지나갔다.

"불이야! 불이야!"

주루 아래에서 불이 났다는 요란한 비명이 들려왔다.

일도가 놀라 창문 밖을 바라보니 시뻘건 불길이 검은 연기와 함께 누각을 타고 올라오고 있었다.

"대, 대장, 큰일 났어요. 큰일."

오괴와 독돈이 불길을 보고 방 안으로 들어오니 목풍아의 얼굴이 시퍼렇게 변하여 식은땀을 뻘뻘 흘리고 있었고 그 옆에 수선이 흐느끼며 울고 있었다.

"대, 대장."

일도가 놀라 소리쳤다.

오괴가 재빨리 수선의 머리채를 잡고 소리쳤다.

"이 계집, 대장이 너를 믿었건만……."

목풍아가 고개를 흔들며 말했다.

"수선을 놔둬라. 그녀는 죄가 없다."

"대장, 이 계집이 독침을 찌른 것을 모를 줄 아십니까? 언젠가 계집 때문에 이렇게 될 줄 알았습니다."

목풍아는 피식 웃으며 머리를 내저었다.

"놔둬라. 죄가 없다. 그녀를 살려주거라."

독돈은 재빨리 목풍아의 몸을 살피다가 등에 박힌 침을 뽑았다. 시커먼 침에서 비릿한 냄새가 났다.

"야단났군, 야단났어. 칠보화독침(七步華毒針)이야."

"뭐라구? 그런 악독한 침을 맞았단 말이야?"

"시간이 없다. 길어야 한 시진밖에 시간이 없어."

오괴가 수선의 머리채를 잡고 좌장을 번쩍 치켜들었다. 수선은 눈을 감고 처연히 죽음을 기다리고 있을 뿐이다. 분노로 시뻘겋게 변한 눈에 살기가 번뜩일 때 목풍아가 손을 번쩍 치켜들었다.

"오괴, 그만둬. 내 말이 말같이 들리지 않는가? 그녀는 돌봐야 할 가족이 있다. 그녀를 죽이면 한 가정이 무너진단 말이다."

오괴가 천천히 수선의 머리채를 놓고 몸을 돌렸다. 눈물이 나오는 것을 보이기 싫었기 때문이다.

바닥이 화끈거렸다. 불길이 어느새 삼층 누각까지 올라오고 있었다. 매캐한 연기가 누각과 방 안을 가득 메우고 있었다.

독돈이 소리쳤다.

"이럴 것이 아니라, 어서 이곳을 피하자구. 시간을 끌어야 대장에게 이로울 것이 없단 말이야."

독돈은 목풍아의 혈도를 몇 군데 누르고는 목풍아를 번쩍 들어 어깨에 올렸다.

오괴는 일도를 잡아 겨드랑이에 꼈다.

목풍아가 흐느끼고 있는 수선을 희미한 눈으로 바라보다가 독돈의 귀에 대고 말했다.

"수선, 수선도 살려줘라."

혀가 꼬여 말이 잘 나오지 않았지만 독돈이 그 뜻을 이해하고 재빨리 수선의 혈도를 누른 후 한쪽 겨드랑이에 끼우고 창밖으로 나갔다.

주루 아래에는 불길이 치솟고 있었다. 바닥에 사람들이 둘러서서 불구경에 여념이 없었는데 지붕에 사람이 나타나자 손을 치켜들며 소리를 지르고 있었다.

사람들 틈으로 관군들이 뛰어나오고 있었다.

독돈은 누각 지붕에서 몸을 훌쩍 날려 이층 지붕으로 뛰어내린 후 다시금 일층으로, 다시금 사람들 앞에 내려섰다. 마치 한 마리 고양이처럼 날렵한 신법에 사람들이 탄성을 질렀다. 그 뒤로 오괴가 일도를 겨드랑이게 끼고 가볍게 내려앉았다.

관군들과 관원이 사람들 사이를 뚫고 나와 오괴와 독돈을 감싸고 호위하였다.

지주가 새파랗게 질린 얼굴로 말했다.

"어, 어사나리는 무사하시오?"

독돈이 머리를 내저으며 말했다.

"위급하시니 어서 관아로 옮깁시다."

합비 지주가 놀라 관군들을 인솔하여 어서 목풍아를 관아로 옮기게 하였다.

목풍아가 독돈의 귀에 뭐라고 중얼거렸다.

독돈이 겨드랑이에 끼고 있던 수선을 내려놓으며 말했다.

"네년을 놓아주랍신다. 흥."

말을 마치기 무섭게 독돈의 어깨에 매달려 있던 목풍아가 힘없이 말을 짜내었다.

"죄책감 가지지 마라. 이 목 대인은 만만한 사람이 아니다. 반드시 살아라. 그래서 나에게 진 빚을 갚아야 한다."

힘겹게 말을 끝낸 목풍아는 맥없이 늘어져 버리고 말았다.

독돈은 목풍아의 맥박이 약해지는 것을 느끼고 뒤도 돌아보지 않고 관군들이 터놓은 넓은 대로를 따라 빠르게 걷기 시작하였다. 오괴는 분한 마음에 일장으로 수선을 죽여 버리고 싶었지만 목풍아의 명이 있어 수선을 매섭게 노려보다가 그 뒤를 따랐다.

"대장, 대장."

일도는 눈물을 훔치며 오괴의 뒤를 따라 뛰어가 버렸다. 관군들이 그 뒤를 따라 물러간 후에 사람들이 수선의 주변으로 몰려들었다.

“내, 내가…….”

수선은 힘없이 주저앉아 흐느꼈다. 가슴을 도려내는 것처럼 아파 견딜 수가 없었던 것이다. 의인을 독살하려 한 죄책감인지도 몰랐다.

관아에 도착하기 무섭게 독돈이 관사에 마련된 침상에 목풍아를 눕힌 후 재빨리 맥을 살폈다. 칠보화독침(七步華毒針)은 일곱 가지 맹독이 조합된 무서운 독침으로 이름처럼 무서운 맹독이 발라진 침이었기에 침에 찔리면 바로 죽음에 이를 수밖에 없었다. 그러나 이상하게도 목풍아는 심하게 중독은 되었지만 아직까지 독이 맥을 침범한 상태는 아니었다.

침상에 누운 목풍아가 얼굴을 찌푸리며 중얼거렸다.

“제길, 독침이라니.”

독돈이 두 눈을 휘둥그레 뜨며 물었다.

“예상을 하고 있었습니까, 대장?”

목풍아가 머리를 끄덕였다.

“내 주머니에서 약 하나 찾아다오.”

독돈이 목풍아의 허리춤에 있는 주머니를 열어보니 반쯤 남은 검은 환약 하나가 있었다.

독돈이 그것을 꺼내어 냄새를 맡아보다가 목풍아를 보며 말했다.

“이것은 천룡보명환(天龍保命丸)이로군요.”

독돈은 목풍아가 극독에 중독되었음에도 즉사하지 않은 이유를 알 것 같았다. 천룡보명환은 대대로 중국 황실에서 내려오는 구급약으로 해독에 좋은 약이었다. 반쯤 남아 있는 것으로 봐서 기루에 가기 전에 반쯤 먹어놓은 것이 틀림없었다.

'앙큼한 대장 같으니라구. 준비성은 철저하다니까.'

목풍아가 손을 내저으며 말했다.

"보명환이든 뭐든 알 게 뭐야. 몸이 타는 것 같으니 어서 달라고."

"거참."

독돈이 머리를 갸웃거리며 목풍아의 입에 보명환을 넣어주고 상처를 확인하기 위해 목풍아의 상의를 풀어보니 희고 얇은 상의가 걸쳐져 있었다. 흰 상의에는 보드랍고 은은한 막이 덮여 있는데 탁자에 켜놓은 촛불에 은은한 빛을 반사하고 있었다. 독돈의 뒤에 서 있던 오괴와 일도의 두 눈이 휘둥그레졌다.

"대장, 이, 이게 뭡니까?"

"천자께서 비밀리에 나에게 주신 백보갑(白寶甲)이라는 것이지. 천룡보명환도 함께……. 그런데 침에도 뚫릴 정도로 무용지물인지는 몰랐네."

오괴가 말했다.

"백보갑은 곤륜산에 산다는 천년지주(千年蜘蛛)의 실로 만든 갑옷입니다. 그것은 내력이 실린 주먹이나 장력을 막아낼 수 있고 화살은 물론이거니와 칼과 창까지 막아낼 수도 있는 천하에 둘도 없는 보갑이지요."

"제길. 거짓말 마라. 독침이 뚫고 들어가잖아."

백보갑은 영락제가 전장에서 갑옷 밑에 입는 전포로 칼과 창, 화살과 같은 병장기를 마지막으로 막아주는 갑옷이었지 독침을 대비한 갑옷은 아니었던 것이다.

독돈이 목풍아의 상처를 살펴보았다. 등에 검은빛이 점점 선홍빛으로 바뀌어가고 있었다. 칠보화독침의 증상이었다. 붉은 꽃처럼 색깔이

번지고 있다는 것은 보명환에 해독되지 않는 독기가 퍼져 가고 있다는 뜻이다.

심각한 상황이었지만 독돈은 목풍아를 안심시키기 위해 웃으며 말했다.

"다행입니다. 대장이 미리 천룡보명환을 먹었고, 적지 않은 독액이 대장의 몸에 침범하기 전에 백보갑이 흡수하였기에 즉사하지 않은 모양입니다."

"그래? 다행이군. 목이 마르다. 물 좀 다오."

목풍아의 말에 일도가 물을 내밀었다. 독돈이 얼른 일도의 손에서 물을 빼앗았다.

"대장, 물을 마시면 당장 죽고 말아요. 대장이 보명환을 먹었지만 대장의 상처는 사실 위급한 상황이란 말입니다."

"나도 알아. 온몸이 타는 것 같고 목이 탄다."

목풍아는 새파랗게 변한 얼굴로 한마디 하곤 눈을 감고 침상에 누웠다.

독돈의 말처럼 목풍아는 심각한 상태였다. 황실의 보배라는 천룡보명환을 먹어 독의 진행을 늦춘 상태였지만 일곱 가지 독액이 발라진 독침을 해독할 수는 없는 일이다.

독돈은 물을 버린 그릇을 가져오더니 거리낌없이 자신의 새끼손가락 끝을 길렀다.

검붉은 피가 쏟아져 그릇에 차기 시작하였다.

"대장, 혈도를 막아 심장으로 독기가 들어가는 것을 방비하였지만 칠보화독을 몰아내기 위해서는 시간이 필요합니다. 저는 독에 대한 면역력이 강하니 우선 제 피를 마시면 잠시 동안은 버틸 수 있을 겁니다.”

그릇에 피가 차자 독돈이 새끼손가락을 눌러 지혈을 시키며 피가 담긴 그릇을 들어 목풍아의 입에 갖다 대었다. 목풍아는 눈을 번쩍 뜨고 주저하지 않고 독돈의 피를 마셨다. 타는 듯한 갈증이 해소되었지만 온몸을 바늘로 찌르는 듯한 통증은 여전히 계속되고 있었다.

목풍아는 고통을 참으며 말했다.

“나를 살릴 수 있겠나?”

독돈이 머리를 내저었다.

“잘 모르겠습니다.”

“나는 죽어서는 안 돼. 그러니 반드시 나를 살려라. 하지만 사람들에게는 내가 죽었다고 속여야만 해.”

오괴가 머리를 갸웃거리며 물었다.

“어째서요?”

“그것은 이미 천자와 이야기된 일이다. 내가 암행어사의 임무를 부여받고 마구잡이로 설친 것도 모두 이야기된 일이야. 천자는 전세가 불리해지자 몽고 군사들을 끌어들였어. 몽고 군사들에 대한 저항심이 강한 무림인들이 천자를 거부하며 건문제의 편에 설 것은 삼척동자도 알 만한 일. 평범한 수로는 그들을 속일 수 없다.”

“그, 그럼……..”

“지금까지의 행보는 모두 계획된 일이다.”

“너무 무모합니다.”

“할 수 없는 일이야. 그들의 머리 위에 있지 않으면 보이지 않는 실체를 알아낼 수 없으니 말이야. 또 민심을 잘 살피던 유능한 어사가 피살되었다면 동정에 쏠린 민심이 천자에게 돌아간다는 이점도 있거든.

천자의 반대 세력은 민심의 반발에 마음이 흔들리겠지. 물론 내가 이렇게 정말로 독침을 맞아 사경을 헤매게 될지는 예상하지 못했지만 말이야."

목풍아는 바싹 마른 입을 악물며 독돈과 오괴를 바라보았다. 오괴와 독돈은 할 말을 잃었다. 모든 것이 계획된 일이었던 것이다. 계집을 밝히는 것조차 함정으로 빠져들기 위한 수단이었던 것이다. 그 수단이 너무도 위험하였지만 자신의 뜻을 이루기 위해 모든 것을 던지는 목풍아가 존경스러울 따름이다.

목풍아가 독돈과 오괴를 힘없는 눈빛으로 보며 말했다.

"너희 두 사람, 나를 지켜내지 못하였으니 어떻게든 나를 살려라. 반드시."

목풍아는 숨을 헐떡거리며 다시금 눈을 감았다.

오괴는 머리를 내저었다. 측근들도 모를 정도로 감쪽같은 속임수였지만 그 끝이 너무도 허망하였다. 아무리 천하 평안의 기치를 걸고 벌이는 일이지만 그 주체가 되는 목풍아가 죽어버리면 그만인 것이다. 아마도 그가 좋아하는 도박처럼 운명을 걸고 보이지 않는 적들을 속이기 위해 한판의 도박을 벌인 것이 틀림없었다. 이제 일이 벌어졌으니 대장의 명령을 수행하기 위해서라도 반드시 살려야만 한다.

"어떡하지?"

"어떡하긴? 대장을 살려야지. 대상이 살아나지 못하면 우린 존재 가치가 없어져. 대장이 있어야 우리가 세상에 되돌아온 의미가 있는 거니까."

목풍아가 눈을 감고 힘없이 말했다.

"어서 의원을 불러. 내가 죽어가는 모습을 보며줘야 소문이 흐른단 말이야."

할 수 없었다. 오괴는 문을 열고 의원들을 들여보낼 것을 청하였다.

관내에서 일어난 어사의 비보에 놀라고 당황한 현령은 이미 합비에서 유명하다는 의원들을 모조리 불러들인 상태였다. 목풍아의 말대로 사람들을 믿게 하는 수는 그대로 보여주는 수밖에 없었다. 수십여 명의 의원들이 목풍아의 상처를 보고 고개를 내젓기는 마찬가지였다.

"극독에 중독된 것 같습니다. 맥도 미약하니 얼마 살 수 없을 것 같습니다."

"해독약은 없겠나?"

의원이 설레설레 고개를 내저었다. 그때였다. 목풍아가 눈을 번쩍 뜨고 뭐라 이해할 수도 없는 말을 중얼거리다가 몸을 바르르 떨더니 축 늘어지고 말았다.

"대, 대장."

놀란 독돈과 일도가 목풍아를 부여잡으니 목풍아가 살짝 눈을 찡긋거렸다. 죽어가는 와중에서도 의원들을 속이기 위해 엉큼스럽게도 연기를 한 것이었다.

일도는 그런 것도 모르고 목풍아의 다리를 부여잡고 울기 시작하였다.

"대, 대장, 이렇게 죽으면 어떡합니까? 아직 할 일도 많은데 이 일도를 놔두고 먼저 가시면 어떡합니까? 예?"

오괴가 천천이 일어나 고개를 돌려 힘없는 목소리로 의원들에게 말했다.

"어사께서 돌아가셨소. 모두 돌아가서도 좋소. 집에 돌아가시더라도 이 사실을 다른 사람들에게 말해서는 안 되오."

벼락이 떨어질까 겁에 질린 의원들은 목풍아를 살피지도 아니하고 모두 그러하겠노라 다짐을 하곤 부랴부랴 방문을 나가 버리고 말았다.

"푸아—"

참았던 숨을 내쉬며 목풍아가 힘겹게 말했다.

"세상이 빙글빙글 돌아간다."

발바닥을 잡은 채 울고 있던 일도가 벌떡 일어나 목풍아를 바라보며 머리를 긁적거렸다.

"대, 대장, 죽은 것 아니에요?"

"이 자식아, 나는 죽지 않는다. 몰랐냐?"

"나는 대장이 죽은 줄 알고……."

일도는 뺨을 적신 눈물을 소매로 쓱 닦았다.

오괴는 위급한 상황인데도 일도와 목풍아의 이야기를 들으니 웃음이 먼저 나왔다.

문을 단단히 닫고 돌아온 독돈이 말했다.

"대장, 아무래도 장소를 바꿔야 할 것 같습니다."

"내가 살아 있는 것을 아는 사람이 있어서는 안 돼. 이곳을 빨리 떠나는 것이 좋겠지."

"어디가 좋을까?"

"소호(巢湖)로 내려갑시다. 그곳에 백련교의 은신처가 하나 있는데 이곳에서 가깝고 아는 사람도 없으니 찾아오기도 힘든 곳이니까 대장의 독을 치료하고 정양을 하기에 좋을 것 같습니다."

"좋아, 좋아. 어디든 가자구."

잠시 후 관 하나를 얹은 마차 한 대가 관가를 나갔다. 넓게 뻗은 대로를 달려 관을 얹은 마차가 나갈 때 사람들이 늘어서서 통곡을 하기 시작하였다.

합비에서 목풍아에게 은혜를 입은 이란과 같은 백성들이었다. 눈치 빠른 아전들과 관졸들의 입을 통해 이미 어사가 죽었다는 소문이 백성들에게 퍼지고 난 후였다. 목풍아가 탄 마차는 수많은 백성들의 울음을 뒤로하고 합비를 떠나고 있었다.

마차가 합비 성문을 막 나왔을 때 마부가 갑자가 말을 멈추었다.

"무슨 일이냐?"

오괴가 창문 밖을 바라보니 마부가 소리쳤다.

"대인, 웬 계집 하나가 길을 막고 있습니다."

오괴가 창밖을 바라보니 수선이 단신으로 길 가운데서 무릎을 꿇고 있었다.

오괴가 마차를 나가 수선의 앞에 서서 물었다.

"무슨 일이냐?"

수선이 오괴를 바라보았다. 눈물이 온 얼굴에 번져 번들거리고 있었다.

"제가 어사 대인을 독침으로 살해하였습니다. 그 죄를 죽음으로 갚을까 합니다."

"흥. 대인께서는 네가 반드시 살아 빚을 갚길 바라셨다. 대인께서 돌아가셨지만 나는 대인의 유지를 받들 뿐이다. 너 같은 계집은 지금도 한주먹에 죽여 버릴 수 있지만 대인을 생각하여 살려둔다. 포기하지 말고 반드시 살아라. 그리고 세상에 그 빚을 갚아라. 그것이 내가 전하는 대인의 말씀이다. 네가 대인을 생각한다면 시신이 썩기 전에 어서 길을 비켜라."

수선이 흐느껴 울다가 몸을 일으켜 길옆으로 물러섰다.

오괴가 마차에 오르자 마차가 다시 움직이기 시작하였다. 뿌연 흙먼지를 일으키며 마차는 대로를 따라 내려가기 시작하였다.

수선은 망부석처럼 그 자리에 꼼짝하지 않고 마차가 보이지 않을 때까지 서 있었다. 죽을 때까지 자신을 믿어준 목풍아를 생각하면 가슴을 도려내는 듯 아파오는 수선이었다. 그 미소와 웃음소리가 아직도 귓가에 아른거리는 듯한데 이제는 더 이상 볼 수 없는 사람이 되었다 생각하니 다시금 눈물이 흘러내렸다. 그 모든 것이 자신의 탓이었지만 점점 목풍아를 죽이라고 명령한 흑살문에 대한 원망으로 변하기 시작하였다.

'그래, 살자. 살아서 대인의 복수를 하자. 그것이 대인의 은혜를 갚는 길일지도 몰라.'

수선은 눈물을 닦고 이를 앙다물었다.

제 3 장

금선탈각(金蟬脫殼)

금선탈각(金蟬脫殼)

마차는 다음날 아침 무렵에 넓은 호수를 바라보는 작은 마을에 이르렀다. 망망한 바다처럼 넓은 호수 위로 뿌연 안개가 펼쳐져 있는 마을이었다.

독돈은 아침나절에 마을로 들어가 작은 배 한 척을 구하여 일행을 태웠다. 합비에서 백여 리 떨어진 지점부터 마차를 따라오며 은밀하게 미행을 살피던 오괴도 그때에는 일행과 합류하여 함께 배를 타고 호수를 향해 나아가기 시작하였다.

소싯적 노를 젓기라도 한 것처럼 독돈은 능숙한 사공마냥 커다란 노를 좌우로 휘저으며 호수의 물살을 갈랐다.

안개를 뚫고 한참을 가다 보니 안개 사이로 기암괴석의 섬들이 나타났다.

높게 솟은 기암괴석 위로 붉은 소나무가 빼곡하게 서 있는데 그 위에 백로와 갈매기가 유유히 날아다니고 있었다.

"소호에는 험준한 섬이 많은데 옛날 백련교에서는 관군과 무림인들을 피하여 이런 섬에 비밀스러운 장소를 만들어 숨어 다녔습지요."

독돈이 노를 저으며 씽긋 웃었다.

목풍아는 담요에 잔뜩 싸인 채 시퍼런 얼굴로 미소를 지었다.

"아직 멀었나?"

"다 왔습니다, 대장."

배가 두 개의 쌍둥이 거인 같은 기암괴석의 가운데로 들어가기 시작하였다. 반이 갈라진 듯 기묘하게 생긴 섬 사이로 배를 몰아 들어가니 가운데가 호리병 모양이다.

호리병의 바닥 부분에는 바위를 깎아 만든 듯한 작은 평지가 있었는데 그 앞에 나무 등치가 삐죽하게 튀어나와 있어 과거에 배를 대는 선착장이었음을 짐작하게 해주었다.

"과거에는 저기 나무로 만든 선착장이 있어서 이런 배를 열 척까지 댈 수 있었지요."

독돈은 나무 등치에 배를 묶고 목풍아를 겨드랑이에 끼고 훌쩍 몸을 날렸다. 허공으로 떠오른 신형이 가볍게 바닥에 내려섰다. 일도를 겨드랑이에 낀 오괴가 그 뒤를 따랐다.

"오괴야, 나를 따라오너라."

독돈은 깎아지른 듯한 산정을 향해 고개를 까닥거리더니 바위를 차오르기 시작하였다. 벼랑에 돌계단이 나 있었기 때문에 독돈과 오괴는 마치 나는 것처럼 벼랑을 오를 수 있었다.

목풍아는 깎아지르는 벼랑과 시퍼런 물을 보니 어지럼증이 나서 눈을 감았다. 바람이 쉭쉭 소리를 내며 지나가는 소리와 간간이 일도 잡는다는 비명 소리가 들릴 뿐이다.

이내 상큼한 소나무 향이 코끝을 간질거렸다. 살짝 눈을 떠보니 사방이 소나무로 둘러싸인 숲 가운데에 허물어진 건물 하나가 눈에 들어왔다.

야트막한 벼랑 아래에 있는 건물이었는데, 그 앞에 넓은 공터에는 잡풀들이 무성하게 자라나 무심한 바람을 맞고 있었다.

금방이라도 무너질 듯한 건물에는 연화보륜원(蓮花寶輪院)이라는 현판이 기울어져 있었다. 백련교가 관군과 무림인들의 공격을 받게 되어 쇠퇴하면서 연화보륜원의 운명도 이와 같이 되어버린 것이었다.

독돈은 무너질 듯한 연화보륜원의 기둥을 잠시 쓰다듬다가 천천히 건물 안으로 들어갔다.

벼랑과 맞닿은 건물 안에는 석굴이 있었는데 벼랑의 바위를 파서 만든 곳이 틀림없었다.

이러한 건물은 용문과 운강 등지의 다른 지역에서도 많이 발견할 수 있는 모습이었는데 석굴 가운데 키가 큰 미륵보살이 우뚝 서 있는 것이 이색적이었다.

미륵당 좌우에는 작은 문이 뚫려 있었는데 독돈은 따라온 일도에게 방을 치워놓으라 명하고는 미륵당 앞에 목풍아를 내려놓았다. 잠시 동안 미륵보살 앞에서 알 수 없는 주문을 외우며 기도를 하던 독돈이 고개를 돌렸다.

"대장, 일도가 방을 치울 동안 이곳에서 치료를 하시죠."

목풍아는 고개를 끄덕거렸다.

"좋아. 생각보다 괜찮은 곳이군, 이곳은……."

독돈이 씽긋 웃었다.

“자, 그럼.”

말이 끝나기 무섭게 독돈은 바닥에 자리를 깔고 목풍아를 바르게 앉혔다.

미륵보살 상 앞에 있는 향로에 긴 향 하나를 꽂아 향을 피운 후 독돈은 목풍아의 뒤편에 앉았다.

“대장, 가만히 앉아만 계십시오.”

독돈은 목풍아의 웃옷을 벗겼다. 목풍아의 등짝이 꽃이 핀 것마냥 울긋불긋하였다. 미리 천룡보명환을 먹지 않았다면 벌써 죽은 사람이 되었을 것이라 생각하면 아찔하기까지 하였다.

목풍아의 등에 두 손을 대었다. 깊게 심호흡을 하며 진기를 서서히 주입하기 시작하였다.

목풍아는 등이 뜨거워짐을 느꼈다. 뜨거운 열기는 삽시간에 가슴까지 화끈하게 만들었다.

‘너무 뜨겁군.’

입에서 말이 나오지 않았다. 말을 하고 싶었지만 목구멍에서 맴돌 뿐이었다.

뜨거운 열기가 가슴에서 다리로 다리에서 몸통으로 몸통에서 두 팔과 손가락 끝까지 훑어가는 것 같았다. 몸이 더워져 이마에 땀이 흐르기 시작하였다.

내공이 없는 탓에 독이 퍼져 버려 한곳으로 모을 수 없었다. 방법은 하나 인체에 큰 해를 주지 않는 기경으로 독기를 몰아넣는 수밖에 없었다. 그리하자면 기경(氣經)을 뚫어야 한다.

긴 향이 다 타버릴 즈음에 독돈은 등에서 손을 떼었다. 목풍아는 맥 없이 바닥에 쓰러져 버렸다. 몸에서 허연 증기가 일어나고 있었다.

지켜보던 오괴가 목풍아를 반듯하게 눕힌 후 이마에 땀이 가득한 독돈에게 물었다.

"독돈아, 대장을 어떻게 할 작정이냐?"

"대장은 내공을 연마하지 않았기 때문에 체내에 침입한 독물을 감당할 저항력이 없단 말이야. 그래서 내력으로 기경을 뚫어주면서 심맥을 제외한 모든 부분에 독이 퍼지도록 할 생각이다."

"이런 미친…… 너처럼 독물을 만들 생각이냐?"

"방법이 없잖아. 맑은 물이 담긴 항아리에 먹이 떨어져 퍼지고 있는데 어쩌라구. 나는 그 항아리에 물을 더 부어 희석시키고 있는 거란 말이야. 대장이 해독약을 먹거나 체내에 강한 내력이 생겨나서 독액을 몰아낼 수 있을 때까지 수명을 연장시키려면 기경을 뚫어 체내에서 저항력을 강하게 만드는 방법밖에는 없으니까 말이다."

"그럼 그동안 네가 해독약을 만들면 되겠구나."

"불행하게도 칠보화독의 해독약을 만들 수는 없어. 칠 종의 독약이 무엇인지, 어떤 비율로 조제되었는지 알 수 없기 때문이지."

"뭐야? 그럼 어떻게 대장을 살릴 생각인 거야?"

"내가 진기를 유동시켜 대장의 수명을 연장시킬 동안 네가 무당산에 다녀오는 수밖에."

"뭐야? 그럼 대단환을 훔쳐 오란 말이야?"

독돈이 고개를 끄덕끄덕하였다.

"대단환이라면 대장을 살려낼 수 있을 거야. 아마 해독하는 효과도 있을 테니 말이야. 네가 다녀오는 동안 나는 대장의 기경을 모두 뚫어 놓을 생각이다."

오괴가 독돈을 바라보았다.

“그, 그럼……..”

“이때가 아니고서는 대장이 자신을 지켜낼 무공을 배울 수 없어. 나는 이 기회에 대장의 기경을 뚫어 무공을 배울 수 있는 기초를 마련할 생각이다. 네가 대단환을 가져와 먹이면 한동안 내가 없이도 견뎌낼 수 있을 테니 그때 나도 천보환을 가져올 생각이다.”

“이런 구렁이 같은 놈. 백련정이 어디 있는지 알고 있었구나.”

독돈이 가슴을 두드리며 말했다.

“나는 교주를 모시는 사대천왕 중 한 사람이었어. 교주의 연공실 정도는 어디에 있는지 알고 있단 말이야.”

“흐흐흐. 그렇게만 되면 우리의 근심이 한 가지 줄어드는군.”

“그렇지. 기경팔맥이 뚫리고 영단의 내력을 흡수하면 무공을 배우는 것쯤은 어려운 일도 아니지. 대장이 자신을 지킬 수 있는 무공을 가지게 된다면 우리 마음도 한결 편안해지겠지.”

오괴가 고개를 끄덕거렸다.

구십을 바라보는 나이에 있는 두 사람의 고민은 자신들이 죽기 전에 목풍아가 큰일을 할 수 있도록 기반을 마련하는 것이다. 자식이 없는 그들에게 목풍아는 대장 이전에 자식과도 같은 존재였다. 그런 목풍아를 위해 무엇이든 할 수 있다고 오괴는 생각하였다.

“좋아. 대장이 깨어나면 당장 다녀오지.”

오괴는 사랑스러운 얼굴로 잠이 든 목풍아의 이마를 쓰다듬었다. 오괴에게는 세상 누구보다 사랑스러운 목풍아였다. 명석한 머리로 연왕을 천자의 자리에 오르게 하고많은 백성들의 억울함을 풀어주는 목풍아를 보면서 오괴는 세상으로 돌아온 보람을 느끼고 있었다. 그런 목풍아가 자식처럼만 생각되는 오괴였다.

"자네도 나와 같은 생각을 하고 있군."

독돈의 말에 오괴가 씽긋 웃었다. 두 사람 모두에게 목풍아는 사랑스런 자식이었던 것이다.

목풍아가 정신을 차렸을 때 오괴의 웃는 모습이 눈에 들어왔다.

"대장, 정신이 드십니까?"

"도대체 어떻게 된 거지? 치료는 잘되고 있는 건가?"

"그렇습니다, 대장."

"독돈은?"

오괴는 자신의 뒤편 미륵상 아래에서 가부좌를 틀고 운기조식을 하는 독돈을 손가락으로 가리켰다.

"일도는?"

"마당에 잡초가 많아서 풀을 베는 중입니다. 앞으로 일도가 할 일이 많을 것 같습니다. 참 유용한 부하지요."

"그런가?"

목풍아가 싱긋 웃었다.

"독돈의 운기조식이 끝이 나면 저는 대장의 해독약을 구하러 다녀올 생각입니다. 보름 정도 걸릴 것 같습니다. 그동안 건강 조심하십시오."

그 얼굴에 따사로움이 느껴졌다. 목풍아는 오괴의 손을 잡았다. 딱딱하고 거친 무인의 손마디였지만 따뜻한 느낌이 전해졌다.

한마디 말이 없었지만 자신을 바라보는 따스한 눈빛만으로 감정이 벅차오르는 오괴였다.

육친의 사랑을 받지 못하고 거친 무림에서 살아온 오괴였기에 자식과 같은 애정을 목풍아에게 느끼고 알 수 없는 감정에 몸이 떨려오는 것이다.

오괴 역시 부드러운 목풍아의 손에서 전해오는 따뜻한 온기를 느끼고 진한 감동에 젖었다.

'풍아를 위해서라면 무엇이든 할 수 있다.'

오괴는 다시 한 번 굳게 마음먹었다.

무당파의 보물인 대단환을 훔치는 것은 무당파에 대한 배신이며 사부에 대한 의리를 저버리는 일이었다. 그러나 생각해 보면 그로 인해 천하 백성들이 편안하게 살 수 있는 날을 만들 수 있다면 돌아가신 사부와 무당파도 이해해 주리라 오괴는 생각하였다. 그것은 독돈 역시 마찬가지일 것이리라.

"대장, 깨어나셨군요."

조식을 마친 독돈이 몸을 일으켜 다가왔다.

"대장, 대장."

석굴 안으로 일도가 칼을 들고 요란하게 소리를 지르며 달려왔다. 일도는 석굴 바깥에 무성하게 자라난 잡초를 베다가 대장이 염려되어 들어왔던 것이다.

"와하하하. 이거 기분 좋은데? 믿음직한 부하들이 내 곁에 있으니 천군만마도 부럽지 않은걸?"

독돈이 웃으며 말했다.

"대장, 일도가 옆방을 치워놓았습니다. 제가 오괴도 보낼 겸 필요한 물품을 사러 마을에 잠시 다녀올 동안 일도와 함께 쉬고 계십시오."

목풍아가 고개를 끄덕이다가 재빨리 말했다.

"참. 오괴가 약을 구하러 간다니 내가 한 가지 부탁을 할까 하는데?"

"무슨 일이든 말씀만 하십시오."

"생각하니 나를 이 모양으로 만든 흑살문이 괘씸하다. 바깥에 나가거든 광한루(廣寒樓)에 들러 한번 흔들어줬음 좋겠는데……."

오괴의 얼굴에 살기가 흐르기 시작하였다.

"흐흐흐. 그렇지 않아도 생각하고 있던 일입니다. 대장의 명령이시라면 당연히…… 흐흐흐. 철저하게 부숴 버리고 오겠습니다."

"그런데 이왕이면 오괴가 아니라 벽허 진인 홍화수로 돌아가서 부숴 버렸으면 좋겠어."

벽허 진인 홍화수로 돌아가라 함은 무당파의 이름으로 광한루를 부수라는 뜻이다. 오괴가 머리를 갸웃거렸다.

"그건… 어째서?"

"근본적으로 우리의 적은 흑살문이 아니고 천하 무림의 방파야. 흑살문을 움직여 나를 살해하려 마음을 굳혔다면 분명 적지 않은 세력이 결탁하였다는 거지. 그만큼 건문제를 몰아낸 영락제의 대의명분이 무림인들의 지지를 얻지 못했다는 반증인 거야."

"그렇군요."

"보이지 않는 세력이 황실의 군대와 대적하기 위해서는 건문제를 중심으로 세우고 무림의 모든 방파를 규합해야만 해. 황실에 대응하기 위한 힘의 균형을 맞추기 위해서는 그 방법밖에는 없어. 그러니 우린 그러한 결속을 무너뜨려야 하는 거야."

"제가 무당파의 이름으로 광한루를 공격하면 무당파는 어떻게 되는 겁니까?"

"무당파는 살아남는 거지."

"살아남다니요? 무림인들의 지탄은 어떡하구요."

"그렇지만도 않아. 어사가 살해되었다는 소문이 퍼졌을 테니 민심은 천자의 편으로 조금씩 기울고 있을 것이 틀림없어. 백성들은 대의명분보다는 당장 한 끼의 식사에 목을 맨다. 천자가 바뀌든 왕조가 바뀌든 간에 당장 먹고살기에 급급한 것이 백성들이란 말이다. 그런 힘없는 백성들의 어려움을 해결해 주던 어사가 살해되었으니 무림인들도 적지 않게 흔들리고 있을 것이 틀림없어. 그런 와중에 무당파와 같은 명문 정파가 어사를 살해한 자객 집단을 응징하였다면 백성들은 박수를 치고 환영하겠지. 건문제를 중심으로 단결하려던 무림방파들도 흔들릴 테고 말이야. 또 생각해 봐. 오괴는 내가 무당파와 적이 되었으면 좋겠나?"

오괴는 머리를 내저었다. 목풍아의 말은 이치에 맞았다. 백성들은 먹고사는 것이 급한 사람들이다. 천자가 바뀌어도 세금을 내는 것은 같으며 부역이나 수자리 같은 군역의 일 역시 바뀌지 않는다. 그들에게는 천자가 바뀐다는 것은 의미없는 일인 것인지도 모른다. 어쩌면 세상을 바꾸고자 하는 사람들은 힘없는 백성들이 아니라 높은 자리에서 부귀영달을 누리던 기득권층일지도 모른다. 욕심은 욕심을 낳는 것처럼…….

정의(正義)가 무엇인가. 오괴는 흔들리고 있었다. 이제까지 알아왔던 정의란 것이 힘없는 백성들의 정의가 아니라 군림하는 자들, 있는 자들의 정의였는지도 몰랐다.

그렇게 생각하니 자신의 사문이 목풍아와 적이 되게 하기는 죽기보다도 싫었다. 백성들과는 상관없는 권력 쟁투에 무당파가 휘말리는 것은 오괴 역시 바라는 바가 아니다.

이때 목풍아가 웃으며 말했다.

"오괴, 나가는 길에 한번 흔들어주고 오라구. 누이 좋고 매부 좋은 일이니까 말이야. 그렇지 않나?"

"과연 그렇군요. 반드시 그렇게 하겠습니다."

오괴가 주먹을 불끈 쥐었다.

"좋아, 좋아. 기대하지. 그럼 다녀와도 좋다."

오괴와 독돈이 꾸벅 인사를 하고 벼랑 아래로 바람처럼 내려가기 시작하였다.

절벽 위에서 오괴와 독돈이 안개 속으로 사라져 버리는 것을 바라보던 목풍아는 길게 한숨을 내쉬다가 젖빛 안개가 가득한 창공을 바라보았다.

앞을 바라볼 수 없을 정도로 뿌연 안개가 한 치 앞을 내다보기 힘든 자신의 앞길을 대변해 주는 것 같았다.

'과연 내가 할 수 있을까?

사람이란 아프게 되면 처음에 가졌던 마음이 안개처럼 희석되어 버리기 쉽다. 생사를 오가는 경험을 하게 되면서 목풍아는 마음이 흔들리고 있었다.

문득 제갈공명(諸葛孔明)의 생애가 떠올랐다. 맨손으로 일어서 천하를 세 부분으로 나눈다는 계획을 실행한 제갈공명. 남양의 이름없는 작은 선비였던 그가 얼마나 대단한 존재였던가 다시 생각되었다.

삼고초려 빈번한 천하의 계략[三顧頻繁天下計]
양조를 열어 빚을 갚은 늙은 신하의 마음[兩朝開濟老臣心]
출사하여 아직 이기지 않았는데 몸은 먼저 죽으니[出師未捷身先死]
영원히 영웅으로 하여금 옷깃에 눈물 젓게 한대[長使英雄淚滿襟].

당대의 시인 두보(杜甫)가 지은 무후사(武侯祠) 한 구절을 떠올리니 감개가 무량하였다.

제갈공명 역시 많은 고뇌와 장벽에 부딪쳐 수많은 번뇌와 회한 속에서 그 뜻을 이루어갔을 것이다. 아니, 천하를 통일하려는 뜻을 이루지 못하고 요절한 것을 생각할 때에 그의 죽음이 남의 일처럼 생각되지 않는 목풍아였다.

지금은 그때가 아니요, 이제 천하가 하나가 되었지만 아직도 백성들이 편안하게 살 수 있는 세상은 오지 않았다.

제갈공명이 천하를 통일하려 한 이유도 궁극에는 천하 백성들의 평안이었을 것이다. 그러나 그는 마침내 그 뜻을 이루지 못하고 가고 말았다. 그가 죽은 지 얼마 되지 않아 유비의 아들 유선의 촉한도 무너져 버리고 말았으니 이름은 드높게 청사에 남았지만 한 일이 없다. 앞으로 할 일은 한없이 많건만 이제 자신 역시 그렇게 허무한 삶을 살게 되지 않을까 걱정을 하니 절로 마음이 처량하여 눈물이 났다.

옷깃으로 살짝 눈물을 닦고 있으려니 옆에 있던 일도가 빤히 목풍아의 얼굴을 바라보았다.

"대장, 우시는 거예요?"

목풍아가 얼른 일산안경을 쓰고 좌우를 둘러보다가 버럭 소리를 질렀다.

"너는 아직도 이 넓은 마당의 잡초를 제거하지 않은 것이냐? 독돈이 시킨 일이 있을 텐데 이렇게 놀고 있어도 되는 거냐?"

"대장은 나만 가지고 그래."

일도가 중얼거리며 들고 있던 칼로 마당을 무성하게 뒤덮은 잡초를 베기 시작하였다.

한참 후 독돈은 배에 한 살림 잔뜩 싣고 돌아왔다. 어린 닭 수십 마리와 어린 돼지 한 마리, 그리고 쌀과 솥 등의 취사 도구였다. 일도가 그 덕분에 생각지도 않은 돼지우리를 짓고 부엌에 취사 도구와 식량을 옮겨놓느라고 애를 먹었다.

독돈은 매일매일 목풍아를 치료하면서 기경(氣經)을 하나씩 뚫어 나갔으며 한편으로 가져온 어린 닭을 키웠다.

독돈은 습기가 많은 섬을 돌며 지네와 같은 독충을 잔뜩 모아와 닭들의 먹이로 하였는데, 언젠가 말하였던 오독계를 키우고 있음이 틀림없었다.

합비에서 지네를 먹고 자란 닭에 의해 사람이 죽은 것을 알고 있는 목풍아는 독돈이 어떤 용도로 오독계를 키우는 것인지 알 길이 없었다. 다만 그것이 자신의 치료와 관계가 있다는 것밖에는 짐작할 수 없었다.

한편 오괴는 독돈과 헤어지기 무섭게 한달음에 형주(荊州)를 찾았다. 목풍아와 헤어진 지 사흘째 되는 날이었다. 형주의 포목점에서 오괴는 청빛이 도는 갈포로 된 장삼을 찾았다. 검푸른빛이 도는 도복은 청룡생왕(靑龍生旺)의 기를 나타내는 무당파의 전형적인 복장이다.

객잔의 탁자 위에 있는 검푸른 도복을 말없이 바라보며 오괴는 감개에 젖었다. 근 사십여 년 만에 입어보는 사문의 복장이었다. 대장의 명에 의해 오괴에서 다시금 무당 사조 장삼풍의 막내제자 벽허 진인 홍화수로 돌아오는 것이다.

"이제 나는 천하를 위한 명분으로 잠시 동안 무당 제자로 돌아간다."

오괴는 천천히 머리를 풀어 긴 머리를 빗으로 빗어 가지런하게 만든 후 상투머리를 틀어 일자건(一字巾)을 썼다. 그리고 청빛 도복으로 갈아입었다.

창밖은 벌써 어둠에 잠기었는데 기루와 객잔에서 밝힌 홍등이 은은하게 창호지에 붉은 빛을 뿌리고 있었다.

오괴는 객잔을 나가 형주의 번화가로 향하였다. 키가 크고 몸이 건장한데 상투머리를 하고 청빛 도복을 입고 있으니 무당 제자로서 손색이 없었다.

지나가는 사람들 중에는 오괴를 흘깃흘깃 쳐다보는 자도 있었고 길을 비켜주는 자도 있었다.

오괴는 묵묵하게 대로를 지나 형주의 번화가에 위치한 광한루(廣寒樓)로 향하였다. 광한루는 천상에 있다는 궁전의 이름이니 천상의 온갖 쾌락을 누릴 수 있다는 기루와 주루를 겸하는 곳이다.

홍등(紅燈)이 요란하게 달린 광한루 앞에는 백분을 바르고 미간을 찡그릴 정도로 향을 짙게 뿌린 기녀들이 손수건을 휘두르며 길가는 사람들을 잡고 호객 행위를 하고 있었다.

"어머, 그 머리하며 옷하며 무당 제자 아냐."

기녀들 몇 사람이 다가왔다가 오괴의 창백한 모습에 흠칫 놀라 한 걸음 물러서는 사이 오괴는 광한루로 성큼성큼 들어왔다.

점소이가 웃으며 다가왔다 오괴의 얼굴에 한 걸음 물러섰다. 피부는 구십 세 노인답지 않게 팽팽하였지만 회색 빛 머리에 검은 피부, 굳게 다문 입술과 매서운 눈매에서 공포를 느꼈기 때문이다.

점소이가 간신히 말을 걸었다.

"여, 여자를 불러 드릴까요?"

"아니."

오괴는 말없이 이층 누각으로 올라갔다. 아래층은 물론이고 이층에서 기도를 보고 있는 자들은 입을 꾹 다문 채 미동조차 없다. 이층 누각에 올라가기 무섭게 오괴는 기둥 옆에 서 있는 무사 한 사람의 멱살을 덥석 잡았다.

놀란 사내가 칼을 뽑으려 하였다. 그러나 뽑을 수 없었다. 오괴의 다른 한 손이 손잡이를 누르고 있었기 때문이다. 사내는 부들부들 떨면서도 말이 없었다. 말도 못하고 눈을 어지럽게 움직이며 도움을 청하는 것으로 보아 일전에 혀가 없던 자객들이 틀림없었다.

사방에서 무사들이 칼을 뽑아 들었다.

"그 손을 놓으시지요."

등 뒤에서 여인의 목소리가 들려왔다. 오괴가 사내의 멱살을 놓고 고개를 돌렸다.

살기가 가득한 무사들 가운데 화려한 옷을 입은 기녀가 꾸벅 인사를 하며 말했다.

"보아하니 무당의 제자 같은데 이런 곳에서 시비를 거시면 되겠습니까?"

무사 뒤편에서 놀란 손님들과 기녀들이 눈을 휘둥그레 뜨고 바라보고 있었다.

오괴가 천천히 걸음을 옮겨 난간 옆 빈 탁자 앞에 자리하였다. 기녀가 대응을 하는 것으로 보아 무사들 대부분이 혀가 없는 것이 분명했다.

"눈빛이 마음에 들지 않아서……."

차를 든 점소이가 재빨리 후다닥 다가와 차를 따라주었다.

"독한 화주 한 항아리 가져와."

오괴는 십 냥짜리 은전을 꺼내 탁자에 올려놓았다. 점소이가 두려움에 대꾸도 하지 못하고 꾸벅 인사를 하고 물러가니 기녀 하나가 손을 들어 무사들을 물렀다.

무사들이 흩어져 자신의 자리로 물러가기 무섭게 기녀가 웃음을 흘리며 다가와 오괴의 옆에 앉았다.

"호호호. 멋진 무공이었어요. 저의 집 무사들의 무예가 보통이 아닌데 꼼짝 못하는 것을 보면 역시 무당파가 무림의 양대 거산이라는 말이 틀린 말이 아니에요. 나이는 사십대 중반처럼 보이는데 이름이 어떻게 되시나요?"

"무명(無名)."

"호호호. 이름을 밝히고 싶지 않다는 말인가요? 아님 그것이 본명인가요?"

"알 것 없어."

"호호호. 하긴 그대는 별난 무당의 제자 같군요. 무당파 사람이 여자들과 술이 있는 이런 기루에 당당하게 드나드는 것을 보면 말이죠. 저는 옥화(玉華)라고 한답니다. 이곳 기녀들에게는 작은 언니로 통하죠."

옥화는 오괴의 어깨에 찰싹 붙어 요염하게 몸을 비비기 시작하였다. 하나 아무리 아양을 떨고 요염을 떨어도 오괴는 돌부처마냥 앉아 있을 따름이다.

"난 여자는 필요없어."

옥화가 골난 암고양이처럼 매서운 눈으로 오괴를 노려보았다. 차를 마시는 오괴는 흐트러짐이 없었다.

"호호호. 나는 어째서 이런 무뚝뚝한 사람이 좋을까?"

옥화가 허리를 잡은 손을 풀고 자리를 옮겨 오괴를 정면으로 바라볼 수 있는 맞은편 의자에 앉아 턱을 탁자에 괴고 오괴를 바라보았다.

마치 호기심 많은 새끼 고양이처럼 오괴를 살피는 눈매가 약을 먹은 사람처럼 흐느적거렸다.

나이는 이십대 후반으로 보였다. 백분을 바른 듯 뽀얀 피부, 색기로 몽롱한 눈매가 인상적이다. 오괴 앞에서 미소를 잃지 않는 담력과 무사들을 수하로 거느리고 명령하는 모습을 보면 흑살문의 중간급 간부 정도가 아닐까.

이때 점소이가 상등주(上等酒)라는 표지가 붙은 술 항아리 하나와 잔 두 개, 그리고 안주 여러 개를 탁자 위에 올리곤 꾸벅 인사를 하고 부리나케 돌아가 버렸다.

"마실 텐가?"

"호호호. 멋진 분이 주는 술은 사양을 하지 않는답니다."

오괴는 한 손으로 항아리를 들어 술을 따랐다. 오괴는 한 방울도 손실이 없게 술을 따라 한입에 들이켰다. 화끈한 술이 목구멍을 타고 내려가니 뱃속까지 화끈하였다.

"술을 잘 드시는군요. 무당파 도사들은 술과 여자를 가까이하지 않는 줄 알았는데 말이에요."

"무당 제자들은 술과 여자를 가까이하지 않을 뿐이야. 혼인도 하고 자손도 낳지."

오괴는 술을 따랐다. 그리고 말없이 술을 마셨다. 청운의 뜻을 품고 무당파에 들어와 무공을 연마하던 자신도 한때 좋아하던 여인이 있었다. 민서린(閔瑞璘). 사형이던 민준(閔俊)의 막내딸을 오괴는 마음에 두고 있었다. 그러나 그것도 잠시, 오괴가 사문의 명을 받고 전쟁터에 다녀온 사이에 민서린은 민준의 첫 번째 제자와 혼인을 해버리고 말았던 것이다. 그 후로 오괴는 여자를 생각한 적이 없었다. 오직 맡겨진 일을 완수하는 것을 낙으로 삼는 그런 사람이 되어버렸던 것이다. 기루에 앉아 아름답던 옛 여인을 생각하니 감회가 새로웠다. 세월이 지난 지금 어떻게 변했을까 생각하니 더욱 마음이 차분하게 가라앉는 것이다.

땡― 땡―

형주 남문에 달린 인경이 이경(二更)을 울리고 있었다. 옛 추억을 안주 삼아 말없이 술을 마시던 것이 벌써 이경이나 되었던 것이다.

술을 마시던 사람들도 하나둘 돌아가 버리고 이층 누각에는 자신과 옥화가 앉아 술을 마실 뿐이다. 누각 구석구석에는 여전히 무사들의 미세한 숨소리가 들려오고 있었다.

탁―

마시던 술잔을 소리가 나도록 탁자에 내려놓은 오괴는 고개를 들어 취기가 오른 옥화를 바라보았다.

"들어보았나? 합비에서 어사가 살해된 사건 말이야."

"그거야 벌써 들었죠. 나라에서는 쉬쉬하는 것 같은데 소문이야 벌써 이곳까지 퍼졌으니 다 알고는 있죠."

"어떻게 생각하나? 근래에 보기 드문 어사라 들었는데 말이야."

"아까운 일이죠. 그런데 어사를 살해한 자는 잡혔나요?"

"그건 모르겠군. 그런데 이상한 소문이 있더군."

"어떤 소문인가요?"

"이곳이 어사를 죽인 자객을 사주한 곳이라는 소문 말이야."

옥화는 술이 깬 사람처럼 오괴의 얼굴을 바라보았다. 오괴는 그런 옥화를 바라보며 씨익 웃었다.

“이곳이 흑살문의 총단인가?”

“그, 그럴……”

옥화의 말이 끝나기도 전이었다.

쾅—

탁자가 허공으로 날아가 천장에 부딪쳐 요란하게 부서졌다. 오괴가 일장을 휘두른 것이다. 강맹한 일장에 항아리와 안주가 가득한 탁자가 부서져 누각에 진한 술 냄새가 가득 퍼졌다.

“왜, 왜 이러는 거죠?”

탁자가 순식간에 날아가 버리자 놀란 옥화가 뒷걸음질치며 소리쳤다. 어느덧 무사들이 벌 떼처럼 달려와 오괴의 주위를 둥글게 포위하기 시작하였다.

오괴는 그들이 안중에 없는 것처럼 옥화를 바라보며 말했다.

“나는 흑살문이 싫어. 왜 죄도 없는 사람을 살해하냔 말이지. 우리 무당파는 정말 그런 짓은 참을 수 없단 말이다.”

말이 끝나기 무섭게 가까이 있던 자객 하나가 날아가 천장에 처박혀 맥없이 떨어져 버렸다.

“죄를 지었으면 죗값을 받아야겠지?”

오괴가 보지도 않고 왼편으로 손을 뻗었다.

쾅—

칼을 치켜들고 공격하려던 무사 하나가 주춤거리며 뒷걸음질쳤다. 그는 정신이 나간 사람처럼 자신의 가슴과 배를 한 번 쓰다듬었다.

“커헉—”

무사는 갑자기 선혈을 토하였다. 그리고 나무가 쓰러지듯 그 자리에서 맥없이 무너져 버리고 말았다.

“무당면장(武當綿掌)?”

“호호호. 한번에 알아보는 것을 보니 제법 무공을 아는 계집이로군. 그렇다면 너는 흑살문의 수뇌부나 중간 간부. 호호호.”

오괴의 떠보는 수법에 당한 옥화가 놀라 무사들 뒤로 피하며 소리쳤다.

“죽엿.”

무사들이 일제히 오괴에게 달려들었다. 밤이 늦어 장사를 파한 터다. 객실에 손님들이 놀라 큰 소란이 일어날 터이지만 그런 것까지 생각하고 싶지는 않았다.

세 명의 무사가 단도를 들고 세 방향에서 달려들었을 때 오괴는 움직임이 없었다.

콰직—

공격해 들어갔던 세 명의 무사가 일제히 튕겨져 나갔다.

콰당탕—

탁자와 의자가 부서지며 요란한 소리가 일어났다.

나가떨어진 세 명의 무사는 잠시 몸을 꿈틀거렸지만 다시는 일어나지 못했다.

“호호호. 조무래기들이군. 이러면 너무 재미가 없는데?”

오괴가 싱긋 미소를 지으며 천천히 자세를 잡기 시작하였다. 멀리 떨어져 이를 지켜보던 옥화는 경악을 금치 못하였다. 분명 한번에 세 사람을 튕겨낸 것이 틀림없었다. 그러나 그 수법은 눈으로 볼 수 없었다.

오괴는 나래를 편 듯 두 팔을 좌우로 교차하며 자세를 잡았다. 입신중정(立身中正)의 완벽한 태극권의 자세였다.

“눈치를 보는 건가?”

옥화가 코웃음을 치며 소리쳤다.

“흥. 웃기는 소리. 우리는 명문정파도 봐주지 않아.”

말이 끝나기도 전에 사방에서 수리검이 날아들었다.

파파팍―

네 개의 날카로운 수리검이 허공을 가르고 기둥과 난간에 박히었다. 그러나 그때 이미 오괴의 신형은 보이지 않았다.

쾅―

장력이 격출하는 소리와 함께 오른편에 있던 무사 하나가 바닥에 쓰러졌다. 사람들의 시선이 일제히 그곳으로 향하였다.

시신의 바로 뒤편에 오괴가 우두커니 서 있었다.

“너무 느려, 너무.”

오괴가 비웃음을 지으며 머리를 내저었다.

피피핑―

파공음을 일으키며 수리검이 날아들었다.

“얼마나 느린지 보여주지.”

오괴가 갑자기 몸을 낮추었다. 암기를 피할 생각을 아니하고 허공을 말듯이 가볍게 두 손을 회전시켰다. 미끄러져 가는 듯 가벼운 발놀림으로 부드럽게 움직이며 공을 굴리듯 두 손을 교차시키던 오괴가 몸을 멈추었을 때였다.

“미, 믿을 수 없어.”

옥화의 입에서 떨리는 음성이 흘러나왔다.

상대방의 손과 장포 자락에 십여 개의 수리검이 들려 있었던 것이다. 허공으로 날아오는 수십여 개의 암기를 모조리 받아버린 것이다.

오괴의 다문 입술에 미소가 어리었다. 다음 순간 수리검이 파공음을 일으키며 사방으로 날아들었다.

퍽— 퍼퍽— 퍽—

가슴과 머리를 부여잡으며 십여 명의 무사가 맥없이 쓰러져 버렸다. 피비린내가 풍겨 나왔다.

"흐흐흐. 이거 너무 재미가 없는걸……."

오괴가 옥화를 바라보며 미소를 지었다. 순간 오괴의 신형이 흔들렸다. 긴 손가락이 옥화의 목을 덥석 움켜잡았다. 숨이 막혔다. 아니, 그 이전에 가슴이 철렁 내려앉았다.

오괴는 목풍아를 생각하였다. 중독되어 새파랗게 변한 목풍아의 얼굴을 생각하니 분노가 솟구쳤다.

옥화를 얼굴 앞으로 당겼다.

"기다릴 테니 어서 사람들을 불러 모으라구…… 너무 재미가 없잖아."

오괴는 옥화를 노려보며 미소를 지었다. 다리가 후들후들 떨리기 시작하였다. 떨리는 마음을 진정시키며 그녀는 난간 기둥 옆에 있는 줄을 손가락질하였다. 기둥 끝에 작은 종이 하나 달려 있었다. 오괴가 물었다.

"오! 저걸 당기면 사람들이 달려오는 모양이지?"

옥화는 고개를 끄딕하였다.

"자, 그럼 도움을 요청하라구. 어서."

오괴는 옥화를 기둥으로 밀었다. 옥화가 휘청거리며 기둥을 부여잡고 침입자라고 소리치며 줄을 잡아당겼다.

땡— 땡— 땡— 땡—

요란한 종소리와 함께 계단 위아래로 단검을 든 무사들이 모여들기 시작하였다.

여전히 말이 없는 것으로 보아 혀가 없는 이들이 분명하였다.

올라온 무사들 중 한편은 옥화를 둘러싸고, 다른 한편은 오괴를 둘러싸기 시작하였다.

이십여 명 정도 되는 무사들이 자신을 둘러싸자 오괴는 만족스러운 미소를 지었다.

"오! 이 정도는 돼야지."

말이 끝나기도 전에,

퍼퍽—

강한 장력이 사방으로 칼날같이 작렬하기 시작하였다. 둥글게 휘두르듯이 쳐올리는 수법은 회풍장(廻風掌)이었다. 몇 사람이 허공으로 솟구쳐 천장과 기둥에 처박히곤 다시 바닥으로 떨어졌다. 허수아비처럼 그 자리에서 쓰러져 버리는 이들도 적지 않았다. 매서운 장풍과 함께 쏟아져 나오는 장력은 실로 엄청난 위력이 아닐 수 없었다. 놀란 무사들이 뒤로 물러서 일제히 수리검과 독침을 던졌다.

피피핑—

반짝이는 무리들이 어지럽게 오괴를 향해 날아들었다. 하나 삼십여 년이 넘게 동굴 속에서 생활한 까닭에 미세한 공기의 떨림까지도 알아차리는 오괴였다. 오괴의 몸이 흔들리는 순간 그 자리에 오괴는 없었다.

수리검과 은빛 독침이 덧없이 날아가 바닥과 탁자에 무수히 꽂히었다.

퍽—

퍽—

장력이 격출하는 소리가 난간 좌우측에서 쉴 새 없이 들려오고 있었다. 동쪽 난간에서 소리가 나는 듯하면 어느새 서쪽에서, 다시 동서남북에서 종횡무진 무사들이 쓰러지고 있었다. 마치 한 사람이 아니라 여러 사람이 움직이는 것 같았다. 말로만 듣던 무당제일의 경신술인 제운종(梯雲縱)이 틀림없었다.

'미, 믿을 수 없어.'

허수아비처럼 바닥에 쓰러져 있는 무사들을 발견하고 옥화는 새파랗게 질리고 말았다. 그것은 공포였다. 상대방은 요란하게 싸우지 않았다. 최고의 자객처럼 단 일 장에 무사들이 격살되었다. 말을 하지 못하는 무사들이었기에 때리는 소리와 마루에 쓰러지는 소리밖에는 들려오지 않았다.

목표를 찾지 못하여 송사리 떼처럼 몰려다니는 자객들의 발자국 소리와 목표가 되어 쓰러지는 자객들의 소리. 짧은 정적이 끝나면 언제나 단발의 울림, 그 다음에는 한 사람씩 시신이 되어 바닥으로 쓰러지는 것이다.

철컥—

난간에 쇠갈고리가 걸리더니 검은 옷을 입은 자객 십여 명이 뛰어올라 왔다. 계단 아래에서도 십여 명의 자객이 뛰어올라 오기 시작하였다.

흑살문 총단의 고수들이 소식을 듣고 달려온 것이 틀림없었다. 그들은 바닥에 소리 소문 없이 쓰러져 있는 무사들을 발견하곤 단도를 휘두르며 오괴를 향해 달려들었다.

오괴는 그 자리에서 상대방의 단도를 휘감으며 일장을 휘둘렀다.

퍽—

자객이 허공으로 날아가 바닥으로 떨어졌다.

털썩—

단 일 초식이었다. 달려드는 자객들은 상대방의 손에 잡힐 때면 언제나 허공으로 날아 바닥에 떨어졌다. 마치 물이 되어버린 것처럼 번뜩이는 단도를 가볍게 피하며 자객들을 쓰러뜨리는 솜씨는 무당태극권이 아니고서는 흉내 낼 수 없는 경지가 틀림없었다. 그 틈을 타서 옥화는 계단을 내려가려 계단에 걸친 난간을 잡았다.

"호호호. 어딜 가려구."

뭔가에 끌려 옥화는 엉덩방아를 찧었다. 놀란 옥화가 들고 있던 단도를 뒤편으로 휘둘렀지만 바람을 가를 뿐이었다.

뭔가가 덥석 옥화의 손목을 움켜잡았다.

"나를 찾았나? 잘 보라구."

등이 시큰거리면서 갑자기 몸이 뻣뻣하게 굳어왔다. 혈도를 눌린 것이 틀림없었다.

누각에 달린 등롱이 갑자기 꺼지기 시작하였다. 이층 누각에 있는 등롱은 사방에 하나씩 모두 네 개뿐이었다. 탁자에 있던 촛불이 꺼져버려 사방이 어두운 상태에서 처마 끝에 걸려 있던 등롱까지 꺼져 버리자 사방은 칠흑같이 깜깜한 암흑천지가 되었다.

퍽—

또다시 소름 끼치는 소리가 들려왔다.

털썩—

또 한 사람이 무서운 주먹에 맞아 쓰러졌을 것이다.

"호호호."

괴기스러운 웃음소리가 들려왔다.

파파팍—

자객들이 던진 수리검과 표창이 박히는 소리. 그러나 이미 상대방은 사정권을 벗어나 다른 사람을 노리고 있을 것이 틀림없었다. 옥화는 무서웠다. 무당 제자 한 사람이 이렇게 흑살문을 농락할 줄은, 이렇게 강하리라고는 생각하지 못했다. 그때 옥화의 뒤편에 누군가 다가왔다. 귓가에 조용한 웃음소리가 들려왔다.

"흐흐흐. 이거 너무 무기력한걸?"

오괴가 등 뒤에 와 있는 것이다.

피피핑—

바람을 가르는 소리가 들려왔다.

"안 돼."

소리를 목표로 한 암기들이 자신을 향해 날아오고 있는 것이 틀림없었다. 눈을 꼭 감았다. 상대방이 일부러 자신을 노리도록 만든 것이 분명했다. 죽음이었다. 그러나 이때 옥화는 자신의 몸이 허공에 떠 있음을 느꼈다.

파파팍—

수리검이 기둥에 꽂히는 소리가 귓가에 선명하게 들렸다.

옥화의 몸이 다시금 바닥에 내려앉았다. 가슴이 철렁거렸다.

"흐흐흐. 너무 느려, 너무."

귓가에 들리는 느리고 낮은 으스스한 웃음. 갑자기 바람이 일었다. 그리고,

빠지직—

뼈가 으스러지는 소리.

털썩—

저음이 뒤이어 들렸다.

"으흐흐흐. 목뼈를 꺾어놓았지."

옥화가 침을 꿀꺽 삼켰다. 어디에 있는지 알 수가 없었다. 눈앞을 내다보기 힘들 정도로 깜깜한 어둠. 흔들리는 인영. 자객인지 무당 제자인지 분간할 수가 없었다.

"으흐흐흐. 어디 숨었을까?"

좌측 편에서 말이 끝나기도 전에 우측 난간 쪽에서 뼈 부러지는 소리가 들렸다.

빠직—

또 어딘가에서 무사들의 뼈를 꺾어놓았으리라. 다리가 벌벌 떨리기 시작하였다.

털썩—

다시 시신이 된 자객이 마루에 쓰러졌을 것이다.

어둠 속에서 상대방의 낮은 웃음소리가 들려왔다.

"으흐흐. 이놈들은 말을 하지 못해서 비명을 지르지 못하는군. 애석하게 되었어. 아직도 손님들은 하나도 눈치를 못 채고 있군. 애석한 일이야."

공포였다. 어둠 속에서 최고라고 하는 흑살문의 자객들이 하나하나 맥없이 죽어가고 있었다. 어떻게 되고 있는지 알 길이 없었다. 한번 말이 끝나면 벽과 천장을 향하여 수리검과 표창이 던져지는 소리와 박히는 소리가 들렸으며, 이내 둔탁한 장력과 뼈 부러지는 소리가 소름이 끼치도록 무섭게 들려왔다.

어둠 속이라 실체를 알 수 없었다. 상대방의 무서운 눈매를 생각하면 옥화는 지옥에 온 것 같은 공포를 느꼈다.

한동안 사람들이 바닥에 쓰러지는 소리가 들려오더니 마침내 누각은 정적에 잠기었다. 자객들이 모두 죽어버린 것인지도 모를 일이다. 아니, 죽지 않았다면 모두 도망을 가버린 것이거나. 마지막 차례는 자신이 될 것이다. 이빨이 덜덜 떨리었다. 오줌이 찔끔찔끔 흘러나왔다.

'사, 사, 살려주세요.'

비명이 흘러나왔다. 그러나 말이 목구멍에서 맴돌 뿐 입으로 나오지 않았다. 수리검을 피할 때 상대방이 아문혈을 봉쇄한 것이 분명하였다. 온몸에 소름이 돋았다.

눈앞에 무언가 움직임이 느껴졌다.

"흐흐흐. 생각보다… 너무 형편없는걸……."

깊은 심연의 끝에서 울려나오는, 아니, 끝을 알 수 없는 땅의 밑바닥에서 울려오는 저승사자의 목소리가 틀림없었다. 경련이 일어났다.

"이런… 이런… 오줌을 싸면 어떡하나? 나는 시작도 하지 않았는데……."

비로소 옥화는 자신이 오줌을 싼 것을 깨달았다. 부끄러웠지만 그것도 잠시, 검은 그림자가 눈앞에 다가온 것을 느낄 수 있었다. 긴 손가락이 머리를 잡았다. 상대방의 입김이 코끝에 전해졌다.

"흐흐흐. 나는 지금 이 누각에 불을 지를 생각이다. 굉장한 고수들을 기대했었는데…… 부낭의 이름으로 억울하게 숙은 어사님의 원한을 이렇게나마 갚고 간다……."

이내 검은 그림자가 계단을 내려가는 소리가 들려왔다. 잠시 후 매캐한 연기와 함께 새빨간 불길이 날름거리며 올라오기 시작하였다.

"불이야, 불이야."

삼층 객실에 머물던 사람들이 연기에 놀라 계단을 내려오기 시작하였다. 검은 연기와 홍광 속에서 옷도 입지 못하고 내려오는 기녀들과 손님들이 계단에서 엉키며 비명 소리와 고함 소리가 가득하였다. 지옥의 아수라장이 있다면 바로 이와 같으리라.

불꽃이 이층 난간을 올라왔을 때 옥화는 마룻바닥에 쓰러져 있는 사람들을 발견할 수 있었다. 공포에 질린 동공. 흘러내린 피비린내가 코끝을 스치고 지나갔다.

"아아악—"

옥화는 비명을 질렀다. 목소리가 나왔다. 그리고 몸이 움직였다. 옥화는 발발 기어 계단을 내려갔다. 뻣뻣한 몸이 생각처럼 움직여 주지 않았다. 사람들에 차이며 굴러 내려온 옥화는 새빨간 불길에 휩싸인 광한루를 바라보았다. 바닥에 몇 사람의 죽은 무사들이 보였다. 모르는 사이에 일층까지 내려와 죽인 것이 틀림없었다. 침을 꿀꺽 삼키었다. 불타는 나무들이 떨어지고 있었다. 떨리는 몸을 진정시키며 바깥으로 기어나왔다.

불구경을 나온 수많은 사람들이 광한루 앞에 모여 있었다. 고개를 돌려보니 화마(火魔)가 누각 전체를 사로잡고 새빨간 혓바닥을 날름거리고 있었다.

멍하게 광한루가 타는 것을 바라보던 옥화가 이를 악물었다.

"무, 무당……."

그녀는 몰려든 사람들 사이를 비집고 나가기 시작하였다. 잠시 후 옥화의 곁을 한 무리가 둘러싸기 시작하였다. 그녀는 무리와 함께 대로를 따라가기 시작하였다.

"저것인가?"

맞은편 지붕 위에서 호리병을 들고 술을 마시던 오괴가 미소를 지었
다. 어느새 무당파의 청빛 도포는 벗어버린 후였다. 일자건으로 올린
머리를 풀어 헤친 채 일산안경을 쓰고 옥화를 주시하던 오괴는 목풍아
의 당부를 떠올렸다.

목풍아의 말에 따르면 광한루 역시 흑살문의 지부에 불과하다는 것
이다. 목풍아는 광한루와 명화루와 같은 기방이 관련이 된 것으로 미
루어 흑살문이 정보력이 있는 기루를 거점으로 하고 있음을 알았다 하
였으며, 목풍아가 광한루를 알고 있다고 수선에게 운을 띄웠음에도 협
상에 응하지 않고 처음의 목적을 이루려 하였던 것이 그것을 반증하는
것이라 말해 주었다. 때문에 독돈이 따라가 알아낸 광한루는 흑살문이
라는 살수 조직의 한 지부라는 것이다.

수뇌부를 찾는 것은 다시 한 번 머리를 쓰지 않으면 안 되는 것이니
명문정파인 무당의 참여라는 중대한 문제를 미끼 삼아 수뇌부가 있는
곳을 알아내려 한 것이다.

오괴가 옥화를 살려둔 것은 그 때문이었다. 흑살문의 자객들을 처치
한 오괴는 옥화의 점혈을 풀어주고 광한루에 불을 지른 후 맞은편 지
붕 위에 앉아 옥화가 나오기를 기다렸던 것이다. 과연 광한루에서 살
아 나온 옥화는 흑살문의 총단이 있는 곳으로 가고 있을 것이 틀림없
었다.

생각할수록 영민한 목풍아였다. 이중 삼중으로 머리를 써서 상대방
의 혼을 빼고 의표를 벗어나는 계책을 만들어내는 목풍아의 머리를 생
각하면 절로 감탄이 나는 오괴였다. 중독이 되어 목숨이 위급한 상황
에서도 냉정함을 잃지 않는 목풍아가 존경스럽게 생각되었다.

당장이라도 무당산으로 달려가 대단환을 구해 목풍아를 구하고 싶

은 마음이었지만 명을 거역할 수는 없는 일이었다. 한 가지 이해할 수 없는 것은 대단환을 구하여 돌아오는 길에 광한루를 흔들어놓을 수도 있는 문제였는데 어째서 이 일을 가장 첫 번째 일로 삼은 것인지 이유를 알 수 없었다.

'내가 모르는 이유가 있겠지.'

오괴는 들고 있던 호리병을 내려놓고 조심스럽게 옥화의 뒤를 따르기 시작하였다.

아직 날이 밝기도 전이었다. 묘시(卯時)를 알리는 종소리가 성루에서 울렸다.

형주성의 문이 열리기 무섭게 한 대의 마차가 형주를 빠져나갔다. 그리고 이른 아침 장사꾼들의 행렬을 따라 오괴가 성큼성큼 걸어나갔다.

성문을 벗어나자 오괴의 신형이 장사꾼들의 행렬에서 벗어나 제비처럼 날랜 신형으로 대로를 따라가기 시작하였다.

멀리 평평한 지평선이 검푸른빛에서 붉은빛으로 다시 노란빛으로 변해가고 있었다. 그동안 오괴는 빠른 걸음으로 덜컹거리는 수레바퀴 소리가 들려오는 대로를 따라 뛰었다.

뛰는 것이 아니라 가볍게 걸어간다는 것이 옳았다. 은회색의 머리를 흩날리며 까만 일산안경을 쓴 오괴는 갑자기 쓴웃음을 지었다.

동굴 속의 생활은 오괴를 많은 부분 바꿔놓은 것이 틀림없었다. 벽허 진인이었던 자신은 그때 자비심과 인정이 있었다 생각하였다. 오괴는 백련교의 마두와 삼십여 년을 넘게 깜깜한 동굴 속에서 싸우면서, 그의 패도적인 기질이 자신도 모르는 사이에 자신을 이렇게 잔악한 존재로 만들어 버린 것이라 생각하였다.

"빌어먹을……."

독충을 먹으며 지독하게 살아가는 사이에 이렇게 자비심이 없는 사람이 되어버린지도 몰랐다.

갑자기 웃음이 나왔다. 목풍아가 오괴란 이름을 지어줄 때 벽허 진인 홍화수를 버렸다는 것을 뒤늦게 생각했기 때문이다.

"이런, 나는 오괴였지. 그래, 오괴였어."

쓸데없는 생각을 하는 사이에 수레바퀴 소리는 멀어져 가고 있었다.

오괴는 진기를 불어넣어 화살처럼 달려가기 시작하였다.

그렇게 얼마를 쫓아갔을까? 대로를 질풍처럼 달려가던 마차는 길에서 벗어나 깊고 커다란 계곡으로 방향을 바꾸고 있었다.

젖빛 안개가 아직도 걷히지 않은 자욱한 계곡을 마차 바퀴 자국을 따라가다 보니 우렁찬 물소리가 들려왔다.

만장 같은 바위 절벽 아래로 시퍼런 물이 흐르고 허공에 다리가 놓여 있었는데 그 앞에 삼십여 명이 넘는 무사들이 마차와 다리를 지키고 있었다.

오괴는 커다란 삼나무 위에 올라가 몸을 숨기고 가만히 정황을 살폈다.

위태위태한 천장절벽에 걸린 구름다리 너머 뿌연 안개 사이로 커다란 기와 지붕의 날렵한 처마가 보였다. 다리 건너 큰 건물이 있는 것이 틀림없었다. 칼을 든 무사들이 다리뿐 아니라 계곡 이곳저곳을 엄중하게 지키고 있는 것과 옥화가 탔던 마차뿐 아니라 일곱 개가 넘는 마차와 말이 다리 앞 공터에 묶여 있었다.

"흐흐흐. 찾았다."

누구도 쉽사리 침입하기 힘들 만큼 완벽한 천혜의 요지에 자리잡고 있었기에 오괴는 저 구름다리 너머가 흑살문의 총단이라는 것을 확신할 수 있었다.

안개 사이로 아슬아슬하게 보이는 구름다리 앞에 있는 커다란 바위에 새겨진 붉은 글자가 오괴의 눈에 확연하게 들어왔다.

자운곡(紫雲谷).

오괴의 입가에 미소가 걸리었다.

"정말 큰 수확이군. 대장이 정말 좋아하겠어."

오괴는 한동안 다리 반대편을 바라보다가 몸을 일으켰다. 목풍아는 총단이 있는 곳을 알아내면 조용히 물러나라는 명을 오괴에게 내렸던 것이다.

마음 같아서는 밤이 찾아올 때까지 기다렸다가 어둠을 틈타 흑살문의 총단까지 침입하여 혼이 빠질 정도로 한바탕 소동을 일으키고 싶었지만 목풍아의 심계가 깊은 것을 아는 오괴이기에 다른 수단이 있음을 생각하고 여기서 물러날 수밖에 없었다. 아니, 그보다는 지금은 목풍아를 위해 대단환을 찾으러 가는 것이 우선이었다.

목풍아가 있어야 모든 일을 계획대로 할 수 있기에 총단의 위치를 알아낸 이때 다시 흔들어놓을 필요는 없었다. 목풍아를 생각하더라도 시일을 지체할 수 없는 노릇이었으므로.

자운곡을 나선 오괴는 아직도 젖빛 안개가 걷히지 않은 자운곡을 바라보다가 빠르게 걸음을 옮겼다.

"대장, 조금만 참고 기다려 주시오. 반드시 대단환을 구해 대장을 구해줄 테니……."

오괴는 목풍아를 생각하곤 진기를 끌어올려 제운종을 전개하기 시작하였다.

한편 독돈은 매일 진기를 불어넣어 목풍아의 기경을 소통시키며 그의 피를 먹여 목풍아의 갈증을 풀어주었다. 식사는 일절 하지 못하고 독돈의 피를 마신 까닭에 목풍아의 상태는 많이 좋아졌지만 온몸이 오괴처럼 새까맣게 변해 버리고 말았다.

"독돈, 이게 어떻게 된 거야? 내 얼굴이 왜 이 모양이냐구? 내가 오괴처럼 변해 버리고 말았어. 이게 어떻게 된 거냐구?"

독돈이 씨익 웃으며 말했다.

"대장, 좋은 현상이에요. 대장의 몸이 독에 저항하고 있다는 말이니까요."

목풍아가 울상이 되어 소리쳤다.

"제길 목풍아가 아니라 오독풍(烏毒風)이 되어버렸네."

그 말에 일도가 웃음을 참지 못하고 크게 웃었다.

"그, 그렇네요, 대장."

일도가 그렇게 말한 것은 이유가 있었다. 독돈이 마을에서 사온 닭들을 일도가 키우고 있었는데 지네와 거미 같은 독충들을 먹고 자란 닭들은 털이 몽땅 빠져 웃긴 볼끌을 하고 있었기 때문이다. 독돈은 그것을 오독계라고 불렀는데 털 없는 닭과 목풍아의 몰골이 비슷하게 보여 웃음이 나왔던 것이다.

"이 자식, 이 참에 너도 오독일도로 만들어줄까?"

목풍아의 질책에 일도가 찔끔하였다.

독돈이 웃으며 말했다.

"일도야, 잔말 말고 어서 준비된 것이나 가져와라."

"예, 형님."

일도가 부리나케 밖으로 나가더니 닭고기가 담긴 그릇을 가지고 들어왔다.

목풍아가 그것을 바라보며 독돈에게 물었다.

"이건 뭐냐?"

"앞으로는 제 피를 드시지 않으셔도 됩니다. 이제 오독계를 드시고 기운을 차리셔야죠."

"뭐? 나더러 독물을 먹으란 말이야? 합비에서 이걸 먹고 사람이 죽은 것을 모른단 말이야?"

"그건 평범한 사람의 이야기죠. 대장은 지금 지독한 독에 중독이 되어 있어요. 그것을 이겨내려면 대장 스스로가 지독한 독물이 되어야 해요."

"뭐라구? 나보고 독물이 되라구?"

"예. 이미 대장은 반쯤은 독물이 되어 있으니까 어려운 것도 아니에요. 오괴의 얼굴이 까매진 것은 반쯤 독물이 되어서 그런 것이고 저는 완전한 독물이 되어버려서 이렇게 얼굴이 허옇게 돌아온 것이죠."

"이런 제길."

목풍아는 독돈의 얼굴을 보고 오만상을 찡그렸다. 자신이 독돈처럼 되어버린다면 눈썹은 물론이거니와 머리와 아래쪽에 있는 털도 없어질 것이니 목풍아가 무모아(無毛兒)가 되어버릴 것은 자명한 이치. 털 없는 오독계처럼 반질반질한 대머리 목풍아는 생각하기도 싫었다.

"싫어."

목풍아는 머리를 싸잡고 비명을 질렀다.

독돈은 목풍아의 마음도 모른 채 말했다.

"대장, 걱정하지 마시고 마음껏 드세요. 국물까지 쭈욱 다 드시면 아주 좋습니다."

목풍아의 가슴에 불길이 치솟았다. 독액이 가득한 국물까지 남김없이 다 마셔야 한다니…… 소림사의 중보다 반짝이는 머리를 가진 자신의 모습이 눈앞에 그려졌다. 여자들이 코웃음을 치며 합장을 하곤 깔깔 웃으며 도망치는 그림도 눈앞에 그려졌다. 주소천과 주소희, 강민과 화옥, 하소선, 그리고 아름다운 기녀 자객 수선까지, 아니, 천하에 많고 많은 미녀들이 자신에게 고개를 돌릴 것을 생각하니 다리에 힘이 풀렸다.

털썩—

두 무릎이 절로 꿇려졌다. 그것은 목풍아를 두 번 죽이는 것이나 다름없었다.

"오! 신이시여. 왜 저를 이렇게 시험하시나요."

목풍아가 두 손을 부여잡고 미륵부처를 바라보며 절규하였다.

일도가 때 아닌 목풍아의 행동에 고개를 갸웃거리며 독돈을 바라보았다. 독돈 역시 목풍아의 행동을 이해할 수 없어 머리를 갸웃거렸다.

"대장, 왜 그러세요. 약을 드셔야 큰일을 하죠."

목풍아는 머리를 세차게 흔들었다.

"큰일이고 나발이고 필요없어. 아! 무모아가 되어버리면 이제 여자도 꼬실 수가 없잖아. 오! 이런 시련을…… 어째서 이런 시련을 저에게 주시는 겁니까?"

목풍아는 두 손을 번쩍 들어 미륵부처를 바라보며 절규하였다.

"무모아(無毛兒)?"

독돈은 목풍아의 걱정거리를 깨닫고 자신의 민머리를 쓰다듬으며 생각에 잠겼다.

오독계가 그러하듯이 충분히 그럴 수도 있는 일이었다. 독왕이라 불리던 자신이 동굴 속에서 지네와 독사 등의 독충만 먹으며 삼십여 년 이상을 살아온 까닭에 오독계와 마찬가지로 온몸의 털이 몽땅 사라지고 말았으니 말이었다.

'총명한 대장이 거기까지 생각하고 있었군.'

"와하하하."

독돈은 천장이 울릴 정도로 크게 웃으며 말했다.

"대장, 너무 걱정 마시오. 설마 나처럼은 되겠습니까?"

목풍아가 고개를 돌려 독돈을 바라보았다.

"너처럼 안 된다는 보장이 있나?"

"그, 그건 그렇지만……."

목풍아가 길게 한숨을 내쉬며 고개를 푹 숙였다.

독돈이 닭이 담긴 그릇을 가지고 목풍아에게 다가가 말했다.

"사실 저도 이후에 대장이 어떻게 될지는 장담을 할 수 없습니다. 저나 오독계처럼 온몸의 털이 몽땅 빠지게 될지 안 될지는 저도 알 수 없습니다. 그렇지만 대장이 항상 하는 말마따나 지금은 대장이 살아서 큰일을 하는 것이 중요한 것이지 그깟 작은 문제를 신경 써서는 안 될 줄 압니다. 모든 것은 하늘이 알아서 하실 테니 어서 드세요."

목풍아가 그릇에 담긴 닭고기를 바라보다가 한숨을 내쉬었다.

"하는 수 없지. 모든 것이 하늘의 뜻이라 생각할 밖에…… 하늘의 처분에 맡기는 수밖에 도리가 없군."

목풍아는 독돈에게서 그릇을 받아 닭고기를 후적후적 먹었다. 그동안 독돈의 피를 먹고 있었던 터라 고기 맛이 꿀 맛 같아서 한 마리를 게 눈 감추듯 먹어치우고는 국물 한 방울 남기지 않고 모두 마셔 버렸다.

"자, 되었나?"

목풍아가 텅 빈 그릇을 보여주었다.

"잘하셨습니다, 대장."

독돈은 마음이 흡족하였다.

약관을 바라보는 나이에 있는 목풍아가 자신의 얼굴에 신경을 쓰는 것은 당연한 것이었지만 자신의 한마디 말을 주저없이 받아들여 오독계탕을 먹는 것이 대견하게만 생각되었다. 그것은 천하 백성의 평안을 위해 자신을 포기할 수 있다는 의미로 받아들여졌다.

'대장은 처음 만났을 때와 변함이 없구나.'

마음이 흐뭇하였다.

"자, 오독계탕을 드셨으니 치료를 하셔야지요?"

"좋아."

목풍아는 언제나처럼 웃통을 벗고 독돈의 앞에 가부좌를 틀었다.

"자, 갑니다."

장심에 기운을 북돋우며 독돈은 천하 백성을 위해 반드시 목풍아를 치료하리라 굳게 마음을 다지는 것이었다.

한편 오괴는 형주에서 밤낮을 달려 이틀 만에 방현(房縣)에 도착하였다. 방현에서 무당산까지 제운종을 전개하면 한나절도 안 되는 거리에 있으니 서두를 것도 없었다. 아니, 오괴는 서두르면 안 된다.

목풍아는 오괴에게 광한루를 흔들어놓고 닷새 후에 무당산에 올라 가라는 명을 내려놓았던 것이다.

오괴는 목풍아의 명을 좇아 이곳 방현에서 내리 사흘간을 머무르며 목풍아가 그랬던 것처럼 하루 종일 객잔에 죽치고 앉아 차를 마시며 시간을 보내었다.

처음에는 바로 앞이 무당산인데 갈 수 없는 것이 오괴는 답답하였 다. 아무리 무당산이 험하고 방비가 철저하다 하더라도 자신이 오랫동 안 몸담아왔던 까닭에 자신이 있었던 것이다. 몸이 근질거릴 정도로 움직이고 싶었지만 목풍아의 명을 따라 사흘간을 머무는 사이 오괴는 목풍아의 의도를 약간은 깨달을 수 있었다.

처음에 방현에 왔을 때는 알지 못하였지만 사흘이 지난 후 오괴는 방현이 예전과 달리 많은 변화가 있었음을 깨닫게 되었다. 삼십여 년 이 넘는 시간은 무시할 수 없는 변화를 동반하고 있음을 오괴는 객잔 에서 차분히 지켜보는 사이에 알 수 있었던 것이다. 돌이켜 생각하니 무당산 역시 삼십여 년이 넘은 지금 많은 부분이 바뀌었을 것이 틀림 없었다.

'대장은 나에게 돌아볼 시간적 여유를 준 것이다.'

생각할수록 그 심계를 알 수 없는 목풍아였다.

객잔 앞에 있는 커다란 느티나무 아래에서 노인 두 사람이 태평스럽 게 바둑을 두고 있었다. 신선노름이라는 바둑판을 멀리서 바라보고 있 자니 흥미가 돌았다.

주인에게 술과 안주를 시켜 느티나무 아래로 가져오라 하곤 바둑을 두는 곳으로 다가갔다.

흰머리가 성성한 노인 두 사람이 바둑판을 뚫어지게 바라보며 착점

할 곳을 찾고 있었다. 안절부절못하며 인상을 구긴 것이 불리한 것이 틀림없었다.

오괴가 다가가 그 옆에 앉아 형세를 바라보니 태평스럽게 판을 바라보던 노인 하나가 훈수라도 둘까 싶어 힐끔힐끔 오괴를 바라보았다. 그때 객점에서 점소이가 술과 안주를 가지고 다가와 바둑판 앞에 차려 놓았다.

"이게 뭐요?"

노인의 말에 점소이가 오괴를 가리키며 말했다.

"저분께서 시키신 겁니다."

두 노인이 고개를 갸웃거리며 바라보니 오괴가 꾸벅 인사를 하며 말했다.

"두 분 모습이 보기 좋아서 제가 시킨 겁니다."

두 노인이 포권을 하며 말했다.

"감사합니다, 대인."

오괴에게 사례를 한 두 사람은 술잔에 술을 따라 마시고는 오괴에게 술을 권하였다.

오괴가 사양하지 못하고 술을 마시니 노인들이 입을 열었다.

"바둑을 좋아하시나 보죠?"

"아닙니다. 그냥 보는 것을 좋아합니다."

"하하하. 그렇잖아도 셋가 멋시에 억선을 낭해서 술값을 낼 판이었는데 대인께서 술값을 내주셔서 얼마나 다행인지 모르겠습니다. 바둑을 두실 줄 안다면 이 친구와 한판 두시겠습니까?"

맞은편에 앉은 노인이 말했다.

"그러시오. 나와 한번 둬봅시다."

오괴는 옛적에 바둑을 둬본 적이 있는 터라 흔쾌히 허락했다. 잠시 후 오괴의 얼굴이 일그러졌다. 삼전삼패. 번번이 대마를 잃어 돌을 던지고 말았다. 화가 치밀었지만 재미로 두는 것이고 자신의 실력이 미치지 못하는 것이니 누구 탓을 할 것도 없었다.

"하하하. 제가 졌습니다. 정말 대단한 실력이시군요."

노인이 통렬하게 웃으며 말했다.

"아닙니다, 아닙니다. 포석을 놓는 것을 보면 제가 당할 수 없는 기량입니다만 수순에 문제가 있었습니다."

"수순에 문제가 있었다구요?"

"예. 아시겠지만 바둑은 돌 한 수를 놓을 때부터 전체가 변화되지요. 하수들은 돌을 놓을 때 대마를 잡을 생각을 하고 뻔하게 눈에 보이는 수를 놓게 되는데, 상수의 눈으로 보면 그것은 뻔히 보이는 속임수라는 것을 알게 되지요. 대인께서 하변의 돌을 잡으려 자꾸만 파고들었는데 저는 도망가는 척하면서 대인의 돌을 잡기 위한 포석을 깔아놓았던 거지요. 대인께서 하변을 신경 쓰는 틈을 타서 저는 대인의 대마가 집을 지을 자리를 없애 버리고 그 후에 공격을 감행하였으니 대인께서 속수무책으로 당할 수밖에요. 상수는 공격하지 않는 척하면서 공격을 펼칩니다. 그것이 상수들의 수순이지요."

뭔가가 머리를 때리는 것 같았다. 그렇다. 비단 바둑판에만 상수가 있는 것이 아니었다. 목풍아의 경우가 그러하였다. 상대방의 머리 위에서 전혀 짐작하기 힘든 수를 놓고 있는 것이다. 그 수순은 대부분 맞아떨어졌으며, 천하 역시 목풍아의 수순대로 연왕에게 넘어가 버렸으니 목풍아는 상수 중의 상수라고 할 수 있었다.

'그렇다면 이 수순은 무엇인가?'

오괴는 목풍아가 흑살문을 흔들어놓은 다음 천천히 무당산으로 가라고 한 이유가 갑자기 궁금해졌다. 분명히 무엇인가 예상하는 수순이 있을 것이 틀림없었다. 그러나 그것이 무엇인지 아무리 생각해 보아도 알 수 없었다. 하지만 바둑을 통해 목풍아의 심계를 조금이나마 알 수 있었던 것에 흡족해하는 오괴였다.

"제가 바둑에 졌으니 술을 더 사겠습니다. 저와 함께 객잔으로 가시죠."

"이, 이래도 되려나?"

누런 이빨이 듬성듬성한 두 노인은 오괴의 호의가 싫지 않은 듯 지팡이를 짚고 객잔으로 따라 들어갔다.

오괴가 두 노인을 탁자에 앉히고 점소이에게 술과 안주를 시켜 이런저런 이야기를 듣고 있는 사이에 바깥에서 한 무리의 사람들이 말을 타고 객잔 앞에 모여들었다.

이내 객잔 안으로 수십여 명의 푸른 도포를 입은 사나이들이 들이닥쳤다. 사람들이 그들을 보고 일제히 자리에서 일어나 포권을 취하며 말했다.

"오! 무당 제자들이시군요. 이런 무더위에 수고들하십시다."

이것은 그들에 대한 존경의 표시였다.

"별말씀을……."

무당 제자들이 친절하게 웃으며 포권을 취하며 인사를 하곤 자리에 앉았다.

노인들이 엄지손가락을 들며 오괴에게 말했다.

"무당파는 장삼풍 조사가 무당산에 도관을 만든 후부터 이 지방 사람들의 신망을 얻은 지 오래입지요. 산적들뿐 아니라 병화의 피해를 막아주었기 때문에 방현 사람들은 물론이거니와 다른 지방의 사람들까지 장 조사를 받들고 무당파 사람들을 좋아한답니다."

"그렇군요."

오괴는 기분이 좋아져서 고개를 끄덕끄덕하였다.

다섯 개의 탁자에 앉아 식사를 하고 있는 무당 제자들을 바라보며 옆에 있던 노인이 중얼거렸다.

"그런데 이렇게 많은 사람들이 웬일일까? 모두 칼을 찬 것을 보니 산적이라도 잡으러 가는 길인가?"

노인이 궁금했던지 자리에서 일어나 큰 소리로 물었다.

"어디 가는 길이오? 산적이라도 잡으러 가나 보지?"

차를 마시던 사람들이 와— 하고 웃었다. 사람들이 무당파 사람들에 대하여 어려움을 가지지 않고 거리낌없이 말을 주고받는 것을 보면 장삼풍이 그 제자들과 무당파를 어떻게 가르쳤는지 알 것 같았다.

'사부님께서는 본래 소박하신 분이셨으니 그럴 만도 하다.'

그때 중년의 사나이 하나가 포권을 하며 빙그레 웃었다.

"볼일이 있어서 형주로 갑니다."

"형주? 거긴 무슨 일로?"

"무당파를 사칭하여 불민한 일을 저지른 자가 있었다는 소식이 들어와서 저희가 진상을 알아보려고 가는 겁니다."

"저런, 저런, 천하의 무당파를 사칭하는 자가 있다니…… 쯧쯧쯧. 대협. 수고하시구려. 빨리 잡으시길 바라겠소."

술기운이 올라 볼이 빨개진 노인이 연방 포권을 취하다가 자리에 앉았다.

"무당파가 천하에 이름이 높지. 암. 그렇지 않고서야 무당파를 사칭하는 자가 있을 리 있겠어? 어? 이런, 잔이 비었네.”

술이 취해 코가 빨개진 노인들이 술잔을 들어 오괴에게 권하였다.

오괴는 술잔을 받아 마시며 생각에 잠기었다. 형주에서 일을 벌인 자는 바로 자신이다. 그들은 자신 때문에 형주로 가는 길인 것이다. 객잔에 앉은 무당 제자는 이십여 명, 그중에 남화건(南華巾)을 쓰고 있는 중년의 도사는 여덟 명, 일자건을 쓴 젊고 패기만만한 제자가 열두 명 정도였으니 무당파의 최정예가 틀림없을 것이다. 무당파의 최정예가 파견될 정도라면 형주에서 광한루를 무너뜨린 이야기가 흑살문을 통해서 무당파로 들어갔다는 말이 된다.

‘무당파가 자객 집단과 손을 잡았다는 것은 말이 되지 않는다.’

오괴는 갑자기 불쾌한 마음이 들었다. 대장에게 무림인들이 이 일에 연관되었을 것이라고 들었던 터지만 자신이 형주에서 한 일이 무당산까지 전해졌으며 그로 인해 무당의 정예가 움직인 것은 목풍아의 편에 있는 오괴에게 씁쓸한 일이 아닐 수 없었다.

오괴는 그들의 이야기에 귀를 기울였다.

“밥을 먹은 후 바로 떠날 것이니 모두 그렇게 전하거라.”

금방 노인에게 말을 하였던 중년의 사나이가 이곳의 총대장이 틀림없었다. 자신이 동굴 속에 갇힌 후 누군가의 제자로 무당산에서 자란 제자가 분명해 보였다.

무당 제자들은 별말없이 밥을 먹고는 급하게 나가 버리고 말았다. 멀어져 가는 무당 제자들을 바라보며 오괴는 생각에 잠기었다.

‘도대체 어떤 집단이기에 천하의 무당파를 움직일 수 있단 말인가. 흑살문이 무당파를 움직일 수는 없을 테고…… 그렇다면 건문제가 살아 있다는 것이 정말이란 말인가?

한동안 생각을 해보았지만 실타래를 풀어놓은 것처럼 어지럽기만
할 뿐이다.

'대세를 보는 눈이 나에게는 없다는 말인가?'

오괴는 머리를 붙잡고 한숨을 내쉬었다.

"이봐, 바둑에 진 것이 분하면 내가 또 상대해 줄 테니 기분 풀라
고……."

얼굴이 빨갛게 된 두 노인이 연방 술을 권하였다. 술잔을 받는 둥 마
는 둥 황망한 대로를 바라보던 오괴는 번뜩 떠오르는 것이 있었다.

생각해 보니 목풍아가 이곳에서 시간을 두고 기다리라고 한 것은 무
당파의 최정예가 움직인 다음에 무당산으로 가라는 의도가 틀림없었
다.

'아! 그, 그렇다면 이것은 나를 위해 대장이 생각하는 수순이었나?'

생각이 천천히 정리되기 시작하였다.

목풍아는 한번에 여러 가지 일을 벌이는 사람이다. 그러므로 그 수
순에는 여러 가지 함정이 숨어 있을 것이 틀림없었다.

첫째로 목풍아는 보이지 않는 세력의 분열을 조장하면서 무당파의
정예 제자들을 형주로 불러들이고, 둘째로 그들의 공백 기간 동안 자신
이 대단환을 가져오기 쉽도록 수순을 만든 것이 분명하였다.

일단 자신이 생각할 수 있는 것은 그 정도뿐이었지만 목풍아는 더
많은 노림수를 생각하고 있을 것이 틀림없었다.

"영악한 대장 같으니라구……."

생각할수록 머리가 뛰어난 대장이었다.

'만약에 대장이 마음만 먹는다면 천하를 자기 것으로 만들 수도 있
지 않을까? 만약 그렇게 된다면 천하 백성들이 더욱 행복한 삶을 살 수

있지 않을까?

피식 웃음을 터뜨렸다.

술을 마시던 노인이 오괴를 빤히 들여다보다가 소리쳤다.

"뭐라구? 영악하다구? 분한 모양이지. 좋아. 그렇게 억울하면 다시 한판 하자구. 내가 져줄 용의도 있어. 딸꾹."

오괴가 웃으며 말했다.

"노인장, 올해 나이가 몇입니까?"

"내가 좀 오래 살았지. 올해 나이가 예순셋이야. 환갑이 벌써 삼 년이나 지났지. 이 친구는 나보다 한 살이 어린 예순둘이야. 그런데 나에게 꼬박꼬박 형님질을 하려고 한단 말이야. 그런데 자네 나이는 몇인가?"

"내년이 아흔이외다."

"이런 빌어먹을 놈이 있나? 이놈아, 네가 구십 살이면 나는 백오십이겠다. 고얀 놈 같으니라구…… 술 한잔 사줬다고 보이는 게 없느냐, 이놈."

취한 노인은 소매를 접으며 오괴에게 고함을 질렀다.

"제가 농으로 한 말이니 너무 나무라지 마십시오. 계산은 제가 할 테니 마음껏 드시고 가십시오."

"그, 그런 건가? 하하하. 자네처럼 예의 바른 사람이 그럴 리 없지. 하하하."

오괴가 꾸벅 인사를 하고 셈을 치른 후 객잔을 나섰다. 고개를 돌려 보니 멀리 무당산이 지평선 너머 구름 사이로 머리를 내밀고 있었다.

"이거 대장이 밥까지 다 만들어줬는데 대단환을 가져가지 못하면 오괴 체면이 말이 아닌데……."

이내 오괴의 신형이 빠르게 마을을 벗어나고 있었다.

한나절도 되지 않아 오괴는 하늘을 찌를 듯 높이 솟은 산 아래 마을에 도착할 수 있었다.

균현(均縣)이었다. 오랫동안 이 마을과 무당산을 오가며 사부님의 심부름을 한 적이 있던 터이다.

마흔 무렵에 이 마을을 떠나 천하를 종행한 지 오십여 년이 흘렀으니 마을의 입구에서부터 감회가 새로웠다. 마을은 자신이 살 적보다 많이 바뀌어 있었다.

대로 옆에 높게 선 누각들과 시장들, 그리고 길거리를 오고 가는 수많은 사람들의 행렬을 바라보노라니 다른 마을로 착각을 할 정도로 번화하게 변화되어 있었다.

무당파의 세력권 속에 있는 까닭에 도적이나 병화의 침탈을 받지 못한 때문일 것이다.

대로를 둘러보다가 문득 누각 하나가 눈에 띄었다.

옥허루(玉虛樓)라는 고색창연한 현판이 붙어 있는 주루였다. 이곳은 과거 장삼풍이 주루 주인의 부탁을 이기지 못하여 지어준 이름으로 이 마을의 자랑이며 명물이 되어버린 다점이었다. 젊을 적 빈번하게 이곳을 드나들며 맛있는 차를 마시던 때를 떠올리자 마음이 찡하였다.

현판을 물끄러미 바라보았다.

부드럽게 흘려 쓴 글씨지만 힘이 넘치는 글자였다. 그때에는 사형들에게 들어 그런 줄로만 알았었다. 그런데 시간이 지나 고희(古稀)가 지난 나이에 다시금 바라보니 그 안에 깃든 강하고도 지극한 부드러운 힘이 한눈에 들어오는 것 같았다.

가만히 붓이 지나간 힘의 배합을 손으로 그려보다 보니 전신이 떨려 오는 듯한 경련이 일어나는 것 같았다.

'아! 사부님의 무공의 경지를 이제야 조금은 알 것도 같구나.'

부드러우면서도 강하고 강한 듯하면서 부드러운 무당권법의 경지는 그의 붓끝에서도 여지없이 드러나 있었던 것이다. 사부인 장삼풍이 무예 연습보다는 참선과 붓글씨를 즐겨하였으며, 자신에게도 항상 붓글씨 연습을 열심히 하라고 말하던 이유를 이제야 알 것 같았다.

막내인 자신에게 더없는 사랑을 쏟아주었던 장삼풍이었다. 그에게는 사부이며 아버지였던 장삼풍이었다. 그런 사부의 마지막을 보지 못한 것이 더없는 불효처럼 생각되는 오괴였다.

한동안 멍하니 액자를 바라보며 장삼풍의 모습을 떠올리던 오괴의 눈 끝에 눈물이 맺히었다. 손끝으로 눈물을 닦으며 옥허루로 들어갔다. 옥허루는 예전 모습 그대로 변함이 없었다. 그러나 옛날 옥허루의 주인은 간 곳이 없고 그와 닮은 중년의 사내가 오괴를 맞이하였다.

"처음 뵙는 분 같습니다."

"그렇구려."

"이 옥허루로 말할 것 같으면 무당 조사이신 장삼풍 진인께서 직접 현판의 글씨를 써준 유서 깊은 다점입니다. 이름난 문필가나 여행자들은 언제나 이곳을 찾아와 차를 마시고 석양의 경치를 구경하곤 한답니다."

오괴가 고개를 끄덕였다. 옛적 그 아비가 했던 말과 똑같은 말을 하고 있었다. 아마도 그 아비가 죽고 아들이 옥허루를 맡아 경영하고 있는 것이리라.

"팔보차(八寶茶)나 주시오."

주인의 눈이 휘둥그레졌다.

"저희 다점 최고의 명차를 아시는군요."

"예전에 몇 번 와본 적이 있어서 잘 알고 있소."

"아! 그러시군요."

오괴가 고개를 끄덕였다.

옥허루에서 가장 최고의 차는 단연 팔보차였다. 팔보차는 사부인 장삼풍이 즐겨 마시던 것으로 옥허루 역시 장삼풍의 영향을 많이 받았다. 장삼풍이 흔쾌히 다점의 이름을 써준 것 역시 그 때문이었다.

팔보차는 춘첨차(春尖茶), 빙탕(氷糖), 계원(桂圓), 홍조(紅棗), 포도간(葡萄干), 구기자(拘杞子), 행간(杏干), 핵도인(核桃仁)이 들어가는 차로 몸에 이로워 장삼풍이 늘상 마시던 차였다.

"아버님이 주인으로 있을 때 자주 와서 마시곤 하였소."

"아! 그렇군요."

주인이 오괴를 바라보고 꾸벅 인사를 하곤 덜렁거리며 돌아갔다. 고개를 돌려 난간 바깥을 바라보니 샛노란 석양이 서산으로 지고 있었다.

연둣빛 팔보차를 마시며 지는 석양을 바라보았다. 거뭇거뭇한 마을에 뿌연 연기가 안개처럼 피어나기 시작하였다. 밥 짓는 연기이리라.

고개를 돌려 차를 마셨다. 이때 마시는 팔보차는 대추가 우러나기 시작하여 분홍빛을 띠고 있었다. 차를 마시며 고개를 돌리니 보랏빛 노을이 지평선을 감싸고 남은 석양의 붉은빛은 밥 짓는 연기와 향로 같은 무당산의 안개를 반사하여 묘한 감응을 주었다.

사람은 갔지만 자연은 그 자리에서 영원한 아름다움을 선사하고 있었다.

그 아름다움에 취하여 있으려니 목풍아가 생각났다. 극독에 중독이 된 목풍아는 석양이 아니라 뜨는 태양이다. 아직 한창 일을 할 나이에 애석하게 죽어서는 아니 된다. 갑자기 마음이 조급해졌지만 목풍아의 당부를 생각하였다. 목풍아의 의도는 돌다리도 두드리라는 것이다. 날이 저물기를 기다려야만 한다.

팔보차에서 진한 한약 냄새가 풍겨 나왔다. 쌉싸름한 한약의 맛을 만끽하며 있으려니 주인이 어슬렁거리며 다가와 말을 걸었다.

"예전과 비교하여 맛이 어떤 것 같습니까?"

"예전 그대로요. 아직 세 번째 차 맛을 보지 못했지만 두 번째까지는 예전 그 맛이오."

주인의 얼굴에 밝은 빛이 어렸다.

"얼마나 오랜만에 이곳을 찾으신 겁니까?"

"삼십팔 년이나 되었구려."

"에구. 그럼 제가 두 살이 될 무렵이었네요. 그럼 손님께서 상당히 어렸을 적에 찾아오신 모양입니다."

"내가 몇이나 되어 보이오?"

오괴의 얼굴을 자세히 바라보던 주인이 말했다.

"사십대 후반이나 오십대 초반 정도 되어 보이십니다."

오괴는 싱긋 웃으며 고개를 끄덕끄덕하였다. 어둠 속에서 생식을 하며 수련 아닌 수련의 생활을 한 탓이 분명하였다.

"한 가지 물어볼 것이 있소. 지금 무당파의 장문인이 누구요?"

"무당파의 장문인은 자허 진인(紫虛眞人) 장세평(張世平)이시죠."

"장세평?"

"무당파 삼대 장문인이었던 청허 진인(淸虛眞人) 민준(民俊)의 제자 되시고 사위 되시는 분입지요. 그 따님이 이름난 미인입니다요."

생각이 났다. 청허 진인 민준은 장삼풍의 일곱째 제자로 오괴의 사형이었다. 장세평은 민준의 대제자로 오괴가 짝사랑하던 민서린을 차지한 남편이었다. 공교롭게도 그가 무당파 사대 장문인이 되어 있는 것이었다.

"장삼풍 조사님의 제자는 살아 있지 않는가?"

"여덟 명의 제자는 명나라가 세워질 무렵 일어난 전쟁의 틈바구니 속에서 돌아가신 지 오래죠. 하긴 그분들이 장삼풍 조사님의 뒤를 이어 오늘의 무당파를 반석에 세우신 분들이시죠. 지금은 장세평 장문인의 아홉 제자들이 무당파의 이름을 날리고 있습죠."

오괴는 고개를 끄덕였다. 장세평은 민준이 자랑하던 큰 제자였다. 자신보다 열다섯 살이나 어린 장세평은 검법에 탁월한 재주가 있다고 민준이 자랑하던 이야기가 생각났다.

"그런데 이번에 형주에서 무당파 제자를 사칭하는 사람이 나타났다고 해서 오늘 아침 장문인의 여덟 제자가 사문의 휘하 고수들을 데리고 형주로 갔다지 뭡니까? 오늘 아침에 그들이 이곳에서 팔보차를 마시고 갔는데 뭐라더라? 무당태극권을 사용하는 굉장한 고수였다고…… 날아오는 수십 개의 암기를 맨손으로 잡아챘다고 하더라구요."

주인은 사람들의 눈치를 살피며 말을 낮추었다.

"사실 지금은 권법보다 검법을 쳐주는 무당파입지요. 예전에 아버님의 말로는 장 조사님이 살아 계실 적만 해도 권법이 우선이었다 하던데 세대가 바뀐 지금은 많이 바뀌었지요. 형주에 무당 제자가 나타났다면 어딘가에 살아 있는 무당파 대제자가 있다는 말일 것이고, 그 제자가 완벽한 권법을 익히고 있다면 현 장문인도 썩 마음이 즐겁지만은 않겠지요. 아무튼 오늘 무당파의 제자들이 빠져나가 무당산이 한가하겠습니다."

오괴가 고개를 끄덕끄덕하였다. 그동안 무당파 내에서도 많은 변화가 있었던 것이다.

심법에서 권법으로, 권법에서 검법으로 전승되어 왔던 무당파 무공이 대를 이어오면서 권법을 건너뛰고 검법이 주가 되었다면 많은 퇴보가 있었다는 뜻이다.

고개를 숙여 끓고 있는 팔보차를 찻잔에 따랐다. 삼탕이 되니 차는 붉은색을 띠고 있었다. 한약 냄새가 더욱 진하게 코를 찔렀다. 마음이 차분하게 가라앉으며 온몸에 기운이 충만해지는 느낌이 들었다.

고개를 들어보니 이제 지평선에 남아 있던 붉은 빛도 사라지고 세상은 어둠에 잠기기 시작하였다.

"이야기 감사하오."

오괴는 주인에게 사례하곤 자리에서 일어났다.

'무당파와 사부님에 대한 감상은 이제 그만. 소용없는 일이다. 벽허진인 홍화수가 아니라 목풍아 대장의 부하인 오괴는 대단환을 훔치러 무당산으로 간다.'

셈을 치르기 무섭게 오괴는 무당산을 향하여 빠르게 몸을 움직였다.

마을을 벗어나자 깜깜한 어둠 속에서 희뿌연 길 하나가 나타났다. 언제나 이 길을 통해 오괴는 무당산으로 올라갔다. 평탄한 길을 따라가다 보면 깊은 계곡이 나타난다.

맑은 물소리가 아스라이 울리는 계곡 옆으로 난 길을 따라 산중으로 올라가면 또다시 하얀 돌계단이 나타났다.

정확하게 구백구십 계단. 이 역시 무수히 올라가고 내려오길 반복했던 길이었다. 제운종을 배울 때 기초 체력을 기르기 위해 철추를 매달고 무수하게 뛰어다녔던 이 계단을 오괴는 가볍게 올라갔다.

이 계단의 끝은 또 다른 시작이다. 계단이 끝나는 곳에 나타나는 것은 하늘을 치고 올라간 듯 끝없이 가파른 절벽과 절벽으로 난 계단이었다. 고개를 들어보니 하늘이 보이지 않았다. 언제나처럼 절벽 가운데 구름이 걸려 하늘을 가린 것이 틀림없다.

오괴는 두세 계단씩 한꺼번에 차고 무당산의 봉우리를 올라갔다. 한 마리 제비가 된 것처럼 가볍고 신속한 몸놀림이었다. 삼십여 년의 은둔 생활은 심후한 내공과 절정의 경신술을 만들어주었다. 오괴는 옛날과 비교할 수도 없을 만큼 가벼운 자신의 경신술에 놀라운 마음까지 들었다. 그동안 비교가 되지 않아 아무런 느낌이 없었지만 옛날 숨을 몰아쉬며 헤매던 때를 생각하면 지금은 마치 자신이 사부인 장삼풍의 경지가 되어버린 것 같아 놀라운 마음이었다.

뿌연 안개 사이로 들어온 것을 보니 구름 속을 통과하고 있는 것이 틀림없었다.

'이제 이 안개를 지나면 또 다른 별세계가 나타나리라.'

안개가 걷히기 시작하였다. 제운종을 전개하던 오괴는 갑자기 걸음을 멈추었다. 하얀 구름의 바다 위에 커다란 달이 떠 있었다. 사십 년 만에 바라보는 이런 경치에 오괴는 한동안 넋을 잃고 구름의 바다를 바라보았다.

다시금 오괴의 신형이 움직였다. 이제 무당도관이 얼마 남지 않았다. 벼랑 위쪽에 별빛처럼 깜박거리는 불빛이 보였다. 깎아지른 듯한 벼랑 위에 만들어진 무당파의 도관이었다. 정예 제자들이 빠져나간 도관이라 파수를 보는 사람이 적었다.

세상에 알려진 무당파의 유명세에 비하여 초라한 도관이었다. 장삼풍의 소박함이 그대로 나타난 바로 이곳. 이곳은 깎아지른 듯한 높은 벼랑에 아슬아슬하게 위치하고 있는데 장문인이 거처하는 별궁 한 곳과 제자들이 거처하는 학관 세 곳, 그리고 도관인 태청궁(太淸宮)과 그 앞에 넓은 연무장밖에는 건물이 없었다. 무공은 입에서 입으로 전수를 하므로 소림사와 같이 무예를 기록해 놓은 책을 보관하는 장경각이 있는 것도 아니었다. 그러므로 삼엄한 경비가 필요한 것도 아니었다. 더구나 오늘은 제자들이 급작스러운 일로 빠져나가 경비는 더욱 허술하였다.

파수를 보는 제자 두 명이 태청전 앞을 지키고 있었으나 오괴가 빠르게 지나가는 것을 알아채지 못하고 저희끼리 수군거리고 있었다.

오괴는 무인지경으로 무당도관을 지나쳐 정상 부근에 있는 오룡사(五龍祠)로 향하였다.

오룡사는 당나라 정관(貞觀:태종) 당시에 이 산에 만들어진 사원으로 원말에는 작은 묘당에 불과하였다.

오괴가 이곳을 가는 까닭은 이곳에 장삼풍이 비밀리에 단약을 조제하는 토굴이 있음을 알기 때문이다.

장삼풍에게는 아홉 명의 제자가 있었는데 오괴는 그의 마지막 제자로 여덟 제자가 모두 전장이나 산적을 토벌하러 가 있는 동안 심부름을 도맡아 하며 사랑을 받았다. 대단환과 같은 단약은 장삼풍의 말년에 만든 것이므로 그 위치에 대해서는 오괴가 누구보다 잘 알고 있었던 것이다.

계단 위에 오룡사의 지붕이 보였다. 달빛을 받은 지붕이 눈을 덮은 것처럼 반짝거렸다.

파수를 보는 사람이 없었다. 그도 그럴 것이 이곳은 불상을 모신 곳으로 도교를 숭상하는 도관에게는 흥미없는 장소일 따름이었다. 그러나 오괴는 이곳이 장삼풍이 무당산에 은거하며 도를 닦을 때 바람과 비를 피해주던 둘도 없이 소중하게 생각하던 장소라는 것을 잘 알고 있었다. 이곳이 바로 무당 조사 장삼풍이 도를 터득한 장소인 것이다. 만약에 그런 사실을 알았다면 현 장문인은 이렇게 방치해 놓지 않았을 것이다.

기울어진 오룡사의 문짝을 잡았다.

끼이익―

문짝이 소리를 일으키며 열렸다. 조용히 오룡사 묘당 안으로 들어가니 어둠 속에 불상 하나가 덩그러니 앉아 있었다.

편편한 바위 벽 앞에 앉아 있는 불상이 먼지를 수북하게 뒤집어쓴 채 오괴를 바라보고 있었다. 사람이 다녀간 흔적이 없다면 이곳의 비밀이 그대로 묻혀 있다는 뜻이다. 장문인이라면 알 수도 있을 비밀일 터인데 이상한 일이었다.

'사부님이 사형에게 이곳의 비밀을 말해 주지 않은 것일까?

호기심을 품으면서도 두 손을 모아 불상에게 합장을 하였다. 언제나 이곳을 찾아오면 하던 예법이다.

"그동안 안녕하셨습니까?"

이내 불상의 상대석(上臺石)을 잡아 돌렸다. 예전에는 잘도 움직이더니 쉽게 움직이지 않았다.

'사람이 한 번도 찾아오지 않았나?

이번에는 진기를 불어넣어 힘껏 당겼다.

꾸꾸꾸꾸꾸―

뿌연 먼지가 일어나며 천천히 불상이 돌아가기 시작하였다.

불상이 반 바퀴 돌아가자 그 뒤편에 있는 광배(光背) 가운데에 뻐끔한 구멍이 하나 나타났다.

원래 광배가 있는 곳은 석벽이 있는 곳으로 불상이 구멍을 막고 있기 때문에 석불과 일체가 된 것처럼 보이는 것이다. 그러나 불상을 돌리고 보면 광배와 석불이 일체가 아니요, 광배가 새겨진 석벽 가운데 자연 석굴이 있는 것이다.

석굴 구멍으로 난 계단을 따라 내려가니 아담한 석굴이 하나 나타났다. 석굴 위편에는 작은 구멍이 여러 개 나 있는데 그곳에서 별빛이 반짝거리고 있었다. 공기가 통하는 구멍이었다.

발을 뗄 때마다 먼지가 피어올랐다. 오괴는 사부인 장삼풍으로부터 처음에 이곳 무당산에 입산 수련할 때 우연히 발견하였다고 들은 적이 있었다.

이전에 이곳에서 어떤 기인이 수도를 하였던 흔적이 있었으며 그 흔적은 무당파의 무공을 만드는 데 기초가 되었다고 하였다.

지금도 조금씩 남아 있는 석벽의 그림들과 글자들을 만져 보면서 오괴는 석벽을 찬찬히 살폈다.

자연 석굴의 내부에는 인공적으로 네모나게 구멍을 파서 물건을 보관하게끔 만들어놓았는데, 장삼풍은 그곳에 귀중한 서적이나 단약을 만들어 넣어두었던 것이다.

'이 부근인데…… 아! 있나.'

석벽의 구멍들을 살피던 오괴는 먼지가 쌓인 작은 목함 하나를 찾을 수 있었다.

먼지가 묻은 상자를 털어내었다. 까만 옻칠이 그대로 드러났다. 이것은 사부인 장삼풍이 중요한 물건을 보관하던 상자가 틀림없었다. 시간이 흘러 버린 지금 대단환이 있을까 하는 두려움이 엄습하였다. 만약 대단환이 없다면 그동안의 노력이 수포가 되는 것이다. 떨리는 마음을 진정시키며 목함을 열었다.

"있다."

오괴는 자신도 모르게 낮게 부르짖었다. 상자 안에는 밀랍으로 동그랗게 밀봉한 환약 하나가 덩그러니 놓여 있었다. 투명한 밀랍 안에는 금빛 환약이 반짝거리고 있었다. 대단환이었다. 무당파의 보물인 대단환이 아직까지 이렇게 남아 있는 것이 신기할 정도였다.

"풍아를 구할 수 있다."

환약을 집으려 천천히 손을 뻗던 오괴의 두 눈이 갑자기 휘둥그레졌다. 대단환의 뒤편에 서신 하나와 책 한 권이 있었던 것이다.

홍화수 보라.

서신의 겉봉에는 분명히 자신의 이름이 쓰여 있었다. 힘있지만 부드러운 필체는 사부인 장삼풍의 글씨가 분명하였다.

떨리는 손으로 서신을 집어 봉투를 열었다. 서신은 장삼풍의 기질처럼 짧고 소박한 문장으로 쓰여져 있었다.

전란으로 부득불 속세로 내려 보낸 제자들을 차례로 떠나보내야 하는 안타까운 심기를 적어놓았으며 막내제자인 홍화수가 돌아올 날을 기다리며 대단환과 책 한 권을 남겨놓았다는 것이다. 함께 있는 책은 오룡사 석벽에 있는 흔적만 남은 그림을 윤곽을 더듬어 그려놓고 연구한 것이라 하였는데 무술의 이름은 짓지 않고 홍화수의 몫으로 남겨둔다고 쓰여 있었다.

"사… 사부님."

오괴의 눈에서 눈물이 흘러내렸다. 사부님의 사랑이 느껴졌다. 아마도 이곳을 홍화수 이외에 아무에게도 알려주지 않은 것이 틀림없었다.

그 따뜻한 사랑이 짧은 편지이지만 뜨겁게 느껴지는 것이었다.

오괴는 목함을 바닥에 내려놓고 아홉 번을 절하였다. 목함에 든 모든 것들이 사부의 손길이 미치지 않은 것이 없으며, 모두가 따뜻한 애정과 사랑을 담고 있는 것이다. 오괴는 사부인 장삼풍을 대하듯 조심스럽게 책장을 펼쳐 보았다.

살피건대, 한 가지에 국한되어 우물 안 개구리처럼 자신을 가두는 자는 예로부터 스스로 망하였으며, 바다처럼 무한한 포용력을 가지고 연구하고 궁리하는 자 천하에 이름을 날리는 것이다.

내가 젊었을 적 이곳에서 생활하며 석벽에 그려진 그림을 참고하여 무공을 만들었으니 비록 석벽에 그려진 그림이지만 무당파 무공의 근본이 되었다.

백수가 넘은 지금 꾀꼬리 소리를 듣고 다시 찾아왔다가 우연하게 다시금 그림을 살펴보니 이전에 보지 못하였던 무궁한 변화가 이 안에 있었다.

떨리는 마음으로 생각을 다시 정리하고, 두 손을 더듬어 윤곽을 따라 내려가 그림을 그리며 궁리에 궁리를 거듭한 끝에 새로운 배움의 참 맛을 깨닫게 되었다.

그동안 내가 배운 깨달음을 입에서 입으로 전수하였지만, 이것은 석벽의 그림에서 가져온 것이므로 부득불 책자로 남기니 인연이 있는 자가 자세히 그림을 살펴보고 내가 남긴 권결의 묘리를 궁리하여 살펴본다면 곧 그 안에 깃든 무한한 기쁨을 발견하고 즐거움을 누릴 수 있을 것이다.

홍무(洪武) 십사 년 장삼풍이 쓰다.

손가락을 꼽아보니 지금부터 이십여 년 전에 쓰여진 것이었다. 다시 한 번 사부님의 큰 덕을 생각하고 큰절을 올렸다. 그리고 조심스럽게 책자와 대단환을 품속에 집어넣었다.

목풍아를 살릴 수 있다 생각하니 입가에 미소가 피어올랐다.

천천히 석실을 나가 석불을 돌려 석굴의 입구를 막았다.

"다시 뵐 수 있을지 모르겠지만 안녕히 계십시오."

불상에게 합장을 한 후 오괴는 바깥으로 나갔다. 달빛이 밝은 밤이었다.

어디선가 은은하게 칼 부딪치는 소리가 들려왔다. 가까운 곳에서 들리는 소리였다. 호기심이 일어났다.

계단을 내려가 금속성이 들리는 곳으로 가보니 평평한 바위 위에서 두 사람이 비무에 열심이었다.

한 사람은 젊은 사내였으며, 한 사람은 소녀였다. 검세로 보아 무당 태극검법을 겨루고 있는 것이 틀림없었다. 두 사람 모두 제법 기초는 튼튼하게 보였다.

한참을 바라보던 오괴의 얼굴이 갑자기 경직되었다. 달빛에 비친 여인의 얼굴은 오괴가 한때 죽도록 좋아했던 민서린의 얼굴이 아닌가. 오괴는 정신이 황망하여 고개를 내저었다.

'열여섯, 열일곱 살 정도의 소녀이니 민서린일 리가 없지 않은가? 그렇다면 민서린의 딸?'

이런 생각을 하고 있을 때 검을 휘두르던 소녀의 목소리가 들렸다.

“사형, 형주에 나타난 고수가 무당파 사람이 분명한가요?”

“그렇다고 하는구나.”

“무당파의 사람 중에 그렇게 흉악한 사람이 있다니 나는 도대체 믿을 수 없어요.”

“나도 그렇게 생각한다. 누군가 흉계를 꾸미지 않고서야 어떻게 그런 일이 일어날 수 있겠느냐? 나는 지금도 어저께 찾아온 제갈가 사람들의 말을 믿을 수 없어.”

오괴의 귀가 솔깃하였다.

‘제갈가(諸葛家)가?’

언젠가 건문제가 첫째로 할 일이 모사를 구하는 것이라는 목풍아의 이야기가 떠올랐다. 제갈가문은 제갈공명 이래로 명망이 높은 명문가였다. 제자백가를 꿰고 있는 자가 무수하게 많다는 소문이 있는 무림에서 명망도 대단히 높은 가문이었다.

‘이거 좋은 정보를 얻었는걸? 이런 정보를 얻고 그냥 간다면 내 체면이 말이 아니지.’

오괴는 수건을 꺼내 얼굴을 가렸다. 그리고 훌쩍 두 사람 사이로 끼어들었다.

“웬 놈이냐?”

“하하하. 달밤에 선남선녀께서 무엇을 하시는가?”

두 사람이 빠르게 좌우도 둘러서서 칼날을 지켜들었다.

“웬놈이냐 물었다.”

“하하하. 이것 참.”

말이 끝나기도 전에 오괴의 신형이 흔들리더니 두 사람 사이에서 사라져 버렸다.

놀란 두 사람이 재빨리 주위를 살펴보았다. 바로 뒤편에 우두커니 서 있는 신형이 있었다.

"이제 찾았나? 내 이름을 물어보기 전에 너희 이름을 밝히는 것이 예의 아닌가?"

두 사람이 서로의 얼굴을 바라보다가 침을 꿀꺽 삼키었다. 사내가 입을 열었다.

"나는 무당파 오대제자인 양원각(梁源覺)이라 하오."

소녀가 그 뒤를 따라 재빨리 말했다.

"나는 무당파 오대제자인 장보옥(張寶玉)이다. 네 신분을 밝혀라."

오괴가 무당파 일대제자였으니 세월이 지난 사이에 벌써 사대가 훌쩍 넘었다. 세월의 무상함을 한탄하기보다 민서린을 닮은 장보옥의 얼굴을 신기하게 바라보던 오괴가 물었다.

"네 아버지가 무당 장문인이시냐?"

"그렇다. 네가 그걸 어떻게 아는 거지?"

민서린과 많이 닮았다. 눈매가 장세평을 닮아 두 사람이 섞인 것 같았다. 민서린은 지금 중년이 넘은 나이일 것이니 늘그막에 낳은 딸이 틀림없었다.

"나는 곤륜산에 모임이 있어 지나가던 신선이다. 신선이기에 모두 알 수 있는 거지. 하늘을 날아가다가 너희 검법이 너무나 형편없어서 한두 가지 재주를 가르쳐 줄까 하고 이렇게 내려왔단다."

"흥. 우릴 바보로 아는 거야? 그리고 우리의 무공이 형편없다니 네 놈을 가만두지 않겠다."

양원각과 장보옥이 검을 휘두르며 달려들었다.

두 사람이 번갈아가며 좌우로 오괴에게 검을 휘둘렀다. 그러나 그들이 오괴의 상대가 될 리 없었다. 가볍게 몸을 움직일 뿐이었지만 칼끝이 오괴의 옷자락 한 치도 건드릴 수가 없었다.

오십여 합을 공격하였지만 장승 같은 오괴의 신형은 마치 그림자처럼 두 사람 사이를 휘저어 다닐 뿐이다.

양원각은 검을 휘두르며 정말 신선일지도 모른다는 생각을 했다. 그렇지 않고서야 무당산의 오대제자인 자신과 장문인의 딸의 협공을 이렇게 무시하듯이 피할 수가 있단 말인가.

평소에 생각하던 흰 도포가 아니라 검은 도포를 입은 것을 보면 착한 신선이 아니라 사악한 신선일 수도 있다고 생각하였다. 그때였다. 갑자기 오괴의 신형이 사라졌다.

"어, 어떻게 된 거지?"

주위를 두리번거리고 있을 때 다시금 오괴의 신형이 나타났다. 어디서 가져왔는지 나뭇가지 하나를 손에 들고 있었다.

"문제점이 많아서 무엇을 지적해 줘야 할지 모르겠구나."

오괴의 얼굴은 심각하였다. 장삼풍 당시에 비하여 형편없는 실력처럼 생각되었기 때문이다. 양원각이 목풍아 또래의 나이라는 것을 감안하여 막내제자 정도일 테니 진보할 수 있는 확률은 높다고 생각되지만 생각보다 너무나 부실한 무공은 오괴를 실망시키기에 충분하였다.

"뭐라구? 무엇을 지적해 줘야 할지 모르겠다구?"

장보옥이 달려들었다. 오괴의 막대기가 장보옥의 장검을 휘감았다. 두 사람이 떨어지는 순간 오괴의 막대기가 장보옥의 허벅지를 두어 번 건들고 지나갔다.

장보옥은 갑자기 허벅지가 뜨끔하며 몸이 경직되는 것을 느꼈다.

'고수다.'

양원각이 깜짝 놀라 뒷걸음질을 쳤다. 방금 오괴가 보여준 것은 무당태극검의 백학절추(白鶴竊鰔)라는 초식이었다. 그리고 그에 동반된 보법은 제운종에 있는 호선각(虎先脚)이었다.

두 가지 무당 절기를 완벽하게 구사하는 것을 보면 무당파의 선배 고수이거나 신선, 둘 중의 하나가 분명하였다.

그러나 장문인 이전의 제자들은 모두 입적하였으며 장문인의 사제들 역시 남아 있지가 않으니 딱히 의심할 만한 사람이 없었다. 생각할 겨를도 없이 오괴가 달려들었다.

장검을 뒤로 당기는 척하며 빠르게 오괴를 향해 찔렀다. 신룡출동(神龍出洞)의 재간이었다. 검끝이 흔들거리며 가슴 가운데로 파고들었다.

팅ー

무언가가 허공으로 날아가며 손아귀가 저렸다. 젖가슴 부근에 뜨끔한 통증이 일어났다.

'당했다.'

등어리가 찌릿해지며 몸이 뻣뻣하게 굳어오는 것을 느낄 수 있었다.

양원각은 굳어버린 몸이 되고 말았다.

오괴가 양원각과 장보옥의 얼굴을 바라보다가 입을 열었다.

"무당파의 무공은 심법에서 권법, 권법에서 검법으로 나가다가 마침내는 권법으로, 그리고 마지막으로 아무것도 없는 무한의 심법으로 귀결이 된단다. 심법의 연마는 평생을 해야 하는 것이니 내가 가르칠 것이 안 되고, 그렇다면 권법의 연마를 충고해야겠구나."

오괴는 양원각이 보는 앞에서 무당장권을 시전하였다.

"잘 보거라. 무당장권은 평범해 보이는 무공이지만 허령정경, 미려중정, 입신중정의 세 가지 원칙을 마음에 두고 있지 않으면 껍데기뿐인 무공이 되는 것이다."

한바탕 요란한 경풍을 일으키던 오괴가 강하게 진각을 밟았다.

쾅—

바위가 흔들리는 듯한 느낌이 들었다. 이런 주먹에 맞게 된다면 일
장에 목숨을 잃어버릴 것이라 생각할 만큼 위력적인 권법이 틀림없다
양원각은 생각하였다.

화려한 동작이 끝이 나자 이번에는 마치 바닥에 착 달라붙은 것처럼
미려한 움직임이 계속되었다.

"이번에는 무당태극권이다. 무당태극권은 정중동(靜中動)의 극치이
다."

두 팔이 유연한 곡선을 이루며 움직였다. 중천에 뜬 달을 품은 듯 느
리고도 부드러운 장세에는 태산도 밀어낼 위력이 숨어 있는 것 같았다.

"허리를 유연하게 하고 온몸에 힘을 모두 버린다. 어깨를 떨어뜨리
는 것은 기의 순환을 방해하는 것이니 끊이지 않고 기력을 순환시켜야
큰 힘을 얻을 수 있다. 정신은 긴장을 유지하며 버릴수록 얻어지는 것
이 많다 생각하고 천하를 모두 품 안에 안으면 자신 안에 천하만물이
살아 숨 쉬고 있다는 것을 느끼게 될 것이다."

한바탕 무당태극권을 시전하던 오괴가 자세를 멈추었다.

양원각과 장보옥의 얼굴이 상기되었다. 낯선 사람에게서 무당권법
의 정수를 보게 된 것이 놀라울 따름이었다. 그것은 이전에 배운 적이
없는 완벽한 무당권법이었다. 사부인 장문인도 이렇게 완벽한 권법을
구사하는 것을 본 적이 없었다.

"이렇게 권법이 완벽해진 연후에 검법을 연마한다면 검과 내가 일체
가 되는 것은 어려운 일이 아니다. 네 스스로 검이 되려면 부지런히 연

마하는 수밖에는 없겠지."

오괴는 양원각과 장보옥의 어깨를 다독거리다가 문득 떠오르는 생각이 있어 조용히 그들의 눈을 바라보며 말했다.

"이 일은 비밀로 하자. 장문인이 싫어할 테니 말이다. 그렇게 할 수 있다면 눈을 깜박여 보거라. 그렇지 않다면 나는 어쩔 수 없이 너희를 절벽으로 밀어버리는 수밖에 없다."

자신도 모르게 목풍아를 닮아가고 있었다. 그들에게 선택의 수단은 없었다. 두 사람이 눈을 깜빡거렸다.

"좋아, 좋아. 그렇다면 내 이름을 알려주지. 내 이름은 흑괴선인이라 한다. 너희만 알고 있어야 한다. 나는 종남산의 신선인데 만약 내 이름과 오늘 있었던 일을 발설한다면 너희는 그 순간부터 눈이 보이지 않을 것이다. 시험해 봐도 좋다. 나는 고쳐 주지 않을 테니 말이다. 그럼 나는 가볼 테니 열심히 무공을 연마하거라."

오괴는 다시 한 번 두 사람의 어깨를 두드리고는 절벽 아래로 난 계단을 내려가 버렸다.

무당산을 내려오며 오괴는 야릇한 쾌감을 느꼈다. 새까맣게 어린 제자들을 데리고 이런 장난을 칠 수 있는 자신이 놀랍게만 느껴졌다. 모르는 사이에 목풍아를 닮아가는 자신이 놀랍게만 생각되는 오괴였다.

'대장이 이런 재미로 사람들을 희롱하고 있었구나. 흐흐흐.'

품속에 있는 대단환을 확인하고는 구름이 자욱한 무당산을 빠르게 내려가는 오괴였다.

그로부터 사흘 후 오괴는 소호의 작은 마을에 도착할 수 있었다. 이곳에서 이틀을 기다려 정확하게 약속한 날 아침에 독돈이 강으로 나왔다. 퉁퉁한 독돈을 보자 반가운 마음에 욕부터 나왔다.

"이 자식아, 대장은 어때? 잘 계시냐?"

독돈은 시무룩한 표정으로 고개를 끄덕끄덕하였다. 뭔가 이상하였
다.

독돈은 배를 정박시킨 후 시장에 나가 쌀과 고기, 그리고 약방에서
한약을 지어 배에 올랐다.

"독돈아, 무슨 일이냐? 고생 끝에 대단환을 구해 왔는데 대장에게
무슨 일이 생긴 게냐?"

독돈이 한숨을 길게 내쉬며 노를 잡았다.

끼이익— 끼이익—

배가 움직이기 시작하였다. 노를 젓는 독돈은 한 번 젓고는 한 번 한
숨을 내쉬고 또 한 번 젓고는 또 한 번 한숨을 내쉬는 것이었다.

"이 자식아, 답답해서 못살겠네. 도대체 어떻게 된 건지 말 좀 해보
라구."

멱살을 잡고 위협을 해도 맥없이 한숨만 짓는 독돈이었다.

"좋아. 말하기 싫다면 내가 알아보지."

한참 후에 목풍아가 은신한 섬이 보였다. 배가 섬에 정박하기 무섭
게 오괴의 신형이 벼랑의 계단을 차고 올랐다.

"대장, 대장, 오괴가 왔습니다. 오괴가 약을 가지고 왔습니다."

미륵당 문을 벌컥 열고 들어간 오괴는 깜짝 놀라 뒷걸음질쳤다.

"대, 대장…… 이, 이게 어떻게……."

닭다리를 씹고 있는 목풍아가 빛이 나는 머리를 들어 오괴를 바라보
았다. 보름 사이에 윤기나는 머리를 가지고 있던 목풍아의 머리가 반
짝거리는 대머리가 되어 있었던 것이다.

"형님, 왜 이제 오셨어요."

등 뒤에서 일도의 목소리가 들려왔다. 고개를 돌려보니 일도가 미륵당 안으로 뛰어들어 오고 있었다. 그런데 일도 역시 대머리가 되어 있었다.

"일도야, 너도? 도대체 어떻게 된 거냐? 대장의 머리는 왜?"

오괴에게 다가온 일도는 눈물을 찔끔거리며 말했다.

"대장이 독돈 형님이 처방전으로 내놓은 오독계탕을 먹고 머리가 몽땅 빠져 버렸지 뭡니까."

"너도 오독계탕을 먹었니?"

"아뇨. 독돈 형님이 대장에게 위안이 된다나 뭐라나…… 힉. 힉. 형님, 형님이 저를 잡아 이렇게 밀어버렸지 뭐예요. 힉… 힉."

설움이 복받쳤던지 일도는 오괴를 껴안으며 울음을 터뜨렸다.

여자도 아닌 남자가, 그것도 징그러운 일도가 허리를 안고 울어대니 등줄기에서 소름이 돋았다. 오괴는 은근슬쩍 일도를 밀어내고 고개를 돌렸다.

미륵당 바깥에서 독돈이 서성거리고 있었다. 그동안 한숨을 쉬던 행동들이 이해가 되었다.

목풍아를 보는 것이 면목이 없었던지 고개를 떨구고 한숨을 쉬며 서성거리는 모습이 애처롭게 생각되었다.

"오괴야, 다녀왔으면 보고를 해야 할 것 아니냐?"

오괴가 고개를 돌려 목풍아를 바라보니 반질반질한 대머리에 까만 일산안경을 쓴 모습이 나빠 보이지는 않았다. 더구나 독돈의 의기소침한 표정과는 다르게 목풍아의 심기는 크게 변함이 없어 보였다.

"대장, 그동안 많이 건강해지신 것 같습니다."

오괴는 다시 한 번 꾸벅 인사를 하고 입을 열었다.

"말씀하신 대로 광한루를 흔들어 버렸습니다."

"결과는?"

"흑살문의 총단을 알아낼 수 있었습니다. 형주에서 그리 멀지 않은 자운곡이라는 곳에 위치하고 있었습니다. 장강을 끼고 있는 자연적인 요새 같았습니다."

"좋아, 좋아. 그리고?"

오괴는 품속에서 밀랍에 쌓인 대단환을 꺼내 씨익 웃었다.

"무당파의 보물인 대단환입니다. 사부님이 저를 위해 하나를 남겨놓으셨더군요."

"무당파 내부에서 움직임은 없던가? 형주를 흔들어놓았으니 움직임이 있었을 텐데……."

앉아서 삼천리를 살핀다고 하였던가? 멀리 떨어져 있었지만 마치 옆에서 보고 있었다는 듯이 알고 있는 목풍아의 머리에 감탄이 날 따름이었다.

"네. 대장의 말마따나 움직임이 있더군요. 그 덕에 손쉽게 무당산에 올라갈 수 있었습니다. 우연히 들은 이야기로는 제갈가에서 무당산으로 형주의 소식을 전한 듯합니다."

"음. 과연 그랬군. 현재 제갈가에서 명성이 높은 사람이 누구인지 알아보았나?"

"아! 그, 그건……."

"보름 정도의 시간이라면 그 정도 알아볼 시간은 충분하다 생각하였는데…… 할 수 없는 일이지."

목풍아는 오독계탕 국물을 쭈욱 들이켰다.

오괴는 목풍아의 말에 할 말이 없어 고개를 푹 숙였다. 중간 중간에 덧없이 허비한 시간이 반이나 될 정도로 많았으니 시간을 활용하지 못한 것이 되었다. 조금만 목풍아의 심계를 더 헤아릴 수 있었어도 무림에 떠도는 소식 정도는 쉽게 알아낼 수 있었을 텐데…….

그때 목풍아가 반질거리는 머리를 만지며 일산안경을 벗었다. 반질반질한 머리에 눈썹까지 빠져 우스꽝스런 얼굴인데 반짝거리는 까만 눈동자가 뛰어난 총기를 보여주는 듯하였다.

"빌어먹은 독돈은 어디 간 거야? 오독계탕을 먹었는데 어째서 아직도 들어오지 않는 거냐구?"

"예, 예. 빌어먹을 독돈이 갑니다."

미륵당 안으로 후다닥 독돈이 뛰어들어 와 목풍아 앞에 고개를 숙이고 시립하였다.

"빌어먹을 독돈아. 도대체 너는 나를 이렇게 만들어놓고 어디 갔다가 이제 뛰어들어 오는 게냐구."

"가지고 온 짐이 많아서……."

"이런 제기랄. 평소에는 일도를 그렇게 시켜먹더니 나를 이렇게 만든 후에는 뭐가 그리 열심이냐구. 내가 너를 믿고 오독계탕을 먹고 이렇게 털 없는 무모아가 되었으니 네가 끝까지 책임을 져서 유모아(有毛兒)가 되도록 해야 할 것이 아니냐구."

"그, 그렇습니다."

"그런데 어째서 내 곁에 붙어서 내 머리가 나도록 힘을 쓰지 않고 숨어서 나의 불행을 기뻐하는 거냔 말이야."

독돈이 머리를 내저었다.

"저는 추호도 대장의 불행을 기뻐한 적이 없습니다. 절대루요. 덕분에 독에 대한 저항력은 무지하게 강해졌잖습니까."

"이런 제길. 독이고 나발이고 문제는 내 머리가 아니냐구. 이렇게 조정으로 출사하게 되면 이 목풍아의 체면이 어떻게 되겠냔 말이야. 저기 무모아 대신 나오신다. 저기 털 빠진 목 대인이 납신다. 우리 함께 합장으로 맞아들이자. 아미타불. 아니, 아니, 그건 좀 낫다. 천자가 내 몰골을 보고 크게 웃으면서 '너는 앞으로 도연의 뒤를 닦아주는 행자승이나 하거라' 하고 말할지도 모르지. 황후는 나에게 절간을 하나 지어주고 시회에 나를 불러 이렇게 말하겠지. '목 대사에게 설법이나 들어볼까? 아! 괴롭다. 이 목풍아의 앞날에 암운이 도래하였다."

목풍아가 고개를 돌려 미륵불상을 향해 절규하였다.

"신이시여, 어째서 목풍아의 앞날에 초를 치시는 겁니까? 팔자에도 없는 대머리를 만들어놓고 속이 시원하십니까? 빌어먹을, 빌어먹을……."

독돈이 안절부절못하고 목풍아의 뒤에 털썩 무릎을 꿇고 말했다.

"대, 대장. 제가 천벌을 받을 놈입니다. 빌어먹을 독돈을 벌하세요."

두 사람의 행동이 오괴는 우스꽝스럽기 그지없었다. 천하의 흑면독왕 석달개를 저렇게 만들 수 있는 사람이 누구인가. 홍무제와 천하를 겨루던 백련교주도 저렇게까지 석달개를 꼼짝 못하게 하지 못하였으리라. 독돈이 연방 한숨을 내쉬던 이유를 알 것 같았다. 아마도 독돈은 하루에 한 번씩 목풍아의 심술에 시달렸을 것이 틀림없었다. 절로 웃음이 나왔다.

목풍아가 힐끔 오괴를 보고 소리쳤다.

"오괴, 왜 웃는 거야?"

"보름 사이에 미륵당 안에 대머리 까까중 세 명이 생겼으니 어찌 우습지 않겠습니까?"

"뭐라구? 불난 집에 부채질하는 거야?"

오괴가 크게 웃었다.

"하하하. 대장, 걱정하지 마십시오. 빌어먹을 독돈이 대장을 그렇게 만들었지만 제가 대단환을 구해왔으니 이제 문제없습니다."

"정말? 대단환이 내 머리를 다시 나게 할 수 있어?"

대단환을 바라보는 목풍아의 두 눈이 반짝거렸다.

"그럼요. 저희 사부님께서는 백 세가 넘으셨는데도 까만 머리가 다시 나고 이빨이 새로 날 정도였으니까요. 모두 수양과 이 대단환 때문인 거죠."

"오! 그렇구나. 오괴, 너는 나에게 희망의 불꽃을 다시 피우게 하였구나."

오괴는 통쾌한 마음이 들어서 목청껏 웃었다.

"와하하하. 할 수 없는 일이죠. 빌어먹을 독돈이 벌여놓은 일을 제가 처리할 수밖에요. 와하하하."

"좋아, 좋아. 마음에 든다, 오괴. 와하하하."

안절부절못하던 독돈은 욕을 얻어먹거나 말거나 이제 목풍아에게 수난을 당하지 않아도 되게 생겼다 생각하곤 포권을 취하며 함께 웃었다.

"아하하하. 그렇군요. 이제 대단환이 생겼으니 대장의 머리가 다시 나는 일은 문제도 되지 않겠습니다. 아하하하."

목풍아가 독돈을 노려보며 소리쳤다.

"닥치지 못해?"

독돈이 찔끔하며 고개를 숙였다.

목풍아가 밝은 얼굴로 활개질을 하며 말했다.

"자, 그럼 이제 치료를 시작해 볼까?"

목풍아가 미륵당 앞에 마련된 자리에 웃통을 벗고 가부좌를 틀었다. 몸통이 검붉었다.

오괴가 독돈에게 물었다.

"대장의 몸이 검붉은데 상태는 어떤 거야?"

독돈이 오괴의 눈치를 살피며 귓속말을 하였다.

"머리가 빠진 것을 제외하면 성공적이지. 독으로 독을 제어하는 방법이 효과를 보았어. 오독계의 독액을 흡수하면서 독에 대한 친화력을 키웠는데 생각보다 효과가 좋았단 말이야."

"그, 그럼 혹시?"

"히히히. 독물(毒物)이 되어버렸지."

"뭐? 대장을 독물로 만들었다구?"

"히히히. 독약과 친구가 되었다고 할까? 대장을 만독불침의 만독아(萬毒兒)로 만들어 버렸지."

"뭐라고, 대장이 만독불침지체가 되었단 말이야? 미리 말을 해줬어야지."

오괴의 얼굴이 울상이 되었다. 무림인이 만독불침지체가 되는 것은 실로 천운이 따라야만 가능한 것이었다. 그러나 문제는 목풍아가 그런 것을 바라지 않는다는 것이다. 그렇다면 본래대로 머리가 나고 피부가 뽀얗게 변하여 기루를 마음껏 활보할 수 있도록 만들어주는 것인데, 이제 독돈의 이야기를 듣고 보니 그것이 가능할지 두려움이 앞섰다.

목풍아가 만독불침지체가 되었다면 대단환을 먹는다고 머리가 나게 될지 알 수 없는 일이다. 자고로 뱀과 전갈 같은 독물들치고 털이 있는 경우는 드물었다. 털이 나지 않을 정도로 독하기 때문이다.

자신을 생각해 보니 아직까지 머리털이 있다.

"독돈아, 나는 괜찮잖아."

"너도 독물이지만 너는 삼십여 년이 넘는 시간 동안 꾸준하게 독충을 먹은 탓에 머리털은 남아 있을 수 있었던 거야. 대장은 단번에 중독이 되고 극독이 든 오독계탕을 먹었기 때문에 온몸의 털들이 견뎌낼 수 없었던 거라구."

기가 막힐 일이었다. 만독불침지체가 된 목풍아가 만약에 대단환을 먹고도 머리가 나지 않는다면 독돈과 같은 수난을 당해야만 할 판이다. 그것도 모르고 큰소리쳤던 자신을 생각하고, 독돈이 당하던 수난을 생각하니 겁이 덜컥 났다.

"독돈아, 가능할 것 같으냐? 왜 자꾸 겁이 나는 걸까?"

"히히히. 너도 그렇지? 나도 그랬다. 네가 당해보지 않아서 모르겠지만 당해보면 정말 죽을 맛이다. 빈대 구멍이라도 있다면 거기에라도 도망가 버리고 싶을 정도다. 어찌 되었든 나도 대장의 머리가 다시 나야 그 괴로운 고통에서 벗어날 수 있으니 하는데까지 해보자구."

"조, 좋아."

"좋아. 대장의 몸 상태를 이야기해 주지. 대장의 기경은 대부분 내가 뚫은 상태야. 독에 중독된 상태에서 독인인 내가 기경을 뚫은 탓에 대장이 완벽한 독인이 되어버렸지만 그도 나쁜 것은 아니야. 험한 무림에서 독침에 더 이상 당할 염려는 없으니까."

"그건 그렇지."

"대장이 그 공을 알아줘야 하는데……."

독돈이 한숨을 내쉬다가 다시 말을 이었다.

"문제는 대단환이야. 대장이 대단환을 복용하면 엄청난 기운이 생겨날 것이란 말이야. 운기를 할 줄 아는 사람이라면 문제 될 것이 없지만 대장은 전혀 모른다는 말씀이다."

"우리 두 사람이 하면 되잖아."

"그렇지. 그래서 미리 진기가 저장될 기경을 뚫어놓았단 말이야. 우리 두 사람의 내력이 고강하니 대단환을 복용하면 생겨나는 진기를 바로잡아 전신의 기경팔맥으로 이끌어주면 대장의 체질이 바뀔 수도 있겠지."

"있겠지? 그게 무슨 말이야?"

"한 번도 해본 적이 없으니 그게 문제란 말이야. 옛날에 스승님에게 들은 이야기를 시도하고 있는 거니까."

오괴가 난감하여 말했다.

"이런 제기. 안 되면 그 감당을 어떻게 하려구?"

"어차피 죽기 아니면 살기라구. 우리에게 선택의 기회는 없어. 대장에게 시달리지 않으려면 대단환의 진기와 우리의 내력으로 대장의 체질을 바꾸는 수밖에……."

그때 목풍아의 점잖은 목소리가 들려왔다.

"빌어먹을 독돈아, 사랑스런 오괴야, 귓속말만 하지 말고 어서 와서 나를 치료해 줘야지."

머리가 난다는 희망 때문인지 목소리가 부드럽기 그지없었다.

"예, 예. 빌어먹을 독돈 곧 갑니다요."

독돈이 눈을 깜빡거리며 할 수 없다는 얼굴로 오괴에게 신호를 준 후 목풍아에게 다가갔다.

"대단환을 먹게 되면 상상보다 큰 진기가 생겨나기 때문에 오늘은 저와 오괴가 함께 치료를 하겠습니다."

"와하하하. 좋아, 좋아. 머리가 난다는데야 어떻게 하든 상관없다구. 어서 하라구."

오괴는 만독불침지체가 된 목풍아가 만약에 머리가 안 나면 어떡하나 불안감이 생겼지만 이제는 할 수 없는 일이었다.

"대장, 머리가 꼭 나게 될 겁니다."

오괴는 목풍아의 앞에 정좌하고 앉아 대단환을 내밀었다.

"오! 예쁘기도 하여라."

머리가 나는 약이라 생각하고 있을 테니 예쁘게 보일 것이다.

손가락으로 밀랍을 부서뜨리니 둥근 금빛의 환약이 나왔다. 은은한 향이 순식간에 미륵당 안을 가득 채웠다.

사부인 장삼풍이 모든 사람에게 비밀로 하고 보물인 대단환을 자신에게 남긴 뜻은 어쩌면 목풍아를 염두에 두고 한 일인지도 모른다는 생각이 문득 들었다. 백수가 넘으면서 앞일까지 무불통지(無不通知)한 장삼풍은 신선이라고 사람들이 존경하던 터였으니 어쩌면 자신이 찾아올 것도 미리 예견하고 있었는지 모를 일이다.

"한입에 꿀꺽 드십시오."

"좋아. 한입에 꿀꺽 먹어주지."

목풍아는 무당파 최고의 영단인 대단환을 텁석 잡아 한입에 넣고 잘근잘근 씹다가 꿀꺽 삼켰다.

"이거 장삼풍 도사님에게 신세를 졌으니 크게 갚지 않으면 안 되겠는걸? 와하하하."

그 귀한 영단을 아무렇지 않게 먹고 고개를 젖혀 웃는 목풍아의 모슴에 오괴는 저도 모르게 미소가 흘러나왔다. 그때였다.

"억. 이거 왜 이렇게 가슴이 뜨겁지?"

"대장, 말을 하지 말고 가만히 계십시오."

목풍아의 등 뒤에 있던 독돈이 오괴를 바라보며 고개를 끄덕였다.

두 사람이 동시에 목풍의 앞뒤로 장심을 붙이고 진기를 불어넣기 시작하였다. 두 사람이 이미 말한 바대로 대단환의 진기를 독돈이 뚫어놓은 기경의 통로로 유동시키면 되는 것이다.

오괴는 임맥을, 독돈은 독맥의 기경을 따라 대단환에서 생기는 진기를 목풍아의 몸에 흡수시켰다.

까까머리 일도는 멍하니 그들 앞에서 세 사람의 행동을 지켜보았다. 독돈의 하얀 얼굴이 꺼멓게 변하고, 오괴의 검은 얼굴이 하얗게 변하였으며, 목풍아의 얼굴은 희고 붉다가 검어지길 반복하였다.

세 사람의 머리에서 허연 김이 솟아나는 듯하더니 땀이 비 오듯 흘러내리는 것이었다. 이미 목풍아는 온몸이 땀으로 범벅이 되어 알 수 없는 신음을 하고 있었다.

목구멍으로 피리 소리 같은 기이한 소리가 흘러나오고 있었다. 식은 땀을 비 오듯 흘리는 가운데 마른 입술을 몇 번 까닥거릴 뿐이다.

세 가지 색깔로 변하던 얼굴은 붉은색을 띠다가 점점 검게 변하기 시작하였다. 잠시 후 검은빛이 사라지며 하얀 빛깔로 바뀌기 시작하였다. 그리고 그 순간 목풍아의 머리와 몸에서 금빛 섬광이 햇살처럼 아른거리는 것을 일도는 볼 수 있었다. 불상의 광배 같은 아름다운 빛은 목풍아의 몸에 막처럼 아른거리다가 이내 흔적없이 사라져 버리고 말았다.

"휴~"

오괴와 독돈이 긴 숨을 내쉬며 동시에 목풍아의 몸에서 장심을 떼었다.

목풍아는 맥없이 쓰러져 버리고 말았다.

"대, 대장."

일도가 달려가니 오괴와 독돈이 손을 내저으며 말했다.

"괜찮으니 가만 놔둬라. 잠시 잠이 든 것뿐이다."

독돈이 목풍아를 자리에 눕힌 후 뽀얗게 변한 얼굴을 바라보며 히쭉거렸다.

"과연 이름난 영단이다. 대장의 얼굴이 다시 뽀얗게 돌아온 걸 보면 대단환의 효과가 대단하긴 대단하구나."

"그럼 무당의 보물인데 어련하려구? 그동안 네가 수고 많았다. 미리 대장의 기경을 뚫어놓아 일이 수월했다. 그런데 독돈아."

"왜?"

"대장의 머리가 예전처럼 다시 날까?"

"기다려 봐야지."

"만약에 머리가 나지 않는다면 어떡하지?"

"말도 꺼내지 마라. 끔찍하다. 오죽하면 일도의 머리를 밀었겠냐고."

독돈이 몸서리를 쳤다.

이미 한차례 독돈이 당하던 것을 보았던 터라 오괴는 독돈의 심정을 알 것 같았다. 그렇게 되지 않으려면 목풍아의 머리가 나길 기다리는 수밖에는 방법이 없었다.

이제 더 이상 목풍아의 상처는 걱정할 것이 없었다. 세상에 나가기 위해서는 그저 목풍아의 머리가 다시 나길 바라는 수밖에는 없었다.

다음날 목풍아가 깨어났다. 그는 자신의 몸이 예전처럼 뽀얗게 돌아
온 것을 흡족하게 생각하였으며 독돈도 더 이상 괴롭히지 않았다. 오
독계탕도 더 먹을 일이 없었다. 세상에 다시 나가기 위해서는 머리가
나는 것이 관건이었기에 보름을 허비하며 머리가 나도록 기다렸지만
어찌 된 일인지 깜깜무소식이었다.

기다리다 못해 목풍아가 독돈과 오괴를 불러 물었다.

"도대체 어떻게 된 거냐구? 머리가 왜 나지 않는 거니?"

독돈이 목풍아의 머리를 자세히 살폈다. 보름이나 지났건만 솜털 같
은 머리카락 한 올도 보이지 않았다. 두 사람은 서로의 얼굴을 바라보
았다. 이것은 심각한 일이 아닐 수 없었다. 독돈의 얼굴이 굳어버린 것
은 당연한 일이지만 오괴의 얼굴 역시 창백하게 변하고 말았다.

한동안 베개를 높이 베고 편한 생활을 누리던 독돈은 무간지옥을 생
각나게 하는 목풍아의 질책을 생각하자 눈앞이 깜깜해졌다. 큰소리를
땅땅 쳤던 오괴 역시 목풍아의 칼날 같은 혀에 두고두고 당할 것을 생
각하니 가슴이 철렁 내려앉았다.

웃으며 말을 꺼낸 것은 독돈이었다.

"하하하. 대장, 걱정하실 것 없습니다. 무림인들 사이에는 금선탈
각(金蟬脫殼)이라는 말이 있습지요. 환골탈태와 비슷한 말인데 뭐 상
관은 없습니다. 그 말의 뜻이 무엇이냐 하면 굼벵이가 매미가 될 때
무척이나 오랜 기간이 걸린다는 뜻이지요. 뭐든 다른 체질로 바뀌게
되면 시간이 걸리는 법입니다. 너무 조급하게 생각하시면 안 됩니다.
겨우 보름이 지났을 뿐인걸요."

목풍아가 독돈을 빤히 쳐다보며 말했다.

"음. 이상하게 네 말에 신뢰가 가지 않는데?"

독돈이 어색하게 미소를 지었다.

"무슨 말씀을…… 대장의 얼굴이 예전처럼 바뀐 것을 보시고도 믿지 않으실 겁니까? 무당의 보물인 대단환을 드셨는데 반드시, 반드시 효과가 있겠죠."

독돈이 몇 번이나 강조를 하며 오괴를 바라보았다. 은근슬쩍 모든 책임을 오괴에게 미루고 있는 것이다.

"오괴, 그런 거야?"

오괴 역시 어색한 웃음을 지으며 엄지손가락을 치켜들었다.

"그, 그럼요. 대단환은 무당파의 보물입니다. 그런데 어찌 머리가 나지 않겠습니까?"

이 한마디로 모든 책임을 지게 생겼다. 독돈이 히쭉거리는 얼굴이 눈에 들어왔다. 알미운 마음에 이가 갈렸다.

"하긴……."

목풍아가 고개를 끄덕거리자 오괴가 다시 말했다.

"그런데도 불구하고 만약에 대장의 머리가 나지 않는다면 이건 심각한 문제가 되겠지요. 그것은 아마도 대장을 만독불침지체로 만들었기 때문에 생긴 문제가 아닐까 생각됩니다."

독돈의 얼굴빛이 창백하게 되었다. 책임을 다시 독돈에게 떠넘긴 것이다.

목풍아가 반질반질한 대머리를 쓰다듬으며 말했다.

"좋아, 좋아. 좀 더 기다려 보는 수밖에 도리가 없겠군."

목풍아가 뒷짐을 지고 천천히 미륵당을 나갔다.

미륵당 바깥의 풍경도 많이 바뀌었다. 푸르던 잎새가 붉은빛을 띠고 서늘한 바람이 불어오는 가을이었다.

칠월 연왕이 천자가 되고, 곧바로 암행어사의 임무를 받고 강호로 나온 지 벌써 두 달이 훌쩍 지났다. 허공에 삽질하듯 하릴없이 세월만 보냈을 뿐 한 일이 없었다.

관부에서 섣불리 손을 댈 수 없는 세력인 무림은 생각보다 깊은 곳에서 보이지 않는 칼날을 천자에게 겨누고 있는지도 몰랐다. 보이지 않는 실체가 결속되는 것을 지켜볼 수도 없는 노릇이었다. 목풍아는 망망한 호수를 바라보며 말없이 생각에 잠기었다.

"휴우~"

미륵당 안에서 몰래 목풍아의 뒷모습을 바라보던 세 사람은 일제히 땅이 꺼져라 한숨을 내쉬었다.

"젊은 나이에 대머리가 된다는 것은 정말 슬픈 일인 것 같아요."

일도가 말을 꺼내었다.

두 사람이 살기 어린 눈으로 일도를 노려보았다.

"이 자식이 불난 데 기름을 붓고 지랄이야. 저리 꺼지지 못해?"

독돈이 소리치며 주먹을 번쩍 들었다.

"형님들은 나만 갖고 그래."

일도가 슬금슬금 미륵석불 옆에 쭈그리고 앉아 고개를 푹 숙였다.

"힉… 힉… 내가 동네북이냐구…… 나만 가지고 그래."

오괴가 나가 있을 동안 일도는 독돈의 화풀이 대상이었다. 미운 털이 박히는 소리만 골라 하니 독돈에게 당하는 것은 당연한 일인지도 몰랐다.

독돈이 고개를 돌려 조심스레 오괴에게 소곤거렸다.

"오괴야, 큰일 났다. 가망이 안 보인다."

오괴는 우려가 현실로 나타나자 겁이 덜컥 났다.

"그, 그럼 어떡하지?"

"이렇게 되는 거지 뭐."

독돈이 자신의 목을 손으로 그었다.

"차라리 죽는 것이 낫겠다."

오괴가 눈을 휘둥그레 뜨고 물었다.

"헉. 그럼 어떡하냐? 방법이 없겠냐?"

"안 되겠다. 천보환(天寶丸)이라도 가져와야지 안 되겠다."

"대단환도 효력이 없는데 천보환이라고 효과가 있겠냐?"

"대단환은 무당파의 영약이라 좋은 약재로만 만들어 공력을 상승시키면서 대장의 피부를 다시 돌아오게 할 수는 있었지만 대장은 독인이란 말이야. 독인에게는 독 성분이 있는 영약으로 만든 백련교의 영단이 큰 효과를 볼 수도 있겠지."

"있겠지? 뭐야? 이번에도 장담할 수 없는 거냐?"

독돈이 머리를 끄덕거렸다.

"불행하게도 그렇다."

"아이구, 두(頭)야."

오괴가 자신의 머리를 어루만졌다.

"어찌 되었든 지금은 그 방법밖에 없다. 그것이 나를 살리고 너를 살리는 길이다. 천보환이 있을지 없을지 모르겠지만 다녀오는 수밖에 도리가 없다."

"가만, 가만. 네가 다녀오는 사이에 나는 어떻게 되는 거냐?"

"그, 그건……."

독돈이 씨익 웃었다. 순간 오괴는 머리를 망치로 맞은 것 같은 느낌이 들었다.

'아차차. 독돈의 마수에 빠졌다.'

오괴는 깊은 고통의 수렁으로 빠져들어 가는 것을 느꼈다. 독돈이 약을 구한다고 홀로 빠져나가 버린다면, 대장이 머리가 나지 않는 것을 트집 삼아 독돈에게 돌아갈 화까지 몽땅 자신에게 퍼부을 것이 틀림없었다. 자신이 당하는 모습을 떠올리니 상상하기조차 싫었다.

"너 혼자 피해가려구?"

"할 수 없잖아. 누군가 대장을 지켜야지. 안 그러냐?"

"……."

오괴는 독돈을 노려보다가 미륵당 안의 석불 앞으로 달려가 절규하였다.

"부처님, 제발 대장의 머리가 나게 해주십시오."

"크하하하. 나도 너처럼 부처님에게 얼마나 빌었는지 모른다. 그런데도 그 빌어먹을 석불은 웃고만 있더라. 크하하하."

독돈은 오괴가 당할 것을 생각하고 큰 소리로 웃었다. 그때였다.

"빌어먹을 두 인간, 이리 나와라."

목풍아의 목소리에 독돈과 오괴는 정신이 번쩍 들었다. 두 사람이 서로의 얼굴을 바라보았다.

"알아버린 것일까?"

미륵석불 옆에 쭈그리고 있던 일도가 고개를 번쩍 들고 말했다.

"씨, 내가 다 일러 버릴 테다."

엎친 데 덮친 격으로 일도까지 나서자 오괴가 재빨리 일도의 멱살을 잡아 꼼짝달싹도 하지 못하게 만들었다.

"이 자식, 만약에 대장에게 입을 까닥하였다가는 사지를 모두 부러뜨려 주겠다."

오괴가 다짐을 주고 나자 독돈이 다가와 눈을 부라리며 중얼거렸다.

"만약 그랬다가는 쥐도 새도 모르게 호수 바닥으로 처박아 물고기들의 친구로 만들어 버리고 말겠다."

무서운 두 인간이 위협을 하니 일도는 다시금 불상 옆에 쪼그리고 앉아 찔끔찔끔 눈물을 닦았다.

"형님들은 나만 가지고 그래. 내가 동네북이냐구… 흭… 흭."

일도가 불쌍하였지만 지금은 이런 저런 것을 가릴 때가 아니다. 그때였다.

"빌어먹을 두 인간, 내 말이 들리지 않아. 어서 나오지 못해?"

"예, 예. 빌어먹을 두 인간 나갑니다."

오괴와 독돈이 부리나케 바깥으로 나갔다.

목풍아는 벼랑 위에서 푸른 하늘과 망망한 호수를 바라보며 뒷짐을 지고 서 있었다.

"부르셨습니까, 대장?"

"광한루를 흔든 것이 벌써 한 달이나 지났지?"

"예, 그렇습니다."

"이제 일이 시들시들해졌을 테니 또 한 번 흔들어줘야겠다."

두 사람이 서로의 얼굴을 바라보았다. 이것이야말로 기회였다. 섬에 갇혀 있으면 들을 것은 대장의 질책밖에 없으니 밖으로 나가는 것이야말로 그들이 바라는 바다.

독돈이 재빨리 말했다.

"저번에는 오괴가 나갔으니 이번에는 제가 다녀오겠습니다."

또다시 독돈이 선수를 쳤다. 뻔한 결과가 보이는데 오괴가 남아 있을 수만은 없는 일이다.

"대장, 저도 공을 빼앗기기 싫습니다."

목풍아가 오괴를 바라보며 씨익 웃었다. 그는 반질반질한 머리를 쓰다듬으면서 말했다.

"좋아. 너도 가라."

"예? 정말입니까?"

"그럼."

두 사람이 서로의 얼굴을 바라보았다.

독돈이 물었다.

"그럼 대장의 호위는 누가 합니까?"

"이런 외딴 곳에 누가 찾아온다고 그래? 아무도 아는 사람이 없을 테니 걱정할 것 없어. 그리고 나에게는 일도가 있잖아."

독돈이 고개를 갸웃거리며 말했다.

"그런데 어떤 일이기에 오괴까지 가야 하는 겁니까?"

"자운곡을 쓸어버리는 일이야."

"흑살문의 총단을 말입니까?"

목풍아가 고개를 끄덕였다.

"아무리 생각해 보아도 썩은 잡초는 쓸어버리는 것이 옳아. 흑살문이 제갈가문과 손을 잡았다는 것을 알았으니 더 이상 효용 가치가 없어. 나를 이렇게 만든 것도 그렇고, 그런 잡스러운 무리가 세상에 있어 봐야 이로울 것도 없으니 나가는 길에 쓸어버리란 말이야."

그렇지 않아도 흑살문에 대하여 이가 갈리는 독돈과 오괴였다. 그 명령이야말로 두 사람이 바라던 것이었다. 두 사람이 일제히 대답하였다.

"예. 철저하게 쓸어버리고 오겠습니다."

목풍아는 오괴를 바라보았다.

"그런데 그전에 해야 할 일이 있어."

"무슨 일을 해야 합니까?"

"이번에는 소림사의 승려들이 흑살문을 쓸어버린 것처럼 보여야 하거든. 독돈은 대머리라서 관계없는데 오괴는 아무래도 머리를 깎아야 할 것 같거든……."

목풍아가 자신의 머리를 만졌다. 거부할 수 없는 명령같이 생각되었다. 목풍아가 자신의 머리를 만지는 것은 오괴에게 책임을 은근하게 추궁하는 것이 분명하였다. 그동안 오괴 역시 목풍아를 따라다니며 그 속내를 연구하다 보니 눈치가 많이 늘었다.

영악하고 머리 좋은 대장이 어쩌면 자신들보다 머리가 안 나는 이유를 더 잘 알고 있는지도 모르는 일이다. 입가에 미소를 짓고 있는 독돈의 얼굴을 바라보니, 이왕 머리를 깎을 거면 멋있게 깎는 것이 좋겠다는 생각이 들었다.

"대장, 대장을 위해서라면 언제라도 저는 머리를 깎을 준비가 되어 있습니다."

독돈의 두 눈이 휘둥그레졌다. 이렇게 멋있게 대답할 줄은 예상하지 못했으리라.

"오! 역시 오괴는 사랑스러운 나의 심복이란 말이야."

목풍아가 만족감이 가득한 얼굴로 고개를 끄덕끄덕거리다가 독돈을 노려보며 말했다.

"빌어먹을 독돈아, 제발 오괴처럼 나에게 성심을 다해보란 말이야."

"저, 저는……."

독돈이 입을 열기도 전에 목풍아는 반짝이는 대머리를 만졌다. 독돈이 고개를 푹 숙였다. 목풍아의 대머리만 보면 힘이 빠지는 독돈이었다. 성심을 다하고 있다는 말이 목구멍에서 힘없이 사그라지는 것이었다.

속절없이 기가 죽은 독돈은 득의양양한 오괴를 노려보았다.

'젠장. 오괴 이 자식, 선수를 쳤겠다. 두고 봐라. 반드시 천보환을 가져와서 빼앗긴 신임을 찾고 말겠다.'

독돈은 마음속으로 굳게 다짐을 하였다.

잠시 후 머리를 빡빡 민 오괴가 독돈과 일도와 함께 바깥으로 나왔다. 반짝이는 세 개의 머리가 햇빛을 받아 반짝거렸다.

"와하하하. 이거 정말 가관이로군. 혼자 보기가 아깝네. 기록으로 남겨야 되겠군."

목풍아가 껄껄 웃다가 시 한 수를 지어 크게 읊었다.

처음 왔을 때 황폐한 절간에 바람만 쇄쇄[初來廢寺風嘯嘯]
한 승려의 묘법, 두 명의 승려를 낳았다네[一僧妙法生二僧].
그 불력이 깊고도 높아 자꾸자꾸 생겨나니[佛力深高又生生]
아침부터 눈이 부셔 현기증이 난다네[旦來睒睒生眩暝].

독돈의 얼굴이 참혹하게 일그러졌다. 묘법 높은 승려란 자신을 말하는 것이다. 황폐한 절간에 찾아와 목풍아와 일도를 스님으로 만들고 마침내는 오괴까지 스님으로 만들어 버렸으니 모두 네 명이 빡빡 머리가 되었다. 아침 해가 뜨면서 대머리에 비치는 햇살이 눈부셔서 현기증이 난다는 조롱시(嘲弄詩)였다.

털썩—

독돈은 다리에서 힘이 빠져 무릎을 털썩 꿇었다. 당(唐)대에 황소(黃巢)가 난을 일으켰을 때 최치원(崔致遠)의 격문을 보고 놀라 침상에서 떨어졌다 하였다. 황소는 그 죄상이 하나하나 기록된 격문에 몸이 떨려 지레 항복을 하고 말았으니 수만 개의 창과 칼보다 하나의 혀와 문장이 더욱 무서울 수 있는 것이다. 그 붓과 혀의 무서움을 목풍아는 명백하게 보여주고 있었다.

머리를 깎은 오괴는 소름이 끼칠 정도의 목풍아의 무서운 시를 듣곤 머리를 깎고 바깥으로 나갈 수 있는 것이 차라리 잘된 일이라 생각하였다. 매일매일 독침보다 무서운 목풍아의 조롱을 당할 생각을 하면 몸서리가 쳐지는 오괴였다.

오괴는 독돈을 일으키며 말했다.

"대장, 그럼 다녀오겠습니다."

"좋아, 좋아. 이번에는 실수없도록 잘해야 돼. 일이 끝나면 남경으로 가서 내 서신을 전하고 제갈세가에 대해 알아오는 것도 잊어서는 안 돼. 강호가 어떻게 돌아가고 있는지도 말이야."

"예. 명을 받겠습니다."

두 사람이 꾸벅 인사를 하고 벼랑 아래로 내려갔다. 배를 가져와야 하므로 일도도 꾸벅 인사를 하고 그 뒤를 내려갔다.

"독돈과 오괴가 가버리면 심심해서 어쩌나?"

입맛을 다시고 있으려니 벼랑 위로 오괴가 뛰어올라 왔다.

"무슨 일이야?"

오괴는 품속에서 책 한 권을 꺼내었다.

"저희가 없는 동안 심심하실 텐데 이 책이나 보시라고 가져왔습니다."

오룡사 석굴에서 장삼풍이 남긴 책이었다. 만에 하나 잃어버릴 염려도 있고 목풍아가 홀로 심심할 것을 생각하여 가져온 것이다.

"그렇지 않아도 심심하던 참이었는데 잘되었네."

목풍아가 씽긋 웃었다.

"대장, 독돈이 심한 충격을 받은 것 같은데……."

"가서 전하라구. 나는 더 심한 충격을 받았다고 말이야. 스무 살도 안 되었는데…… 평생을 이렇게 살아가야 할 것을 생각하면 나도 모르게 화가 나는 걸 어떡하냐구. 교활한 빡빡 머리 도연이랑 불알 없는 정화가 나를 비웃을 것을 생각하면 아! 괴롭다."

목풍아는 미륵당으로 고개를 돌려 크게 소리쳤다.

"제기랄 빌어먹을 부처야. 나 좀 살려주라."

오괴는 찔끔하여 인사를 하곤 바람처럼 벼랑 아래로 내려왔다.

배는 천천히 섬을 벗어나고 있었다. 벼랑 위에서 목풍아가 우두커니 바라보고 있었다.

멀리에서 목풍아의 목소리가 들려왔다.

"독돈아, 미안하다. 그리고 사랑한다."

맥없이 노를 젓던 독돈이 노를 번쩍 치켜들며 소리쳤다.

"대장, 기다리세요. 내가 반드시 대장을 고쳐 놓을게요."

독돈은 갑자기 힘이 생겨나는 듯 빠르게 노를 휘서으며 물살을 헤치기 시작하였다. 자극이 된 것이 틀림없었다.

"흑살문, 이 자식들 죽여 버린다. 가만 놔주지 않겠어. 내가 받은 고통을 이자까지 쳐서 모조리 갚아주겠다."

무서운 살기를 뿜어내며 독돈은 이를 우두둑 갈았다.

목풍아에게 받은 분노를 흑살문에 모두 퍼부어 버리겠다는 심산 같았다. 그런 점으로 보면 목풍아의 행동은 전장에서 전투가 있기 바로 전 병사들의 독기를 일으키는 노련한 장수의 언행같이 생각되었다. 그 영악한 머리가 그것을 미리 예상한 것인지 아니면 타고난 천성인지 모를 일이다.

오괴는 자신도 모르게 피식 웃음을 터뜨렸다. 목풍아를 만나면서 일어나는 상황 하나하나에 의미를 부여하며 깊게 생각하는 자신을 발견하면서 웃음이 나온 것이다.

자신도 모르는 사이에 여러 가지 생각을 하게 되고 나이에 걸맞지 않게 사람을 놀리거나 장난을 치는 여유를 가지게 된 것은 명문정파의 대제자 출신인 자신에게는 커다란 변화가 틀림없었다.

노를 젓던 독돈이 돌연 일도를 노려보며 소리쳤다.

"일도, 이 빌어먹을 자식아."

일도가 찡그린 얼굴로 물었다.

"왜 그러세요?"

"가만히 생각해 보니 이 자식 정말 빌어먹을 놈 아냐?"

"왜요? 제가 어쨌다고 만날 저한테 그러세요?"

"내가 너를 놔두고 이 배의 노를 저어야 한다고 생각하나? 이 빌어먹을 놈아."

일도의 안색이 창백하게 변하였다. 그러고 보니 막내인 자신은 윗자리에 앉아 있고 서열이 높은 독돈이 노를 젓고 있었다.

"헤헤헤. 어째서 형님이 노를 젓는 거죠?"

일도가 슬금슬금 눈치를 살피며 일어나니 독돈이 일도를 노려보다가 머리를 설레설레 저었다.

“에이, 내가 빌어먹을 너를 탓해야 무엇 하겠냐? 대장에게 당하기만
하지.”

독돈이 노를 놓고 오괴의 옆자리에 앉았다. 매일매일 빌어먹을 독돈
이라는 소리를 듣고 나더니 빌어먹을이라는 단어가 입에 붙은 모양이
었다. 일도는 또한 독돈의 화풀이 대상이 되었을 것이니 오괴는 일도
가 애처롭게만 생각되었다.

일도는 안도의 숨을 내쉬곤 재빨리 노를 낚아채었다.

끼이익— 끼이익—

큰 노가 좌우로 흔들거리며 푸른 물살을 갈랐다. 어느덧 목풍아가
있는 섬도 모습이 보이지 않았다. 그동안 독돈이 마을로 갈 때면 일도
를 데려가 노를 젓게 하였는데 틈틈이 고기를 잡으러 배를 몰더니 실
력이 제법 많이 늘었다.

멀리 가마우지를 가지고 고기를 잡는 어부들과 배가 간간이 보였다.
한동안 경치를 구경하던 오괴가 말을 걸었다.

“독돈아, 어떻게 할 생각이냐?”

독돈이 이를 우두둑 갈면서 말했다.

“나는 흑살문의 총단으로 가서 몽땅 쓸어버리고 천보환을 구해오겠
다. 너는 네 일이나 보러 가거라.”

“그럴 수는 없어. 대장이 함께 가라고 내 머리를 밀어버린 것이 아
니냐? 내가 없으면 흑살문의 총단을 찾을 수 있겠나? 그리고 나 역시
그들에게 풀고 싶은 원한이 있다구.”

“흐흐흐. 그렇다면 할 수 없는 일이군. 빌어먹을 오괴와 한패가 되
는 수밖에…….”

두 사람은 소호를 나오자마자 일도를 돌려보내고 가까운 마을에서

승복 두 벌을 구입하여 입었다.

그리고 철물점에 들러 오괴는 기다란 장검 한 벌을 사 등에 메고, 독돈은 돼지 잡는 커다란 도검을 등에 지고 선장(禪杖) 하나를 구하여 위세 좋은 스님 노릇을 하며 나란히 길을 나섰다.

그들이 자운곡을 찾은 것은 소호를 떠난 다음날 밤이었다. 일찌감치 형주에서 술과 고기로 배를 가득 채운 두 사람은 저녁 노을이 질 무렵 자운곡으로 출발하였다.

"흐흐흐. 핏빛 같은 노을이군."

이들이 자운곡에 도착하였을 때에는 달빛도 없는 깜깜한 한밤중이었다. 어두운 동굴 속에서 생활한 두 사람은 낮보다는 밤이 더 활동하기 편하였다.

"자객들에게는 자객들의 방식으로……."

자운곡 앞에서 두 사람은 서로를 바라보며 고개를 끄덕였다. 독돈이 들고 있던 선장을 땅바닥에 박았다.

쾍―

불꽃이 일어나며 선장이 땅에 박혀 몸을 흔들었다. 독돈이 깜깜한 어둠을 응시하며 말했다.

"흐흐흐. 누가 많이 죽이나 내기할까?"

오괴가 씨익 웃으며 대답하였다.

"흐흐. 바라던 바다. 무엇을 걸 거냐?"

"빌어먹을, 나중에 이야기하자. 화딱지나서 못 참겠다. 간다아~"

독돈이 돼지 잡는 도검을 빼 들고 뛰기 시작하였다.

"흥. 내가 질 줄 알고."

오괴가 그 뒤를 따라 빠르게 달려가기 시작하였다.

절세의 고수들이 뒤질세라 경공을 사용하여 바람처럼 달리기 시작하였다. 어둠 속에서 두 사람의 신형은 질풍과도 같았다.

자운곡 구름다리 앞에서 보초를 서고 있던 경비들은 뭔가 이상함을 느꼈다. 그러나 먹장 같은 어둠과 벼랑에서 불어오는 기괴한 바람 소리 때문에 분간이 힘들었다. 구름다리에 걸린 횃불을 들어 앞을 살피는 순간 뭔가 어스름한 신형 두 개가 우두커니 서 있는 것을 발견할 수 있었다. 큰 키에 승복을 입고 있는 스님 두 사람이었다.

"뭐, 뭐냐?"

말이 끝나기도 전이었다.

서걱―

초병의 목이 떨어져 데구르르 굴렀다.

"치, 침입."

구름다리를 지키던 초병들이 소리를 지르기도 전에 잇달아 서너 개의 목이 바닥으로 떨어졌다. 머리 없는 몸이 잠시 후 맥없이 바닥으로 널브러지고 말았다.

진한 피비린내가 바람을 타고 코끝을 스쳐 지나갔다.

돼지 잡는 도검을 들고 시신 앞에서 우두커니 서 있던 독돈은 눈을 감고 피비린내를 맡았다.

"아! 오랜만이군. 오랜만에 맡아보는 피비린내야."

온몸의 세포들이 하나하나 살아나는 듯하였다. 전장을 떠돌며 수많은 전투를 겪어왔던 독돈이었다. 검은 갑옷을 차려입고 커다란 대도를 휘두르며 전장을 질타하던 흑면독왕 석달개로 돌아온 듯한 기분이 들어 독돈의 몸에 경련이 일어나는 것 같았다.

오괴는 그 모습이 한심한 듯 독돈을 바라보더니 혀를 찼다.

"쯧쯧쯧. 빌어먹을 독돈아, 옛적에 마교의 마두 아니랄까 봐 티를 내
는 거냐? 빌어먹을 독돈아, 너는 지금 흑면독왕 석달개가 아니라 목풍
아 대장의 부하 빌어먹을 독돈이라는 것을 명심해라. 나는 먼저 간다."

오괴가 구름다리를 달리기 시작하였다.

"흥. 빌어 처먹을 오괴 놈."

독돈이 콧방귀를 끼곤 그 뒤를 따라 달리기 시작하였다. 절정의 경
신술로 달리는 두 사람이라 구름다리는 흔들림이 없었다.

바람이 절벽을 지나는 소리가 요란하게 들릴 뿐이다.

횃불을 들고 다리 앞을 지키던 병사들은 반대편의 무사들이 변을 당
한지도 모르고 절벽에서 불어오는 찬바람을 맞으며 구름다리 앞에서
둘러서 있었다.

열 명이나 되는 사내들이 횃불 앞에서 구름다리를 응시하고 있을 때
갑자기 검은 물체가 그들 가운데로 끼어들었다.

"흐흐흐. 안녕하신가?"

오괴였다. 놀란 무사들이 칼을 꺼내 드는 순간 은광이 번쩍거리며
둥글게 원을 그렸다.

"커커컥—"

둥글게 둘러선 무사들이 목을 부여잡았다. 순간 그들의 목이 떨어지
며 무사들의 몸이 바닥에 널브러졌다.

뒤늦게 달려온 독돈에게 오괴가 말했다.

"흐흐흐. 한칼에 열 명이면 괜찮지?"

"빌어먹을 놈."

독돈이 눈앞에 보이는 커다란 건물을 바라보았다. 건물은 성곽과 비
슷한 구조를 가지고 있었다. 벽돌을 쌓은 담장은 삼 장이 넘어 보였으

며 그 가운데 성루도 있었다. 담장 위에서 횃불이 움직이는 것을 보면 초병들이 움직이고 있다는 것이다.

독돈이 이를 우두둑 갈았다.

"빌어먹을. 네놈들이 나를 빌어먹을 독돈으로 만들었겠다. 이자까지 톡톡히 갚아주마."

이내 독돈이 건물을 향해 달려가기 시작하였다.

성문 앞에는 다섯 명의 무사가 서성거리고 있었다.

독돈은 갑자기 걸음을 멈추었다. 무사들을 향해 휘파람을 불었다.

휘익―

무사들이 고개를 갸웃거리며 독돈을 바라보았다. 노란 법의를 입고 머리를 깎은 것이 승려였다.

일제히 머리를 갸웃거렸다. 이 밤에 승려가 구름다리를 건넜다는 것이다. 구름다리를 온전하게 건넜다면 한패라는 말이 되기에 무사들 중하나가 물었다.

"이 밤중에 무슨 일로 찾아왔는가?"

독돈이 들고 있던 돼지 잡는 칼을 어깨에 걸치고 음산한 웃음을 지으며 말했다.

"흑살문의 문주를 만나려고 왔다."

"문주님은 왜?"

"문주를 잡아 족치려구⋯⋯."

"뭐? 뭐라구?"

순간 가까이에 있던 무사 하나가 맥없이 바닥으로 쓰러졌다. 독돈의 일장을 백회에 맞은 무사가 주저앉듯이 즉사해 버렸다.

"자객이다."

무사들이 소리를 지르며 칼을 빼 드는 순간 은광이 번쩍거렸다. 폭풍처럼 큰칼이 지나가자 무사들의 몸이 낙엽처럼 바닥으로 꼬꾸라졌다.

등 뒤에 오괴의 인기척을 느끼고 독돈이 말했다.

"빌어먹을 오괴야, 여긴 내가 맡을 테니 너는 이곳에서 가만히 구경이나 하라구."

오괴가 팔짱을 끼며 말했다.

"네 실력이 얼마나 좋은지 한번 구경해 볼까?"

"좋아."

독돈은 곧바로 성문 앞으로 다가가 두꺼운 철문을 때리려 하였다. 오괴가 다가가 말했다.

"이 문은 내가 열어주지."

"와하하하. 너와 내 장력이 비슷하다는 것을 아는데 네가 한다구?"

오괴가 빡빡 머리를 손가락으로 가리키며 말했다.

"자고로 사람은 머리를 써야 하는 거야. 잘 봐. 빌어먹을 놈아."

"뭐라구?"

"그 화는 다른 데 풀고 잘 보란 말이야."

오괴가 철문을 두드렸다.

성문 안에서 목소리가 들려왔다.

"뭐야? 아직 교대 시간도 아니잖아."

"급한 일을 전하러 형주에서 사람이 왔습니다. 급한 전갈이랍니다."

쿠드드드—

거대한 철문이 열리기 시작하였다. 거대한 성문이 맥없이 열리는 것을 독돈이 멍하게 바라보았다. 팔짱을 끼고 있던 오괴가 고개를 돌려

성안을 손가락으로 가리켰다.

“자, 이젠 네 차례야. 마음껏 풀고 오라구.”

독돈이 손바닥에 침을 뱉더니 슥슥 문질렀다. 그리고 돼지 잡는 묵직한 도검을 들었다.

“이 자식들, 다 죽었어.”

이내 바람처럼 독돈이 성문 안으로 뛰어들어 가버렸다. 갑자기 열리던 문이 그 자리에서 멈추었다. 성문을 열던 병사들을 모조리 죽여 버렸을 것이다.

“원, 성질 하나는…… 하긴 대장한테 당하느라고 맺힌 것도 많았겠지.”

오괴는 성문 앞에 있는 횃불을 문 앞에 던져 놓았다. 무거운 철문에 불이 붙기 시작하였다.

그 문 앞에 오괴는 장검을 들고 서 있었다. 아무도 나올 수 없었다.

성안에서 비명 소리가 들리기 시작하였다. 예고된 수순이었다. 타오르는 불길을 바라보며 오괴는 옛날을 생각하였다. 오괴가 처음에 석달개를 만난 것은 전장이었다.

흑면독왕 석달개는 홍무제와 서달과 같은 장수조차 두려워한 인물이었다. 대도를 들고 전장을 종횡무진 달리면 백련교의 신도들이 불길처럼 그 뒤를 따라 달리며 전장을 휩쓸곤 하였다. 무림인과 관군들은 죽음을 무서워하지 않는 그들을 독룡대(毒龍隊)라 불렀다. 그 이름처럼 석달개와 그의 부하들은 전장에서 일체의 자비가 없었다.

백성들이 이름만 들어도 오줌을 지리는 사람, 바로 흑면독왕 석달개와 일당백의 부하들인 독룡대였던 것이다.

유황불처럼 타오르는 전장의 불길 속에서 지옥의 야차처럼 대도를 휘두르며 용맹을 떨치던 석달개의 옛 모습을 떠올렸다.

갑자기 웃음이 나왔다. 생각하면 벌써 옛날의 일이 되고 말았다. 이제 피도 눈물도 없다는 흑면독왕 석달개는 빌어먹을 독돈이 되어 그의 대장 목풍아에게 쩔쩔매는 신세가 되고 말았다. 그 생각을 하면 절로 웃음이 나왔다.

한주먹에 박살을 내버릴 정도로 미약한 힘을 가진 목풍아였지만 천하 백성들이 안심하며 살 수 있는 세상을 만들겠다는 대의가 있는 목풍아의 기세에는 당할 수 없는 자신들이었다. 자신 역시 그런 목풍아의 부하로 한마디 말을 거역하지 못하는 신세가 되었으니 세월과 시간은 그렇게 사람을 바꿔놓는 마력이 있는 것인지도 몰랐다.

무사들이 몰려오는 소리가 들려왔다. 빠른 발자국 소리. 성문에 붙은 불을 끄러 오는 것인지도 몰랐다. 아니면 도망가는 것인지도.

"웬 놈이냐?"

오괴는 고개를 들어 바라보았다.

"나? 지옥의 사자."

검은 옷을 입은 십여 명의 무사가 주춤거리며 한 걸음씩 물러났다. 두려움이 가득한 눈동자. 독돈을 피해 도망치려는 족속들이 분명하였다.

피피핑—

바람을 가르는 파공음과 불빛에 비친 은빛 섬광이 날아들었다.

따땅— 따따땅—

오괴의 몸에서 불빛이 번쩍거렸다. 한 무리 은빛 검광이 몸에 막을 씌워 버린 것처럼 지나간 후 무사들은 바닥에 떨어진 수리검과 표창들을 발견할 수 있었다.

"흐흐흐. 이게 다인가?"

들고 있는 검을 바닥에 걸치면서 오괴가 음험한 미소를 흘렸다. 날아오는 암기들을 검으로 쳐서 막아버린 것이다.

"고, 고수다."

무사들이 비명을 지르며 뒷걸음질치며 물러났다. 그러나 그때 이미 오괴의 신형은 그 자리에 없었다.

"크억—"

무사들이 목을 부여잡으며 허수아비처럼 쓰러지기 시작하였다. 차례로 쓰러지는 자객들 뒤에 오괴가 무심한 얼굴로 한마디 내뱉었다.

"빌어먹을 풋내기들……."

고개를 돌려보니 커다란 사층의 누각에 불이 타오르고 있었다. 독돈이 그동안의 설움을 한바탕 풀어버리려고 발광을 하고 있는 것이 틀림없었다.

그랬다. 독돈은 그 옛날의 백련교의 사대천왕 중 가장 무서운 힘을 가졌다는 흑면독왕 석달개로 돌아간 듯 보였다. 노한 사자가 일성을 토하며 날카로운 이빨과 발톱으로 양 떼 사이를 종횡무진하듯이 달려드는 무사들을 닥치는 대로 베어버렸다.

"빌어먹을 독돈이라구? 제기랄. 나를 빌어먹을 놈으로 만들었겠다. 이 자식들. 다 죽인다."

광기를 주체하지 못하고 커다란 사 층의 누각을 쑥밭으로 만든 후에 불을 질렀다.

매캐한 연기 저편에 뾰족한 바위산을 등진 건물이 보였다. 불타는 사 층 누각에 비하여 소박한 건물이었다. 타는 불빛에 비치는 건물이 눈에 익었다. 그러나 지금은 감상에 젖어 있을 때가 아니다.

"저곳이 대장의 거처겠지?"

독돈이 단층의 장원으로 뛰어들었다. 그곳이 흑살문주의 거처가 틀림없다 생각되었기 때문이다.

맹호 같은 기세로 커다란 나무 문을 박차고 들어갔다. 위험의 느낌. 그리고 귓가에 들리는 바람을 가르는 소리.

독돈은 재빨리 한 걸음 물러서 문짝으로 앞을 막았다.

파파팍―

화살 끝이 두꺼운 문짝을 파고들었다. 날카로운 화살촉 여러 개가 빼꼼하게 문짝을 비집고 나왔다. 강한 위력이었다.

"쇠뇌?"

머리를 갸웃거렸다. 쇠뇌를 사용하는 집단이라 보기에는 흑살문은 작은 살문에 불과할 뿐이다. 쇠뇌는 철갑기마병을 상대할 때 쓰이는 병기로 정확도와 강한 파괴력을 지니기 때문에 최정예 군대에서나 사용하는 무기인 것이다.

섣불리 문 안으로 들어갈 수 없었다. 그가 백련교의 사대천왕이었을 무렵 독룡대의 쇠뇌 부대는 이미 천하에 이름이 알려져 있었다. 무림맹의 무인들과 철갑기마병을 궤멸시켜 버린 쇠뇌의 강한 위력을 알고 있던 독돈은 재빨리 문을 벗어나 벽면을 타고 움직이기 시작하였다.

정문 앞과 좌우에서 들어오는 사람을 노리는 쇠뇌들이 조준이 되어 있을 것이 틀림없었다. 평범한 수를 썼다가는 고슴도치가 되기 십상이다. 이때에는 흥분해 있던 독돈도 냉정을 되찾았다. 오랜만에 느껴보는 생사를 넘나드는 짜릿한 승부라고 할 수 있었다.

피 냄새를 맡은 세포 하나하나가 꿈틀거리고 있었지만 정신은 차갑도록 냉정해지는 독돈이었다.

문을 닫고 뒤로 물러선 독돈은 턱을 쓰다듬으며 여러 가지 전술을 생각하였다. 달도 없는 밤이었으니 자신에게 더없이 유리한 작전을 쓸 수 있다. 그러나 머리가 좋은 대장이라면 요소요소마다 쇠뇌사수를 놓아두고 사냥감이 위치에 닥치기만을 기다리고 있을 것이 틀림없었다. 뒤편에서 오괴의 목소리가 들려왔다.

"빌어먹을 독돈아, 너 혼자서는 힘들지? 내가 도와줄까?"

독돈이 누각에 불을 낸 후 한참 동안 아무런 움직임이 없는 것을 보고 걱정이 되어 오괴가 달려온 것이다. 흑살문이 괴멸된 것이 소림사 승려의 짓이라고 말을 꾸미려면 몇 사람은 살려두어야만 한다. 독돈의 성격상 사람을 살려둘 것 같지 않아 걱정이 된 오괴는 장원 앞에 우두커니 서 있는 독돈을 발견하고 말을 건넨 것이다.

"빌어먹을 소리 하지 말고 꺼지라구. 나 혼자 처리할 수 있단 말이야."

"대장이 너와 나를 함께 보낸 것은 함께 행동하라고 한 것 같은데? 안 그래?"

"흥. 대장이 보이지 않는데 알 게 뭐야. 이놈들이 나와 가장 원한이 깊은 놈들이니까? 나에게 맡겨둬."

독돈은 불타는 누각으로 날려가 탁자 하나와 시신 하나를 들고 와서 문 앞에 섰다.

"간다."

소리를 지르며 들고 있던 시신을 문 안으로 던졌다.

쾅─

문짝이 부서지며 날아간 시신에 화살이 쏟아졌다. 삽시간에 시신이 고슴도치가 되어버렸다.

"이놈들아, 진짜로 간다."

그 뒤를 따라 탁자를 머리에 진 독돈이 문 안으로 뛰어들었다. 쇠뇌는 화살을 쏜 다음 장전하는 시간이 필요하다. 그 시간을 틈타 독돈이 문 안으로 뛰어들어 간 것이다.

"아차."

독돈은 다른 무리들이 쇠뇌를 들고 기다리고 있는 것을 발견하였다. 쇠뇌에서 화살이 기다렸다는 듯이 삼면으로 쏟아져 들어왔다.

독돈이 재빨리 탁자를 놓기 무섭게 발끝으로 탁자를 잡고 허공으로 솟구쳤다.

파파팍—

탁자에 화살이 꽂혀 고슴도치가 되어버렸다.

간신히 쇠뇌를 피하여 바닥으로 내려선 독돈은 재빨리 탁자 뒤에 몸을 숨기었다. 숨 쉴 사이도 없이 사방에서 다시금 화살이 날아들었다.

파파팍—

무수한 화살이 탁자에 꽂혔다. 사수들이 삼면에 위치하고 있으므로 다시 되돌아가는 것이 최선이었다. 그런데 독돈의 생각을 읽어버린 것인지 화살을 장전한 쇠뇌 부대가 어느새 뒤편을 막아 독돈을 둘러싸고 있었다.

"이런 제기."

눈앞의 탁자밖에는 은신할 공간이 없었다. 평평한 정원 가운데에 사방으로 둘러선 쇠뇌사수들을 바라보다가 독돈이 천천히 몸을 일으켰다. 사수가 시위를 당긴다면 당장 고슴도치가 되어 죽을 목숨이었다.

그러나 독돈의 체면에 숨어서 죽기는 싫었다.

"제길, 쏴볼 테면 쏴보라구? 만약 나를 맞추지 못한다면 너희 편도 상당한 손실을 입게 될 테니까. 흐흐흐."

쇠뇌를 든 사수들이 상대방을 서로 바라보는 상황이었다. 화살이 빗나간다면 서로를 죽일 수도 있는 것이다.

장원의 문 앞에 울긋불긋한 비단옷을 입은 노파 하나가 손을 들고 있었다. 저 손을 내리면 고슴도치가 되어 죽을 판이었다.

독돈이 피식 웃으며 물었다.

"괜찮은 부대를 이끌고 있군. 이 부대의 이름이 뭔가 물어봐도 될까?"

"독룡대라고 한다."

"독룡대?"

독돈의 눈이 꿈틀거렸다.

이번에는 노파가 물었다.

"네가 죽기 전에 나도 너에게 물어볼 말이 있다."

"……."

"보아하니 소림승 같은데 우리와 무슨 원한이 있기에 이렇게 소란을 부리는 것이지?"

독돈은 멍한 사람처럼 말없이 노파의 얼굴을 뚫어지게 바라보고만 있었다.

노파의 눈빛에서 살기가 감돌았다.

"죽고 싶은 모양이구나. 좋아, 죽여주지."

그때였다.

"이봐, 이봐. 할망구. 우리 협상하자구."

노파와 사람들의 시선이 장원 뒤편 담장으로 향하였다. 담장 위에 오괴가 하얀 장포를 입은 소녀를 데리고 서 있었다.

쇠뇌를 끼운 사내들이 오괴와 소녀를 바라보았지만 쇠뇌를 선뜻 겨누지 못하는 것으로 봐서 중요한 사람이 틀림없는 듯하였다.

오괴는 소녀를 겨드랑이에 끼고 훌쩍 뛰어내려 와 독돈의 옆에 섰다.

"빌어먹을 독돈. 칠칠치 못한 놈. 내가 돌아가면 대장에게 다 일러 줄 거다."

"……."

독돈이 호랑이 굴로 뛰어든 사이에 오괴가 담장을 타고 장원 안으로 들어가 인질이 될 만한 사람 하나를 데려온 것이 틀림없다. 노파가 차가운 미소를 지으며 말했다.

"오라. 한 사람이 아니라 두 사람이었군."

"두 사람이 백 사람이 될지는 누구도 알 수 없는 일이지."

노파의 얼굴색이 창백하게 변하였다.

"네가 대장이냐?"

"그렇다."

그동안에 장원의 담장 위로 쇠뇌를 든 사수들이 뛰어올라 두 사람을 조준하였다. 오괴와 독돈의 뒤편에서 사수들이 둥글게 둘러서 두 사람을 조준하고 있었다. 이제 서로 함께 쏴도 상대방이 상대방을 맞출 일은 없는 것이다.

멍하게 노파를 바라보던 독돈이 오괴가 사로잡은 소녀의 옷을 바라보았다.

"빌어먹을 놈아, 정신 차려. 도대체 무슨 생각을 하는 거야?"

오괴가 독돈의 발등을 밟으며 중얼거렸다.

그때 노파가 오괴와 독돈을 노려보며 말했다.

"이 늙은 중 놈들아. 너희가 우리와 무슨 원한이 있기에 이렇게 찾아와 행패를 부리는 것이냐?"

독돈은 여전히 말이 없었다.

오괴가 재빨리 소리쳤다.

"흥. 우리는 소림사의 중들이다. 네놈들이 어사를 살해하였다는 소리를 듣고 분을 참지 못하여 이렇게 찾아왔다."

"이상한 일이군. 너희는 새로운 천자를 못마땅하게 생각한다고 하지 않았나?"

"흥. 누가 그런 소릴 하는 거냐?"

"너희 두 사람만 온 게냐?"

"그렇다."

"이곳의 위치를 아는 사람은?"

"아는 사람은 다 알고 있지. 아마 내일이면 소림사의 중들이 몽땅 찾아와 이곳을 불 질러 버릴 것이다."

노파가 고개를 젖혀 웃었다.

"하하하하하."

그동안에 오괴가 독돈의 발등을 눌렀다.

"이 빌어먹을 놈아, 정신 좀 차려라. 이 위급한 순간에 갑자기 바보가 되고 말았으니 기가 막힐 노릇이구나."

한동안 웃고 있던 노파가 입을 열었다.

"호호호. 소림이 우리와 원수가 되고 말았군. 좋아. 그렇다면 할 수 없군. 너희를 죽인 후에 다른 곳으로 이동하는 수밖에."

오괴가 소녀의 목을 잡고 말했다.

"이 소녀도 죽일 수 있는 모양이지? 이렇게 아름다운 소녀와 함께 가는 저승길이 나쁘지만은 않을 거야."

"뭐, 뭐라구?"

새파랗게 안색이 변한 노파가 저주가 가득한 눈으로 오괴를 노려보았다. 오괴에게 사로잡힌 소녀는 연약한 한 마리 비둘기처럼 바들바들 떨면서 노파에게 소리쳤다.

"할머니, 저는 괜찮으니 할머니 마음대로 하셔도 좋아요."

소녀는 말이 끝나기 무섭게 눈을 감아버렸다. 죽음에 담담하고 침착한 태도는 십칠 세 정도의 갓 피어나는 어린 소녀의 태도라 보기엔 무리가 있을 정도였다.

멍하니 정신을 잃은 것 같던 독돈이 중얼거렸다.

"너는 죽지 않아."

"뭐라구? 우리가 죽으면 대장은 어떡하라구?"

"우리도 죽지 않아. 나는 이제야 알았다."

오괴가 멍하니 독돈을 바라보았다.

독돈은 씽긋 미소를 짓더니 고개를 돌려 노파를 바라보며 말했다.

"월랑(月郞). 그대는 월랑이 아닌가? 백련교의 여사제였던 월랑이 아닌가?"

노파는 경직된 얼굴로 독돈을 바라보았다.

"누, 누구인데 내 이름을 아는 겐가?"

독돈이 들고 있던 칼을 내려놓고 말했다.

"나를 모르겠는가? 그대는 나를 잊었는가?"

"누, 누구인가?"

"내 옛 이름은 흑면독왕 석달개. 백련교의 사대천왕이었다. 그대는 나를 잊었는가?"

둘러선 사람들의 입에서 웅성거리는 목소리가 들려왔다. 오괴는 머리를 갸웃거렸다. 이것이 어떻게 된 것인가?

"믿을 수 없다."

믿을 수 없는 것이 당연하다. 검은 머리에 짙은 눈썹, 당당한 체구에 검은 피부를 가졌던 그가 지금은 온화한 석불처럼 변하고 말았다.

"어찌하면 믿을 수 있는가?"

독돈이 천천히 다가가며 말했다.

"흰 연꽃이 피는 미륵 세상이 도래하리니, 억압이 없고 착취가 없는 연화정토의 세상이 오면 내 그대와 함께 그 길을 가리라."

독돈이 월랑이라는 노파 앞에서 걸음을 멈추었다.

"그대는 아직도 살아 있었구나."

노파가 독돈의 얼굴을 말없이 바라보다가 떨리는 손으로 그의 뺨을 쓰다듬었다.

"마, 맞군요. 그대는 석달개였군요. 무성한 머리와 짙은 눈썹이 모두 빠져 버렸지만 그대는 석달개가 틀림없어요."

노파는 입을 다물고 눈을 부릅떠 눈물을 참는 듯하더니 큰 목소리로 소리쳤다.

"백련교의 제자들은 모두 무릎을 꿇어라. 흑면독왕 석달개님이 돌아오셨다."

쇠뇌와 무기를 들고 있던 사내들이 하나둘 무릎을 꿇기 시작하였다. 삽시간에 주위는 잠잠하게 변하였다. 독돈의 뒤편에 우두커니 서 있던 오괴는 입맛을 다셨다.

“이거 참 일이 이상하게 되었는걸……."

잠시 후 장원 안으로 들어간 오괴는 독돈에게 일의 전말을 전해 들을 수 있었다.

쇠뇌를 쓰는 것과 독룡대라는 명칭을 듣게 되자 독돈은 이들이 세상에서 사라진 백련교도들이라는 것을 짐작하였다는 것이다. 더구나 오괴가 인질로 데려온 소녀의 옷 가운데 금실로 수를 놓은 연꽃 문양을 보고 흑살문의 총단이 세상에서 잠적한 백련교의 사람들이 만든 곳임을 확신하였다는 것이다.

원 말기에 천하를 횡행했던 군웅들과 함께 천하를 횡행하던 마교의 세력이 있었으니 그 깃발에 흰 연꽃이 그려진 것은 백련교(白蓮敎), 붉은 불꽃 무늬는 명교(明敎)를 지칭하는 것이었다.

오괴 역시 무림인이었기에 독돈의 말을 듣게 되자 비로소 소녀의 가슴에 그려진 연꽃 문양의 의미를 깨달을 수 있었다.

몰락한 백련교는 흑살문이라는 자객 집단을 만들어 자금의 활로를 만들고 자운곡을 근거지로 삼아 교세를 확장하고 있었던 것이다.

과연 장원 안으로 들어오니 정전의 바닥에 연꽃 문양의 수많은 전돌을 발견할 수 있었으며, 연화보륜원에서 보았던 것과 비슷한 미륵보살상을 볼 수 있었다.

독돈과 오괴는 지금은 비어 있는 백련교주의 자리를 임시로 맡아서 사무를 보고 있는 월랑이라는 교주와 여사제인 설연(雪然)과 그동안의 이야기를 나누며 시간을 보내었다.

‘이거 골치 아프게 되었는걸? 대장에게 뭐라 말해야 하지?’

잘된 것인지, 잘못된 것인지 알 수 없었다. 모든 것은 대장의 판단에 맡길 수밖에 없었다.

오괴는 고개를 돌려 월랑이라는 노파와 정신없이 이야기를 나누고 있는 독돈을 바라보았다. 반짝이는 머리를 부여잡고 자신들이 돌아오기만을 기다리고 있을 목풍아를 생각하니 절로 한숨이 났다.

제 4 장

추풍대협(秋風大俠) 목춘망(木春望)

추풍대협(秋風大俠) 목춘망(木春望)

깊어가는 가을 하늘은 시름없이 맑았다. 미륵당 맞은편에 만들어 놓은 닭장 앞에서 책을 읽던 목풍아는 길게 한숨을 쉬며 자신의 머리를 쓰다듬었다. 맨들맨들한 머리에 가는 솜털 하나 없었다. 그뿐이면 다행이지만 눈썹은 물론이거니와 사타구니에 나 있던 것까지 빠져 버려 완전히 무모아(無毛兒)가 되어버렸다.

자신의 처지를 돌아보고 언제 털이 날까 생각하면 나오는 것은 한숨뿐이었다. 똑같은 처지의 털 빠진 오독계들은 시름없이 바닥을 쪼며 열심히 모이를 찾아다닐 뿐이다.

둥글둥글 빛나는 머리는 땀 흘리는 말의 불알 같고[團團光頭汗馬閬],
목소리는 구리 방울 울리는 듯 우렁차구나[聲今銅鈴零銅鼎].
종횡으로 뛰어다니는 모습, 기세는 세상을 덮을 듯하지만[縱橫踊躍氣蓋世]

한차례 시를 짓고 나니 또다시 한숨만 나왔다. 닭장 속에서 분주히 오가는 오독계나 자신의 처지가 다를 바가 없었다.

화려했던 그때가 먼 옛날의 이야기처럼 머리 속에서 스쳐 지나갔다. 마음껏 희롱할 수 있었던 주소천과 주소희, 그리고 강민, 하옥과 하소선을 생각하면 또다시 한숨이 나왔다.

머리와 눈썹까지 빠져 웃긴 얼굴이 되어버린 자신을 생각하니 울고 싶을 따름이었다.

들고 있던 책을 패대기치고 일어났다. 오괴가 주었던 책이 눈에 들어올 리가 없었다.

일도는 화풀이 상대가 될까 싶어 고기를 잡으러 간다고 핑계를 대곤 일찌감치 호수로 배를 몰아 나간 터라 끓어오르는 분노를 풀 길조차 없었다.

그때였다. 등 뒤에서 기척 소리가 들려왔다.

"일도, 이 빌어먹을 놈아. 어째서 이제 오는 거냐?"

"저 중 놈 봐라. 입이 되게 거칠군."

뜻밖의 대답에 고개를 돌린 목풍아의 두 눈이 휘둥그레졌다. 비 맞은 중처럼 흠뻑 젖은 일도가 두 손을 포박당한 채 서 있었으며 그 뒤에 힘상궂은 사람들이 흉기를 들고 서 있었다. 그 뒤를 따라 벼랑에서 자꾸만 사람들이 올라오고 있었는데 두 어깨와 양팔, 두 다리가 드러나는 짧은 옷을 입고 무기를 든 채 꾸역꾸역 올라오고 있었다.

'수적? 제기랄. 빌어먹을 오괴와 독돈도 없는데……'

목풍아는 당황하는 기색을 감추며 재빨리 합장을 하였다.

"아미타불. 뉘신데 이렇게 저희 절을 찾아주셨습니까?"

큰 도끼를 든 험상궂은 사나이가 무너져 가는 절간을 힐끔 바라보곤 소리쳤다.

"우린 소호의 주인인 수룡방(水龍房)의 사람들이다. 이 절에 다른 사람은 없느냐? 있으면 어서 와서 인사를 올려라."

목풍아가 합장을 하며 말했다.

"저희 절은 수행하던 스님들이 모두 떠나가고 저기 묶여 있는 왕자라[王龜] 스님과 저밖에는 없습니다."

그때 사내들 뒤편에서 여인의 자지러지는 웃음소리가 들려왔다.

"호호호. 이렇게 경치 좋은 곳에 사람이 사는 절간이 있었다니 참으로 놀라운 일이군."

사내들이 반으로 갈라지며 십칠 세 정도 되어 보이는 소녀 하나가 천천히 걸어왔다. 백의를 입고 허리에 붉은 술이 달린 환도를 차고 있는데 약간 가무잡잡한 피부에 건강미가 넘치는 소녀였다. 한동안 여자 구경을 하지 못했던 목풍아의 입이 절로 벌어졌다.

"이 자식, 인사드리거라. 이분으로 말할 것 같으면 수룡방 방주님의 따님이신 곽다혜(郭茶惠) 아가씨다."

목풍아가 합장을 하며 인사를 올렸다.

"아이쿠, 귀한 분께서 보잘것없는 저희 절을 찾았군요. 연화보륜원의 주지인 목춘망(木春望)이 인사 올립니다."

다혜라는 소녀는 뒤편에 묶여 있는 일도를 보곤 까르르 웃으며 말했다.

"호호호. 의외로군. 이렇게 젊은 사람이 주지스님일 줄이야 정말 몰랐네."

"하하하. 절의 주지란 나이가 많다고 되는 것이 아니라 도력이 높아야만 될 수 있는 것이죠. 그렇지 않습니까, 왕자라 스님?"

일도가 당황한 얼굴로 대답하였다.

"예, 예."

다혜가 고개를 끄덕거리며 웃었다.

"호호호. 왕자라라니 정말 웃긴 이름이군."

"그런가요? 하하하. 사실 왕자라라는 이름을 지은 것은 다름이 아니라 저자의 살심(殺心) 때문이랍니다."

"살심 때문이라구?"

"저 빌어먹을 인간이 부처님 앞에서 도를 구할 생각을 하지 않고 허구한 날 배를 타고 고기를 잡으러 나가니 사부님께서 저놈의 모습이 고기를 탐하는 자라 같다고 해서 왕자라라는 이름을 붙인 것이지 뭡니까?"

"하하하. 과연 그렇군."

"하지만 고기를 잡는 것 이외에는 별다른 재주가 없으니 안심하서도 좋습니다. 얼굴에 난 칼자국이 혐오감을 일으키긴 하지만 불도를 닦는 불자가 무슨 힘이나 있겠습니까? 이왕 이 절에 오셨으니 아가씨의 대자대비하신 자비심을 발휘하여 왕자라의 포박을 풀어주신다면 삼생의 공덕을 쌓으실 수 있을 것 같은데 어떠십니까?"

"호호호. 주지스님이 그렇게 말하는데 따르지 않을 수 없군."

다혜가 고개를 돌려 일도를 묶어놓은 사내에게 소리쳤다.

"왕자라를 풀어줘라."

"예."

사내가 아무런 대꾸 없이 일도를 풀어주었다. 일도는 목풍아가 곽다혜의 비위를 능숙하게 맞추어 자신을 풀어주는 것을 보니 마치 목풍아가 수적들과 한패가 되어버린 것 같은 기분이 들었다.

'정말 대장은 수단도 좋구나.'

이렇게 감탄을 하고 있을 때 다혜가 목풍아를 스쳐 지나가 오독계가 놀고 있는 닭장 안을 바라보다가 머리를 갸웃거렸다.

"이 절에서 키우는 닭들은 약간 이상하군. 어째서 털이 하나도 없는 거지?"

"와하하하. 그 이유는 간단합니다. 이 절에서 크는 닭들은 부처님을 지극히 신봉하고 있답니다. 그래서 그런지 저희처럼 머리를 깎고 거리낌없이 치부를 드러내면서 불자의 생활을 하고 있답니다."

"호호호. 정말 웃기는 일이군. 깃털이 없는 닭이라니……. 그리고 보니 여기 있는 닭들이 그대와 정말 많이 닮은 것 같아. 머리가 없는 것 하며 눈썹이 없는 것 하며…… 호호호. 정말 웃겨. 호호호."

둘러선 수적들이 와― 하며 따라 웃었다.

순간 일도는 목풍아의 이마에 검푸른 정맥이 불끈 솟아나는 것을 발견할 수 있었다. 목풍아가 가장 싫어하는 치명적인 말을 소녀가 꺼낸 것이다.

"……."

순간적으로 말을 하지 않고 어깨가 파르르 떨리는 것을 보면 극도로 분노한 것이 틀림없었다. 일도는 이마에서 식은땀이 솟아나는 것을 느꼈다. 그 분노를 애써 참고 있는 것이 틀림없었다.

소녀는 수적들의 웃음에 자극을 받았는지 목풍아의 얼굴을 자세히 바라보며 말했다.

"그런데 주지스님의 이름은 어째서 목춘망이지? 눈썹이 없으니 너

무 우스꽝스러운데? 혹시 그 때문에 눈썹이 나는 봄이 오길 기다린다
는 뜻으로 춘망(春望)이라고 지은 것 아니야? 맞지, 내 말이 맞지.”

이번에도 수적들이 크게 웃음을 터뜨리며 목풍아에게 손가락질을
했다.

“하하하. 그렇네. 과연 아가씨는 수재가 틀림없어요.”

“그렇군요. 와하하하.”

“주지스님아, 그 말이 맞는가?”

슬며시 눈을 감고 분을 참던 목풍아가 배시시 미소를 지었다.

“와하하하. 그렇습니다. 그렇습니다.”

목풍아가 고개를 젖혀 웃음을 터뜨렸다. 일도는 순간 찔끔하였다.
분노가 너무 커서 미친 것이 틀림없었다. 일도는 숨이 막힐 것 같아서
꿀꺽 침을 삼키었다. 자신이 아는 목풍아의 성질은 보통이 아니다. 더
구나 자신을 무시하는 것을 참지 못하는 그의 성질을 익히 알고 있는
일도였다.

말이야 다혜의 말이 맞았다. 목풍아가 엉겁결에 자신의 이름을 목춘
망이라 지은 것은 머리가 나길 바라는 마음에서 지은 것이다. 하지만
철없는 계집이 자꾸만 자존심을 건드는 것이 더럽게 기분이 나쁜 목풍
아였다.

“정말 아가씨는 대단하시군요. 사부님께서 제 이름을 지으신 뜻을
정확하게 아시는 것을 보면 공부를 많이 하신 것이 틀림없어요.”

“그럴 줄 알았어.”

곽다혜가 쾌활하게 고개를 끄덕이며 말했다.

“그런데 한 가지 더 물어볼 것이 있는데 추운 바람이 부는 겨울이 오
면 저 닭들은 어떻게 추위를 나지? 그대의 머리는 남들보다 두 배는 추

위를 느낄 텐데 어떻게 대처하나?”

이 역시 놀리는 말이 틀림없었다. 멋모르는 수적들이 푸하하 웃음을 터뜨렸으며 소녀는 그것을 즐기는 듯하였다.

‘이 썩을 계집, 어디 두고 보자.’

목풍아는 부들부들 살이 떨리고 이가 갈리는 것을 참으며 부드럽게 합장을 하였다.

“겨울이 되면 닭들은 시장에 내다 파는데 그 돈이 수백 냥이 넘기 때문에 따뜻하게 겨울을 나는 데 문제는 없답니다.”

“피, 거짓말하지 마. 저렇게 볼품없는 닭을 누가 사겠어?”

“어허. 모르는 소리 하지 마십시오. 저 닭이 저렇게 볼품은 없어도 찾는 사람은 수를 꼽을 수 없을 만큼 많답니다. 부처님의 신통력을 받아서 그런지는 몰라도 정력에 크게 효험이 있어서 저 닭을 삶아 먹고 회춘(回春)한 사람은 물론이거니와 죽어가는 환자가 저 닭국물을 먹고 벌떡 일어난 경우도 있답니다. 그래서 사람들은 회춘계(回春鷄)라고도 하지요. 제 이름에 춘(春) 자가 붙은 것은 아가씨의 말도 맞지만 회춘계를 키우기 때문이랍니다.”

목풍아는 품속에서 일백 냥짜리 지전을 꺼내 보여주었다.

“이건 작년에 제가 부호들에게 판 회춘계로 벌어들인 수익금입니다. 한 마리에 은전 이십 냥씩을 받고 팔았는데 내년에 절을 보수하려면 어쩔 수 없이 오십 냥으로 올려 받을 생각입니다.”

지전을 바라보는 곽다혜의 눈이 휘둥그레졌다. 목풍아의 말을 믿지 못하던 수적들 역시 두 눈을 크게 뜨고 지전을 바라보았다. 돈을 빼앗아 자세히 살피던 곽다혜는 씽긋 웃다가 목풍아를 손가락으로 가리키며 소리쳤다.

"사실이라면 정말 대단한데? 영약을 만들어 판단 말이지. 얘들아, 이놈에게 돈이 더 있을지 모르니 어서 뒤져 보아라."

말이 떨어지기 무섭게 수적들이 달려들어 목풍아를 빨가벗겨 놓았다. 옷 안에서 수천 냥이 넘는 지전과 은전이 나왔다. 수하들이 모은 돈을 소녀에게 가져다 주는데 소녀는 돈을 받을 생각을 하지 않고 빨가벗은 목풍아를 가리키며 웃기 시작하였다.

"호호호호. 저 스님을 봐라. 털이 없다."

목풍아의 얼굴이 붉게 변하였다. 이런 수모는 처음이었다. 수적들 앞에서 저렇게 뻔뻔하게 사람을 놀릴 수 있는 소녀의 행동에 치가 떨리는 목풍아였다.

그럼에도 목풍아는 아무렇지도 않은 듯 주섬주섬 옷을 입고 소녀에게 말했다.

"에구, 제가 숨겨놓은 돈을 몽땅 빼앗기고 말았네요. 할 수 없는 일이죠. 돈은 모두 가져가서도 좋습니다. 하지만 이 회춘계들은 제발 가져가지 마세요."

곽다혜가 목풍아를 빤히 처다보다가 말했다.

"호호호. 그럴 수는 없어. 우리는 수적이야. 이런 좋은 기회가 왔는데 우리가 순순히 물러가면 수적이겠느냐?"

"제발 부탁합니다. 회춘계만은 놔두고 가세요."

"시끄러워. 얘들아, 회춘계를 모두 가지고 가자."

목풍아가 닭장 앞을 막아서며 말했다.

"제발 회춘계만은 가져가지 마세요."

곽다혜가 들고 있던 칼을 빼 들었다.

"죽고 싶으냐?"

목풍아가 얼른 닭장에서 물러나며 말했다.

"닭이야 다시 키우면 되지만 목숨이야 하나밖에 없으니 할 수 없는 일이지요. 하지만 아가씨, 한 번만 더 생각해 주십시오. 저에게서 빼앗아가신 돈만 해도 수천 냥이 넘는 거금인데 이제 제 전 재산인 회춘계까지 빼앗아가신다면 천하 영웅들이 수룡방을 무엇이라 부르겠습니까? 벼룩의 간까지 빼앗아 버린 몰염치한 수적이라고 손가락질할 것이 아니겠습니까?"

곽다혜가 고개를 끄덕끄덕하였다. 수룡방의 방주인 아버지 곽도(郭掉)는 제법 무림에서도 이름이 알려진 사람이라 체면을 중히 여겼다. 무너질 듯한 작은 사찰을 습격하여 몽땅 털어 수룡방과 아버지가 손가락질을 받게 되는 것은 그리 기분 좋은 이야기만은 아니었다.

잠시 생각에 잠긴 듯한 모습을 보곤 쉴 틈을 주지 않고 목풍아는 이야기를 계속하였다.

"좋습니다, 아가씨. 그렇다면 제가 한 가지 제의를 하겠습니다. 이곳까지 왕림하신 아가씨와 수룡방의 여러분을 위해 제가 오늘 점심 공양으로 회춘계 몇 마리를 잡아드릴 테니 제발 제 처지를 한 번만 생각해 주십시오."

곽다혜가 목풍아를 바라보며 생각하니 그 처지가 웃기기도 하고 안되기도 하였다. 빼앗은 지전이 수천 냥이나 되는데 회춘계까지 빼앗아 버린다면 회춘계만 바라보고 살아온 중들에게 너무한 처사인 것도 같았다.

곽다혜는 들고 있던 칼을 허리에 차고 팔짱을 끼며 말했다.

"좋아. 그렇다면 네 제의에 따르도록 하지."

부하들이 덩달아 손을 치켜 올리며 환호하였다. 죽어가는 사람까지 살린다는 정력의 상징, 회춘계를 먹을 수 있으니 어찌 좋지 않을 수 있겠는가.

"수지맞았다. 우리 아가씨를 데리고 나오면 이렇게 좋은 일이 생긴다니까."

수룡방의 부하들은 호들갑을 떨면서 타고 온 배에서 커다란 솥을 가지고 올라와 미륵당 앞에 걸어놓고 물을 붓고 불을 지폈다.

곽다혜는 미륵당 앞에 커다란 의자를 가져다 놓고 그곳에 앉아 목풍아와 일도를 가리키며 소리쳤다.

"저놈들이 무슨 짓을 할지 모르니 잘 감시하도록 해."

즉각 수하 세 사람이 목풍아와 일도의 옆으로 다가와 감시를 하였다. 딴엔 신중하고 머리가 있는 계집이 틀림없었다. 그러나 믿고 있는 회춘계가 맹독이 든 오독계임을 어찌 알겠는가. 맹독이 있는 닭이니 따로 이상한 짓을 할 까닭이 없다.

목풍아가 일도를 보며 힐끔 웃었다. 일도는 그 웃음의 의미를 알아듣곤 얼른 닭을 잡았다.

"빌어먹을 놈아, 어찌 된 것인지 말해 봐."

일도가 오독계 한 마리의 목을 잡아 비틀며 말했다.

"배를 타고 나갔다가 재수없게 잡혔어요."

"빌어먹을 놈, 네가 여길 불었지?"

일도가 힘없이 고개를 끄덕끄덕하였다.

화가 치솟은 목풍아가 일도의 뒤통수를 때렸다.

"이런 빌어 처먹을 놈. 대장을 팔아먹어?"

풀이 죽은 일도가 고개를 늘어뜨리고 대답하였다.

"할 수 없었다고요. 힘껏 대항을 해보았는데 수적들이 나를 물에 빠뜨려 죽이려는데야 별수있습니까? 대장이 묘책을 써서 저를 살려주리라 생각하고 할 수 없이 데려온 거죠."

딴엔 이 상황을 모면하기 위해 데려온 것이 분명했다. 일도의 무예가 오괴와 독돈처럼 출중하지 못한 것이 무엇보다 애석한 목풍아였다.

감시를 하던 수적들이 소리쳤다.

"수군수군거리지 말고 말을 하려면 크게 하란 말이야. 이상한 짓거리 하다간 국물도 없다."

수적 하나가 칼을 들이대며 위협을 하였다.

목풍아가 얼굴을 찡그리며 말했다.

"생각해 보십시오. 칼도 주지 않고 닭을 잡으라 하니 이보다도 기가 막힐 노릇이 어디 있습니까? 털 뽑을 걱정 할 필요 없는 이 닭을 목을 비틀어서 죽여야 하는 불자의 심정을 아시겠습니까?"

"몰라, 몰라. 그런 건 너희가 알아서 하란 말이야. 아가씨가 너희가 딴 짓 할지 모른다고 무기를 주지 말라는 명을 내렸으니 할 수 없어."

"그렇다면 좋습니다. 닭의 내장이 들었든 말든 그냥 솥 안에 넣을 겁니다."

목풍아가 머리 없는 닭을 바닥에 내던졌다.

"에이, 정말 귀찮군."

얼굴을 찌푸리던 수적 하나가 곽다혜에게 달려가 이야기를 전하곤 잠시 후에 단검 하나를 가지고 돌아왔다.

"좋아. 이것을 줄 테니 허튼 짓 할 생각 말아."

수적이 도끼를 들고 눈을 부라렸다.

목풍아는 일도에게 칼을 던져 주고 말했다.

"열심히 잡아서 푹 삶으라구. 많이 만들어봤을 테니 무엇을 넣어야 하는지는 잘 알고 있지?"

일도는 싱글벙글 웃으며 대답했다.

"그럼요, 그럼요. 잘 알고 있지요. 충분히 잡을 테니 염려 마시라구요."

일도는 연거푸 일곱 마리나 되는 오독계를 잡아 목을 따고 배를 가른 후 끓는 물속으로 집어넣었다. 간과 쓸개, 내장을 넣는 것도 잊지 않았다.

수적 하나가 머리를 갸웃거리며 말했다.

"이봐, 내장은 왜 집어넣는 거야? 그럼 맛이 없어지잖아."

목풍아가 손을 저으며 재빨리 말했다.

"잘 모르시는 말씀. 영약을 먹고 자란 닭이라 내장에 영양가가 가장 많다구요. 잠시나마 저와 친분이 있으신 분이니 제가 특별히 좋은 부위를 가르쳐 드리죠. 회춘계의 간은 보약 중의 보약입니다. 그걸 드시면 아마 넘쳐 나는 힘을 주체하실 수 없으실 겁니다. 각오를 단단히 하셔야 할 겁니다."

수적이 히쭉히쭉 웃으며 고개를 끄덕끄덕하였다.

잠시 후 연화보륜원 앞이 고소한 냄새로 가득하기 시작하였다. 닭을 진하게 삶은 물에 수적들의 배에서 가져온 소금과 마늘 등을 집어넣은 터라 아무도 의심하는 사람이 없었다.

목풍아는 국사를 들고 가마솥 앞에 서서 소리쳤다.

"자, 자. 어서 회춘계탕을 드시러 오십시오."

수적들이 너 나 할 것 없이 그릇을 들고 솥 앞으로 모여들었다. 미륵당 앞에 앉아 있던 곽다혜가 다가와 솥에 끓고 있는 누런 국물을 바라보다가 목풍아에게 말했다.

"허튼 짓은 하지 않았겠지?"

"아무렴입쇼. 저희가 만드는 것을 보지 않으셨습니까?"

"보통 사람들이 우리를 만나면 말도 제대로 하지 못하는데 너는 너무 능란하단 말이야."

"와하하하. 그건 제가 도력이 높은 주지스님이기 때문이지요."

목풍아가 합장을 하며 머리를 조아렸다.

"뭐, 내가 너를 믿지 않는 것은 아니지만 돌다리도 두드리라는 옛말이 있는데 조심하지 않을 수가 없구나."

"조심하지 않을 수 없다면?"

"네가 먼저 먹어봐라."

목풍아가 손을 내저으며 말했다.

"불자가 어찌 육식을 한단 말입니까? 말도 안 되는 말이죠."

곽다혜는 일도를 가리키며 말했다.

"저 중이 우리를 위해 살생을 범하였으니 이번에는 네 차례야. 먹지 않는다면 저 닭들처럼 네 목을 따주지."

목풍아는 합장을 하며 하늘을 바라보았다.

"나무아미타불, 관세음보살. 부처님도 너무하시지. 이렇게 저를 시험하실 줄이야. 할 수 없는 일이죠. 회춘계가 되기보단 파계승이 되는 것이 낫겠지요."

목풍아는 한숨을 길게 내쉬더니 그릇에 닭국물을 따라 맛있게 먹었다.

매일매일 오독계탕을 먹던 목풍아에게 맹독이 담긴 국물은 다만 닭국물일 따름이다.

"자, 되었습니까요?"

한 그릇을 맛있게 비우고 텅 빈 그릇을 보여주자 곽다혜의 얼굴에
미소가 흘러나왔다.

"좋아. 그럼 나눠줘도 좋다."

침을 삼키며 기다리고 있던 수적들이 달려들었다.

"자, 자, 마음껏 드릴 테니 드시고 다시 오시라구요."

목풍아는 수적들에게 오독계탕을 듬북듬북 담아주었다. 정신없이
국물을 퍼 먹는 수적들을 바라보며 목풍아는 미소를 지었다. 다행스러
운 것은 곽다혜가 부하들이 먹는 모습을 바라보며 기다리고 있다는 것
이었다.

"아가씨는 드시지 않을 겁니까?"

"나는 제일 마지막에 먹겠다. 내 몫은 남겨두도록 해."

"예, 예. 알겠습니다요."

신중한 행동과 담대한 언행, 그리고 부하를 생각하는 마음과 함께
움직이는 모습을 보면 여자지만 제법 그릇이 보였다. 그렇지만 단단히
망신을 주던 그 모습을 생각하면 이가 갈리는 목풍아였다. 아니, 당한
만큼 갚아야 할 복수를 떠올리면 제일 마지막에 오독계탕을 먹게 되는
것이 다행스럽게 생각되었다.

걸신이 들린 사람마냥 오독계탕을 몇 차례나 먹은 수적도 많았다.
좋은 음식을 마다할 사람이 어디 있겠는가?

국물이 바닥을 보일 무렵 곽다혜가 그릇을 내밀었다. 부하들이 식사
를 반쯤 하자 시장기가 돈 모양이었다.

"에구, 아가씨가 남은 것을 먹게 되었네요."

"호호호. 진국이 남았다고 생각하지."

'흐흐흐. 진정한 복수가 남았다고 생각해라.'

그릇을 받은 목풍아가 뒤에 서 있는 일도를 힐끔 바라보았다. 순간 일도가 곽다혜의 목에 칼을 겨누었다.

목풍아는 재빨리 곽다혜의 허리에 찬 장검을 빼 들었다.

"무, 무슨 짓이냐?"

"무슨 짓은 무슨 짓. 네년이 당할 차례란 말이지."

밥을 먹다 말고 수적들이 무기를 들고 달려들었다. 목풍아가 장검을 곽다혜의 목에 겨누고 소리쳤다.

"움직이지 말아. 만약 조금이라도 움직이는 자가 있다면 이 계집의 목에 장검이 들어갈 줄 알아라. 이 계집이 잘못되면 너희 대장이 너희를 가만 놔둘 줄 아느냐? 용기있는 자, 어디 한번 움직여 보라구."

목풍아가 들고 있던 장검을 살짝 밀었다.

"아악—"

곽다혜가 비명을 질렀다. 일이 이렇게 되고 나니 수적들도 더 이상 움직이지 않았다.

"가자, 일도야."

목풍아는 곽다혜를 인질로 삼은 후 미륵당 안으로 들어갔다.

미륵당은 들어오는 문이 하나밖에 없는 석굴이므로 후방에서 수적에게 습격당할 염려는 없는 곳이다.

미륵당 안으로 들어가자 목풍아가 소리쳤다.

"만약에 절 안으로 한 발짝 움직인다면 이 빌어먹을 계집을 가만두지 않을 거야. 알겠나?"

수적들은 서로의 얼굴을 바라보다가 소리를 질렀다.

"이 앙큼한 중 놈아, 네가 만약 아가씨를 건드리기라도 한다면 네놈을 지옥까지 쫓아가 산산이 조각내어 버리겠다."

목풍아가 미륵당 문 앞으로 나가 소리쳤다.

"금방 소리쳤던 놈이 어떤 놈이야? 어서 나오지 못해?"

도끼를 든 덩치 큰 사나이 하나가 눈치를 살피다가 앞으로 나왔다.

"네가 금방 나를 산산이 조각내어 버린다고 했느냐?"

"그, 그렇다."

"좋아. 한번 그렇게 해봐. 너 때문에 계집년이 죽은 거니까 그렇게 알라구."

목풍아가 고개를 돌려 은근한 목소리로 말했다.

"일도야, 그 계집의 목을 따라."

"아악― 안 돼."

미륵당 안에서 곽다혜의 비명 소리가 흘러나왔다. 울상이 된 사내가 갑자기 털썩 무릎을 꿇으며 소리쳤다.

"내가 잘못했다. 그러니 아가씨를 살려다오."

만약 목풍아를 죽인다 해도 자신 때문에 수적대장의 금지옥엽이 죽는다면 그 화가 고스란히 자신에게 돌아올 것이 뻔하였다. 스스로 구덩이를 판 것을 그제야 알았던 것이다.

목풍아가 목청껏 웃으며 말했다.

"와하하하. 그러니 주워 담지도 못할 말을 왜 하느냔 말이다, 이 바보 자식아. 네가 이 목춘망 어르신을 열받게 하였으니 대가를 받아야겠지?"

"무, 무슨 대가를?"

"네놈을 산산조각 내어줄까?"

사내의 얼굴이 창백하게 변하였다.

"아니면 네놈의 사지 중 하나를 받아낼까?"

사내가 손을 모아 빌기 시작하였다.

"살려주세요, 대인. 목숨만은 살려주십시오."

"호오. 목숨만은 살려달라면 네 다리 하나는 괜찮다는 말인가?"

사내가 사색이 되어 바닥에 머리를 쿵쿵 찧으며 사정을 하였다.

"대인, 살려주세요. 목숨만은 살려주세요."

"하하하하. 그럼 너에게 자비를 베풀어줄까?"

"예, 대인. 그저 아무 탈 없이 살려만 주십시오."

"와하하하. 좋아, 좋아. 그럼 즉시 대가리를 박아라."

사내가 멀뚱멀뚱 목풍아를 바라보았다.

"대가리 박으라는 말이 들리지 않아? 네 말마따나 계집의 목을 산산이 조각내어 줄까? 아니면 네놈의 팔이나 다리로 대신 받아버릴까?"

사내가 얼른 머리를 땅에 박았다.

목풍아가 두 손으로 허리를 잡고 목을 젖혀 통쾌하게 웃었다.

"와하하하. 그러게 허튼수작하지 말란 말이야. 네놈 중 하나가 허튼수작을 하면 한 사람의 목숨이 저세상으로 날아간단 말이야. 우리같이 선량한 사람도 화를 입게 되는 것이 안타까운 일이지만 그도 할 수 없는 일이지. 하지만 생각해 보라구. 계집 하나가 죽게 되면 섣불리 움직인 너희 몇은 너희 대장의 손에 반드시 목이 달아날 거란 말이야. 그렇지 않나? 그렇게 되면 누가 이득이지? 와하하하. 그러니까 찍소리 말로 가만히 있으란 말이야."

목풍아는 유쾌하게 웃으며 미륵당 안으로 들어왔다. 이때에는 도도한 곽다혜가 포박되어 매서운 눈으로 목풍아를 노려보고 있었다.

목풍아는 고개를 숙여 곽다혜의 눈을 빤히 바라보다가 갑자기 바람을 불었다. 갑작스런 바람에 곽다혜가 눈을 깜빡였다.

“와하하하.”

목풍아가 유쾌하게 웃다가 다시 고개를 숙여 곽다혜의 눈을 쏘아보며 소리쳤다.

“이런 빌어먹을 도적 년 같으니라구. 네가 그런 눈으로 나를 보면 어쩔 테냐? 어쩔 테냔 말이다.”

“흥. 제법 계교를 부렸다만 내 부하들이 지키고 있는 이곳을 쉽게 벗어날 수는 없을걸?”

“와하하하. 그건 네 생각이고, 지금은 네가 내 손아귀에 있다는 것을 명심하라구.”

목풍아는 곽다혜의 머리를 쿡쿡 쥐어박다가 자리에서 일어나 문 앞에 장검을 들고 있는 일도에게 말했다.

“일도야, 바깥 사정이 어떠냐? 약발이 받는 것 같으냐?”

바깥을 살피던 일도가 고개를 돌려 말했다.

“대장, 약발이 받는 것 같은데요? 머리를 박고 있던 놈이 거품을 물고 쓰러졌어요. 저 자식, 간을 먹었던 놈인데…… 바로 소식이 온 모양이에요.”

“와하하하. 과연 그렇군. 그렇지 않아도 식은땀을 삐질삐질 흘리더라구. 와하하하.”

“대장, 저것 봐요. 저 자식들 배를 움켜잡고 발광을 하고 야단인데요? 저런저런, 거품을 물고 뛰어다니다가 픽픽 쓰러지는데요. 저런, 바지를 벗고 아무 데서나 똥을 갈기다니……. 대장, 저놈들이 급하긴 급했나 봐요.”

“와하하하. 그것참, 효과 만점인데? 와하하하.”

과연 바깥에서 수적들의 아우성과 비명 소리가 연거푸 들려왔다. 바람을 타고 코를 자극하는 역겨운 똥 냄새가 풍겼다. 곽다혜가 창백한 얼굴로 그 소리에 귀를 기울이다가 매서운 눈으로 목풍아를 노려보았다.

"도대체 무슨 짓을 한 거지?"

목풍아가 콧노래를 부르며 다가와 곽다혜의 이마를 두드렸다.

"아직도 그걸 몰랐어? 이 바보 같은 갈보 계집아. 똑똑한 척하더니만 꼴좋다."

목풍아는 곽다혜의 주위를 빙글빙글 돌면서 입을 열었다.

"그래도 내가 만나본 사람들 중에서는 제법 신중한 계집이더군. 어려서부터 제법 똑똑하다는 소리는 많이 들었겠지만 넓은 천하를 무대로 하고, 나처럼 고수를 만나게 되면 네 재주야말로 하루살이처럼 보잘 것없다는 것을 알게 될 게다. 아니, 나를 만났으니 벌써 알았겠지. 사실 네 부하들이 먹은 것은 회춘에 효과가 좋은 회춘계가 아니라 맹독이 들어간 오독계라는 것이다. 닭 자체가 독약인데 따로 수작을 부릴 것까지 있나? 와하하하."

"닭이라면 너도 먹었잖아."

"와하하하. 이 몸은 오독계에 끄덕하지 않는 신체를 타고난 사람이라 상관없다는 말씀이야."

"그, 그럴 리가……."

"믿기지 않겠지만 사실이니 믿고 안 믿고는 네 맘이다. 나는 너에게서 받은 단도를 가지고 너를 인질로 삼으려는 마음을 먹었지. 그런데 이렇게 내가 원하는 대로 행동해 주다니 식은 죽을 마시는 기분이구나. 와하하하."

"네놈은 도대체 누구냐? 내가 누군지 알고 이러는 거야? 내 아버지

는 소호의 주인이신 수룡방의 방주이시다. 철권무적(鐵券無敵) 곽도(郭
掉)를 모른단 말이냐?"

"빌어먹을 계집아, 나 같은 무림의 영웅이 그깟 수적 우두머리를 어
떻게 알아?"

"수적 우두머리라구?"

곽다혜의 얼굴이 붉게 상기되었다.

"암만 잘 봐줘도 도적밖에 안 되는 사람을 어떻게 불러달란 말이냐?
꼴에 철권무적이라구? 와하하하. 철권무적이 아니라 금강무적이 와봐
라. 내가 무섭나?"

"도대체 너는 누구기에 그렇게 안하무인이지?"

목풍아는 잠시 곽다혜의 상기된 얼굴을 바라보았다. 그 눈빛이 잠시
반짝거리는 것 같더니 갑자기 크게 웃으며 말했다.

"와하하하. 네가 궁금하다 하니 내 이름을 말해 주지. 강호인들은
나를 추풍대협 목춘망이라고 하지."

"추풍대협 목춘망이라고?"

"추풍낙엽처럼 우수수 적들을 쓸어버린다고 강호에서 나에게 붙여
준 이름이다."

"호호호. 정말 웃기고 앉았네. 내가 그걸 믿을 줄 알구?"

"너는 잘 모를 것이다. 일 년 전 천자와 연왕의 전쟁이 한창일 무렵
나는 아미산 아래에서 백련교의 고수 오십여 명과 일전을 벌이게 되었
지. 마교의 고수 오십여 명을 추풍십일장으로 보내 버렸을 때 나는 불
행하게도 그들 중 한 사람이 던진 칠보화독침에 맞게 되었지."

"호호호호. 정말 웃기는 이야기로군."

곽다혜가 코웃음을 쳤다.

그럼에도 불구하고, 목풍아는 얼굴색 하나 변하지 않고 심각하고 진지하게 이야기를 계속하였다.

"무서운 극독이 몸에 퍼진 나는 강호를 전전하다가 사람이 찾아올 수 없는 이곳을 찾아오게 되었지. 그때 내 상처는 정말 심각했었지."

목풍아는 고개를 돌려 문 앞에 있는 일도에게 말을 걸었다.

"그렇지 않나, 일도?"

"예, 예. 굉장히 심각했었죠."

일도는 웃음을 참으며 애써 심각한 표정을 짓고는 고개를 끄덕였다.

미륵당 앞에서 들어오는 사람이 없나 감시하던 일도는 때 아닌 목풍아의 허무맹랑한 이야기를 듣고 머리를 갸웃거리던 참이었다. 처참하게 모욕을 당하였으므로 반드시 그보다 더 악랄한 보복을 할 것이라 짐작하고 있던 일도였기에 목풍아가 곽다혜에게 하는 허풍스러운 이야기의 의도가 궁금하기만 한 것이다.

곽다혜가 말했다.

"호호호, 다 짜고 하는 거짓말인 줄 알아. 내가 바보인 줄 알아?"

목풍아가 피식 웃으며 말했다.

"믿고 안 믿고는 네 생각이라니까. 아무튼 극독에 중독된 나는 이곳에서 오독계를 키워 잡아먹었지. 혹시 들어봤는가? 이독제독(以毒制毒)이라는 이야기 말이야."

"웃기고 있네."

곽다혜가 피식 웃으며 머리를 좌우로 돌렸다.

"하긴, 너같이 무식한 계집이 어찌 의술의 깊고 오묘한 경지를 알겠느냐?"

목풍아는 곽다혜의 이마를 툭툭 건드리며 말했다.

"계십니까? 거기 계시나요?"

이내 곽다혜를 바라보며 말했다.

"머리 속이 텅텅 비어 바람 소리밖에 안 들리네. 와하하하."

곽다혜가 도끼눈을 뜨고 웃고 있는 목풍아를 노려보았다.

일도는 목풍아의 유쾌한 웃음소리를 듣고 두 사람을 바라보다가 머리를 좌우로 내저었다.

'오랜만에 반반한 계집애를 만나더니 바람기가 도졌구나. 참, 못 말리겠네. 이 상황에서 저렇게 수작을 걸다니…… 쯧쯧쯧. 그런데 저런 빤한 거짓말이 먹혀들어 갈까? 대장도 참.'

이때에도 목풍아의 이야기는 계속되고 있었다.

"내 몰골이 이렇게 된 이유는 내가 극독에 중독이 되어버린 까닭이다. 해독제가 없는 극독을 이겨낼 수 있는 길은 오직 하나 극독으로 치료하는 길밖에 없단 말이다. 매일매일 이곳에서 오독계를 먹으며 상처를 치료하다 보니 이렇게 되어버렸단 말이다. 덕분에 내 무공은 완전히 없어져 버리고 말았지. 이전 같았으면 한주먹에 너희 수적 떼를 끝장낼 수 있었겠지만 지금은 이렇게 상대방을 속여 나를 지킬 수밖에 없는 신세가 되었으니 생각하면 내 인생도 참으로 가련하구나."

목풍아는 땅이 꺼져라 한숨을 내쉬었다.

문 옆에 기대에 있던 일도는 목풍아의 기름칠을 한 듯한 입과 행동을 바라보며 감탄사를 흘렸다.

'어쩜 저렇게 태연하게 거짓말을 잘할까? 우리 대장은 깊은 물속에 빠져도 살아날 거야. 왜냐면 입만 떠오를 테니까.'

이때 곽다혜는 머리와 눈썹이 없는 우스꽝스러운 목풍아의 몰골을 바라보고, 다시 오독계라는 국물을 먹고도 멀쩡한 것을 떠올렸다. 독에 관한한 목풍아의 말이 그럴듯하게 생각되었다. 하지만 무서운 마교의 고수 오십여 명과 혼자서 싸웠다는 말은 도저히 믿을 수 없었다. 아직 스무 살도 안 된 소년이 어떻게 무서운 고수들을 무찌를 수 있단 말인가.

"이봐, 나를 놀릴 속셈이지?"

목풍아는 곽다혜의 얼굴을 가까이서 바라보다가 다시금 한숨을 내쉬었다.

"네가 나에게 준 수모를 생각하면 지금 당장 네 몸에 털이란 털을 몽땅 뽑거나 밀어버려 나처럼 만들고 네 부하들 앞에서 망신을 줘야 마땅하겠지만 나는 강호에 추풍대협이라는 명성이 있는 협객인데 체면도 없이 너 같은 어리석은 계집을 희롱해 봐야 무슨 이득이 있겠느냐? 아서라, 아서."

목풍아는 손을 저으며 뚜벅뚜벅 일도에게 다가가 미륵당 바깥을 내다보았다.

바깥이 한동안 아수라장처럼 소란스럽더니 이제는 쥐 죽은 듯 잠잠하였다.

"어떻게 된 건지 확인하고 와라. 오독계를 먹고 맥이 빠진 수적들이니 너 혼자도 문제없겠지?"

"대장, 너무하시는 것 아닙니까? 저 이래 뵈도 승평현에서는 내로라 하는 주먹이었습니다. 힉… 힉."

일도는 손등으로 눈물을 닦았다.

"오괴 형님하고 독돈 형님이 너무 강해서 이렇게 찬밥 신세가 되었지만 저도 깡 하나는 알아주는 사람이었다구요. 힉… 힉."

근래 들어 눈물이 너무 많아진 일도였다. 목풍아의 눈치를 살피며 독돈의 화풀이 대상으로 고생을 많이 한 탓이리라.

목풍아가 일도의 등을 두드리며 은근하게 달래었다.

"알아, 알아. 내가 그걸 잘 아니까 너를 나의 심복으로 생각하잖아. 그렇지? 일도."

일도가 눈물이 번들거리는 얼굴을 들어 미소를 지었다. 누런 이빨이 훤히 드러났다.

"자! 일도야. 입 다물고 어서 나가서 확인해 보거라. 살아 있는 놈은 몇인지, 죽은 놈은 몇인지, 도망간 놈은 없는지 구석구석 확인해서 보고해야 한다."

"예, 대장. 저를 믿어주십시오."

의기양양해진 일도가 부리나케 바깥으로 뛰어나가 쓰러진 수적들을 일일이 확인하였다.

"그럼 이젠 귀염둥이에게 가볼까?"

목풍아는 고개를 돌렸다.

미륵당 불상 앞에 묶인 곽다혜가 도끼눈으로 노려보고 있었다.

"요, 귀여운 계집. 노려보는 눈빛이 더 사랑스럽구나."

목풍아는 곽다혜의 두 볼을 두 손가락으로 꽉 잡아당겼다. 소녀의 눈가에 눈물이 핑 돌았다. 아파서 비명도 못 지르는 소녀를 보니 너무나 기분이 좋아서 목을 젖혀 미륵불을 바라보며 크게 웃었다.

"와하하하…… 이렇게 기분이 좋을 수가 있을까? 와하하하하—"

가슴에서 뭔가가 탁 터지는 것처럼 온몸이 후련해지는 것 같았다. 갑자기 천장에서 나뭇조각과 돌멩이가 떨어져 내렸다.

"앗! 천장이 무너진다."

놀란 목풍아가 곽다혜를 잡고 미륵당 바깥으로 나왔다. 다행히 미륵당은 무너지지 않았으나 때 아닌 곽다혜가 입에 거품을 물고 기절해 있었다.

"대장, 어찌 된 거죠?"

"모르겠다. 갑자기 천장이 무너지려 하기에 데리고 나왔더니 계집이 지레 놀라서 기절한 모양이다."

목풍아가 곽다혜의 뺨을 때리며 몸을 흔들었다.

"계집아, 일어나라. 어서 일어나거라."

잠시 후 하얗게 뒤집어진 소녀의 눈이 제자리를 찾았다.

"이런 빌어먹을 계집. 그깟 일에 기절하다니, 수적의 딸이라고 도도하게 굴 땐 언제구? 쯧쯧쯧."

곽다혜는 놀란 눈으로 목풍아를 바라보며 중얼거렸다.

"무, 무슨 소릴 하는 거예요? 저는 대협의 웃음소리에 그만 정신을 잃어버리고 말았다구요."

목풍아와 일도의 눈이 마주쳤다.

"뭐라구? 내 웃음소리에 기절했다구? 와하하하."

목풍아가 배를 잡고 웃었다.

일도 역시 목풍아처럼 배를 잡고 웃는 것은 마찬가지였다.

"와하하하. 대장의 웃음에 기절했다구? 와하하하. 그런 거짓말을 치다니, 하하하하… 하…… 하…… 하."

길게 끌던 웃음을 슬그머니 멈추었다.

유쾌하게 웃고 있던 목풍아의 얼굴이 심각한 표정으로 되어 있었기 때문이다.

"일도야, 방금 지진(地震)이 있었느냐?"

"예? 지진이라뇨?"

목풍아는 정색이 되었다. 갑자기 미륵당 안에서 가슴이 후련하도록 웃던 순간이 떠올랐다. 튼튼하던 석굴 천장에서 돌과 먼지가 떨어졌다. 지진이 일어나지 않았는데 그렇게 될 수 없었다. 그리고 찰나의 순간 무거운 곽다혜를 가볍게 들고 미륵당을 빠져나왔던 것을 떠올렸다.

위험을 모면하는 데 정신이 팔렸다고 무게를 느끼지 않을 수는 없는 일이다.

가만히 자신의 손과 발을 바라보았다. 외관이 변한 것은 없었다. 얼마 전부터 뭔가 달라진 자신을 조금씩 느끼고 있던 목풍아였다. 잠을 많이 자지 않아도 피곤함을 느낄 수 없었다. 몸이 새털처럼 가볍다는 느낌이 든 것은 오괴가 가져온 대단환을 먹은 다음날부터였다.

목풍아는 바닥에 떨어져 있는 박도의 검신을 두 손가락으로 집었다. 가볍게 손가락에 힘을 주었다.

땅—

경쾌한 금속성을 내며 박도가 맥없이 부러져 버리고 말았다. 일도와 곽다혜의 눈이 황소처럼 휘둥그레졌다.

목풍아는 멍하게 고개를 돌려 석굴 안에 잠자코 서서 온화한 미소를 흘리고 있는 미륵부처를 바라보았다.

'빌어먹을…… 신은 나에게 힘을 주는 대신 내 소중한 털을 가져가셨단 말인가?

목풍아는 두 주먹을 불끈 쥐었다. 그리고 원망 가득한 얼굴로 하늘을 향해 소리를 질렀다.

빌어먹을~

갑자기 커다란 고함 소리가 고요한 섬을 쩌렁쩌렁하게 울렸다. 놀란 새들이 섬 위로 무리 지어 날아올랐다.

빌어먹을─ 빌어먹을─ 빌어먹을─ 빌어먹을─

고요한 호수 저 멀리에서 요상한 메아리가 은은하게 달음질치고 있었다.

천둥이 치듯 고함을 지른 목풍아는 길게 한숨을 내쉬었다.

"빌어먹을~"

머리 속에서 수많은 생각들이 빠르게 교차하였다. 힘이 생긴 것은 목풍아에게는 정말로 다행이었다. 자신의 가장 큰 문제점이 극복될 수 있는 좋은 기회였기 때문이다.

머리가 빠진 것은 애석한 일이지만 현재로서는 되돌릴 수 없는 일이다. 아니, 더 이상 집착할 필요가 없는 것이다. 지금은 머리가 빠진 대가로 생겨난 괴력을 자신의 문제점을 보안하고 다른 일에 연결시킬 생각을 하고 있는 목풍아였다.

눈앞에 있는 수적의 딸 곽다혜를 바라보니 여러 가지 생각이 떠올랐다.

'이 계집을 이용해 볼까?

목풍아는 처연히 한숨을 쉬면서 곽다혜의 얼굴을 바라보았다.

"내 힘이 돌아왔나 보다. 이럴 줄 알았으면 오독계를 사용하지 않아도 좋았을 텐데…… 할 수 없는 일이지. 덕분에 살상을 줄였으니 말이다."

목풍아는 시치미를 떼면서 곽다혜의 눈앞에 주먹을 이리저리 돌렸다. 여인의 손가락처럼 여린 손가락이 쇠로 만든 박도를 부서뜨릴 줄이야 상상이나 하였겠는가?

곽다혜는 멍하게 목풍아를 바라보았다. 이런 생각지도 못한 괴력을 자신의 눈으로 보게 되었으니 미륵당 안에서 목춘망이 마구 지껄였던 이야기를 믿지 않을 수도 없는 노릇이 되고 말았다.

손가락으로 박도록 부러뜨리는 괴력, 석굴 속에서 자신을 기절하게 만들었던 사자후는 심후한 내공이 없는 사람이 보여줄 수 있는 재간이 아니었던 것이다.

꿀 먹은 벙어리처럼 자신을 바라보는 곽다혜를 보곤 목풍아는 자리에서 벌떡 일어나 일도에게 말했다.

"일도야, 너는 계속해서 내가 시킨 일을 하도록 해라. 살아 있는 놈은 단단히 포박시켜 놓고, 저 계집은 저대로 미륵당 안에 놔두고 말이다."

"예, 대장."

일도는 곽다혜를 들쳐 업고 미륵당 안에 데려다 놓은 후 수적들의 상태를 부지런히 살폈다.

목풍아는 닭장으로 다가가 사람이 있나 없나 살펴보았다. 사람이 없었다.

목풍아는 작년 봄에 구룡방에서 오괴와 독돈에게 들었던 무공을 생각나는 대로 따라 해보았다. 한 번 듣거나 본 것은 서의 잊어버리지 않는 총기를 가진 목풍아이기에 자신이 기록까지 해둔 무공들이므로 잊어버리지 않고 곧잘 따라 할 수 있었지만 평생을 단련한 무예가 아닌 까닭에 동작이 어린아이처럼 서툴기 그지없었다.

"제길. 나는 무예하고 안 맞는가? 이런 모습을 보여줬다가는 추풍대협은커녕 삭풍대협이라는 소리 듣겠네.”

한숨을 쉬고 있으려니 자신이 아무렇게나 던져 놓았던 오괴가 준 책이 눈에 들어왔다. 풀숲 아래에 아무렇게나 펼쳐져 있었는데 글을 모르는 수적들이 건드리지 않고 놔두었던 모양이다.

미륵당 앞에서 일도의 호통 소리와 수적들의 비명 소리가 들려왔다. 저항을 하려다가 일도에게 죽도록 맞고 있는 것이 분명하였다.

“살려주세요.”

“이 자식이, 감히 나에게 대항을 해? 이리 와.”

“아이구, 살려.”

목풍아가 미륵당 앞에서 들려오는 소리에 빙그레 미소를 지으며 천천히 그 책을 집어 들었다.

큰 소나무 옆에 쭈그리고 앉아 책을 바라보는데 앞부분과 뒷부분에 글이 있을 뿐 오직 그림만 그려져 있었다.

‘요상하군.’

궁금증이 더해갔다. 궁금함이 있으면 참지 못하는 목풍아였다. 어려서부터 반드시 궁금증을 풀어야만 직성이 풀리는 목풍아는 가만히 서문을 읽어 나갔다.

“음, 오괴가 말하길 무당태극권은 장삼풍 조사 백 세에 만들어졌다 하였는데 이건 그보다 더 훗날 만들어진 것이로구나. 그럼 무당태극권보다 더 심오한 무공이 틀림없다. 자세히 그림을 살피고 권결의 묘리를 궁리하여 살핀다면 그 안에 깃든 무한한 기쁨을 발견하리라 하였는데 그림만 있고 글이 없으니 도대체 무슨 의미란 말인가?”

목풍아는 책 속에 그려진 그림을 뒤적거리다가 마지막 장에 있는 짧은 글을 바라보았다.

황량한 무인도의 마른 나무 어느 때 푸른 잎 날 것인가[荒島枯木何時靑].

모습을 생각하노니 우습다. 까까머리 아이 놈아[思形嘛嘛光頭兒].

궁리하고 궁리하고 또 궁리해 보라[窮理窮理又窮理].

무궁한 묘리를 그림 속에서 발견하리라[妙理無窮其中畵].

시를 읽고 있던 목풍아의 안색이 창백하게 변하였다.

'이럴 수가…… 장 진인이 도통한 인물이라 하더니 과연 그 말이 사실이구나.'

황량한 섬에 잎이 나길 바라는 고목이라 함은 여지없이 목풍아를 가리키는 말이다. 머리가 없는 자신을 광두아(光頭兒)라고 표현한 것을 보면 목풍아가 태어나기 전에 이미 이런 날이 있을 줄 알고 있었다는 말이다.

무당산 깊은 석굴 안에서 목풍아가 이곳에 앉아 자신이 지은 책을 보고 있는 것을 눈앞에 보기라도 하는 것처럼 이 시문을 적어놓았다. 갑자기 온몸이 찌릿해져 오는 것을 느꼈다. 천재와 천재는 통하는 바가 있는 것인지도 모른다.

"아! 이 책은 장 진인께서 나를 생각하시고 만들어준 책이로구나."

목풍아는 공손히 책을 바닥에 놓고 구배지례(九拜之禮)를 올렸다. 진심으로 존경하지 않을 수 없는 사람이었다. 석굴 속에서 허연 수염을 쓰다듬으며 웃고 있는 모습이 눈앞에 그려지는 듯하였다.

목풍아는 다시금 책을 잡고 궁리에 빠졌다. 말하자면 서문과 시문에서 장삼풍은 목풍아에게 단서를 남긴 것이다.

"무궁한 묘리가 그림 속에 있다."

목풍아는 책장을 넘겨 그림을 하나하나 뚫어지게 바라보았다. 평범한 그림일 뿐이다. 이미 오괴의 무공을 연구한 적은 있지만 이 그림과는 차이가 있었다.

한 장씩 아무리 살펴보아도 목풍아는 뭔가를 찾아낼 수 없었다. 이마에 땀이 송골송골하게 나왔다. 이렇게 목풍아를 괴롭힌 책은 이전에는 없었다. 그럴 때마다 장삼풍이 '이 대머리 자식아, 아직도 찾아내지 못했느냐?' 하고 웃는 모습이 눈앞에 그려졌다.

"제길."

목풍아는 땅바닥에 벌러덩 누워 하늘을 바라보았다. 푸른 하늘은 깊고도 높았다. 먹이를 찾는 솔개가 하늘에 원을 그리고 있었다.

'가만가만.'

목풍아는 자리에서 벌떡 일어났다.

그리고 책을 펼쳤다. 그림이 그려진 부분은 한 면이었다. 일반적으로 그 뒷장에도 글이나 그림이 있기 마련인데 그림은 오직 한 면에만 그려져 있었던 것이다.

'장 진인은 아마 내가 무공을 할 수 없다는 것을 알고 있었을 것이다. 무공을 배운 적이 없는 사람에게 가르쳐 주려면 직접 보여줄 수밖에 없는데 동작을 보여주려면 어떻게 해야 할까?'

목풍아는 책을 들어 첫 번째 그림이 그려진 책장 다음 편을 빠르게 넘겼다.

"아하."

목풍아는 자신의 머리를 탁 하고 쳤다.

그랬다. 같은 그림인 것 같았지만 빠르게 책장을 넘기니 작은 변화가 눈에 보이기 시작하였다.

계속해서 책장을 빠르게 넘겼다. 마치 한 사람이 살아 있는 것처럼 동작이 그려지기 시작하였다.

"이런 교활한 늙은이 같으니라구."

이렇게 생각할 수 있는 장삼풍에 대한 감탄이 절로 나왔다.

'이런 생각을 어떻게 하였을까? 과연 장 진인이로구나.'

책장을 빠르게 넘길수록 동작은 선명하게 드러났다. 그것은 두 가지 다른 그림이 그려져 있었는데, 첫 번째는 발의 움직임이 주를 이루고 있었다.

마치 발이 여러 개가 된 것처럼 빠르게 움직이고 있었는데 머리에 암기를 한 후 목풍아는 그림 속 사람처럼 발을 움직이기 시작하였다. 총기가 대단한 목풍아이기에 그림 속의 움직임을 곧잘 따라 할 수 있었는데 잠시 후 단전이 후끈거리면서 발바닥과 다리에 뜨거운 기운이 흐르는 것을 느낄 수 있었다.

빠르게 동작을 따라 하다 보니 발이 두서너 개가 된 것처럼 빠르게 움직이고 있었다. 발을 한 번 움직일 때면 바닥에 흙먼지가 피어오를 정도였다.

'이건 아무리 생각해 보아도 보법 같은데……'

가볍게 땅을 차니 몸이 허공으로 훌쩍 뛰어올랐다. 마치 오괴와 독 논이 되어버린 것처럼 빠르고 가볍게 나무를 차고 뛰어다닐 수가 있었다.

'우와, 이게 말로만 듣던 경신술인가?'

목풍아는 자신의 발을 바라보다가 땅을 차고 훌쩍 허공으로 솟구쳤다. 마치 제비가 된 것처럼 나뭇가지를 차고 오른 목풍아는 다시 가볍게 착지하였다. 몸이 가벼워 높은 곳에서 떨어졌는데도 큰 이상이 없었다.

"와하하하. 이건 참 절묘하구나. 좋아. 그럼 이것의 이름을 지어주자. 이것은 미꾸라지가 용이 된 것과 같으니 추룡보(鰍龍步)라고 하자."

목풍아는 이번에는 두 번째 다른 그림을 빠르게 넘겨보았다. 첫 번째 그림이 다리를 움직이는 것이었다면 두 번째 그림은 다리와 손을 함께 움직이는 것이었다.

다리의 보법은 처음 것과 비슷하여 두 번째 그림도 어렵지 않게 따라 할 수 있었다. 그런데 두 팔을 어지럽게 휘두르지만 발에 자꾸만 힘이 들어가는 것이 어렵지 않게 발을 공격하는 수법임을 깨달을 수 있었다. 그동안 오괴에게서 보았던 무공과는 전혀 다른 무공임을 목풍아는 약간씩 깨달을 수 있었다.

"제길. 장 진인이 내 머리 위에 있구나. 마치 내가 끙끙거리는 것을 즐기는 것 같네. 참나."

목풍아는 한참 동안 책을 바라보다가 벌렁 땅바닥에 드러누웠다.

"하하하. 아마 장 진인께서도 나를 이렇게 놀릴 생각을 하느라 오랜 시간 고생을 하셨을 것이다. 정말 재미있는 분이시군."

시름없이 흘러가는 구름을 바라보던 목풍아의 머리에 번쩍 무엇인가가 떠올랐다.

"그렇지. 오괴는 무공이 하체를 근원으로 한다고 말한 적이 있었어. 하체가 움직일 수 없게 되면 무공을 쓸 수 없을 것이고 나를 공격하지도 못할 것이 아닌가. 그렇다면 이것은 발을 공격하는 법이구나. 발등을 밟아 적의 움직임을 막아버린다면 이것이야말로 죽이지 않고 죽인 것이나 마찬가지. 와, 정말 대단하군."

목풍아는 자리에서 벌떡 일어나 그림과 똑같이 행동하기 시작하였다. 다리에 힘이 가는 대로 밟아가니 팡팡― 하는 소리와 함께 땅에 발자국이 파이고 먼지가 일었다. 전에는 상상할 수도 없는 위력이었다. 만약에 자신의 발에 밟히게 된다면 발등의 뼈가 부러져 버리게 될 판이었다.

목풍아는 자신이 이렇게 무서운 위력의 무공을 사용할 수 있게 된 것이 놀랍게만 느껴졌다. 그리고 보면 이 무술은 장삼풍이 무술의 초보인 자신을 가르치기 위해 쉽게 만들어놓은 것이 틀림없었다. 대단환 역시 이 책을 목풍아가 배우기 쉽도록 안배한 것이 분명하였다. 장삼풍을 생각할수록 목풍아는 절로 감탄이 흘러나왔다. 다시 한 번 무공을 따라 해보았다. 마치 맞춤 무공처럼 목풍아에게 잘 맞는 무예였다. 손과 발을 허우적거리지만 사방의 방위를 정확하게 밟으며 발등과 발목을 공격하는 무공은 초보인 목풍아가 펼치기에 더없이 안성맞춤이었다.

목풍아는 하던 동작을 멈추고 푸른 하늘을 바라보았다.

"시대가 맞았다면 한번 만나뵈었으면 좋았을 텐데…… 그러한 천고의 기재를 만나볼 수 없다는 것이 안타깝구나."

장삼풍이 웃는 모습이 눈앞에 그려졌다. 그의 안배가 없었다면 이 모든 것이 불가능한 일이었음에 틀림없다. 그런 점을 미루어보면 오괴와 독돈을 만난 것 역시 그렇게 될 수밖에 없는 운명이 아닐까 생각이 들었다.

"좋아. 그럼 이 권술은 내가 지은 별호를 따서 추풍각(秋風脚)이라고 부르자. 통틀어 이 권법을 추풍신권(秋風神拳)이라고 하지 뭐. 와하하

하. 어떻습니까, 장 진인님? 책 이름이 없는 것을 보니 내가 이름을 지어주길 바라신 것 같은데 어떻습니까? 내가 지은 이름 괜찮습니까? 와하하하."

목풍아는 장삼풍이 들으라는 듯 하늘을 바라보며 목을 젖혀 웃었다. 그때였다.

"대장, 대장."

일도가 허겁지겁 뛰어왔다.

"시킨 일은 다 했느냐?"

"예. 수적들의 숫자는 모두 오십 명입니다. 그중에 죽은 자가 두 사람, 나머지는 배탈이 나서 모두 끙끙거리고 있습니다요. 미륵당 앞에 모두 묶어놓았는데 가보시겠습니까?"

"가자."

목풍아가 벌떡 자리에서 일어나 미륵당 앞으로 가보았다. 오십여 명의 수적들이 신음을 하고 있었다.

목풍아는 미륵당 앞에서 큰 소리를 쳤다.

"이 자식들아, 감히 누구 앞에서 수작질이냐? 죽고 싶은 게냐?"

"살려주십쇼, 공자님. 살려주십쇼."

수적들이 손을 모으거나 머리를 조아리며 목풍아에게 빌었다.

"와하하하. 내가 자비로운 사람이라는 것을 한번에 알아본 모양이구나."

목풍아는 옆에 있는 일도에게 귓속말을 하였다. 일도가 두 눈을 휘둥그레 뜨고 물었다.

"대장, 왜 그러세요? 저놈들을 풀어주면 큰 화를 당할 거라구요."

"와하하하. 걱정할 것 없어. 내가 생각이 있으니 염려 붙들어 매라

구. 이번 기회에 이 추풍대협께서 수룡방을 완전히 소탕해 버리고 말
테니까 말이다."

일도는 목풍아가 또 무슨 꿍꿍이가 있으려니 생각하고 재빨리 불당
안으로 뛰어들어 갔다.

잠시 후 일도는 희고 둥근 환을 수십여 알 가지고 나왔다. 목풍아가
둥근 환을 들고 말했다.

"이 환을 먹어라. 그럼 너희를 풀어주마."

"그, 그게 뭔가요?"

"딴말하지 않겠다. 싫다면 지금 당장 절벽으로 밀어줄 테니 잘 가거
라. 수적들이니 용왕님께서 얼씨구 하며 받아주실 게다."

"아닙니다, 아닙니다. 먹겠습니다."

"저도 먹겠습니다."

수적들이 머리를 땅에 쿵쿵 찧으며 필사적으로 소리쳤다.

옆에 있는 일도가 큭큭거리며 웃었다. 언제나 한 가지 길밖에 주지
않는 목풍아임을 잘 아는 까닭이다.

일도는 목풍아가 시킨 대로 차례로 수적들의 입에 환약을 넣어주었
다. 한 사람도 빠지지 않고 환을 삼킨 것을 확인한 후 일도가 목풍아에
게 돌아와 보고하였다.

"대장, 모두 다 약을 먹었습니다."

일도가 눈을 찡긋하였다.

목풍아가 씨익 웃으며 수적들에게 말했다.

"좋아, 좋아. 그럼 너희가 먹은 약이 어떤 것인지 가르쳐 주지. 그
약은 만독십오환(萬毒十五丸)이라는 독약이다. 어째서 십오환이냐 하
면 십오 일 후에 독이 온몸에 퍼져서 죽게 되기 때문이다."

수적들의 얼굴이 참혹하게 일그러졌다.

"와하하하. 너무 겁먹을 것은 없다. 지금부터 십 일 후에 다시 나를 찾아오면 해독약을 구해주마. 해독약을 먹게 되면 다시 살아날 수 있으니 염려 말라구. 와하하하."

한바탕 웃고 난 목풍아는 일도에게 말했다.

"자, 저놈들을 풀어줘라."

"예? 저놈들의 수가 사십팔 명이나 되는데 한꺼번에 덤벼들면 어쩌시려구요."

"걱정할 것 없어. 저놈들은 무기도 없고 힘도 없잖아. 수틀리면 네가 들고 있는 칼로 다 죽여 버리던가. 아니, 아니, 그럴 것까지도 없어. 내게 무슨 일이 생기면 저놈들은 십오 일 후에 끔찍한 시체로 변하고 말 텐데 안 그런가?"

"그건 그렇지요."

"그러니 염려 말고 내 말대로 해."

일도가 도검을 들어 수적들의 포박을 풀어주었다. 일도가 가져온 환약은 밀가루를 동그랗게 뭉쳐 만들어놓은 것이었으므로 효과가 없다 할 수 있었다.

그렇지만 오독계를 먹고 고생을 한 수적들이라 그것이 밀가루인지 분간할 수 없었다. 아니, 설사 이상한 생각을 가지고 있다손 치더라도 목풍아가 포박을 풀어주며 당당하게 큰소리를 치고 있으니 믿지 않을 수도 없었다.

수적들은 쾡한 얼굴로 맥없이 손을 내밀었다. 이제 만독십오환이라는 독약을 또 먹었으니 포박이 풀렸음에도 기운이 나지 않았는지 한 사람도 일어나는 사람이 없었다.

목풍아가 그들에게 말했다.

"만독십오환의 해독약을 만들려면 열흘 정도 시간이 필요하다. 너희는 열흘 후에 나를 찾아와라. 만약 그동안 나를 방해하면 너희 목숨을 장담할 수 없다."

그때 수적 하나가 무릎걸음으로 기어와 말했다.

"공자님, 저희 목숨을 제발 살려주십시오. 만약에 공자님이 이 길로 멀리 떠나신다면 저희는 죽은 목숨이 아니겠습니까?"

목풍아는 가슴을 두드리며 말했다.

"나는 거짓말을 하지 않는 사람이다. 너희가 믿지 못하겠다면 할 수 없는 일이지. 너희가 약속을 지키는 이상은 나도 너희를 속일 생각은 없다."

"그, 그렇지만……."

목풍아는 손을 내저었다.

"내 이야기는 끝났다. 내 결정에 따르지 못하겠다면 너희 마음대로 하라. 그렇게 되면 우리도 끝내 죽겠지만 대장의 계집과 너희도 고통에 몸부림치다가 끝내 저세상으로 가버리고 말겠지."

목숨이 달린 일이었다. 수적들이 눈치를 살피며 수군거리다가 입을 열었다.

"그렇다면 공자님의 배를 가져가면 안 되겠습니까?"

"이 자식들이 장난치나? 너희가 나와 협상을 할 상황이냐?"

"그건 아니지만……."

"아니긴 뭐가 아니야? 너희가 나를 믿지 못하나 본데. 좋아, 그럼 내가 멀리 떠나 버리던가, 아니면 지금 너희를 절벽 아래로 떨어뜨려 버리고 가던가 둘 중에 하나로 하지."

수적들의 바닥에 털썩 꿇어앉아 머리를 쿵쿵 찧으며 사정하였다.

"아이구, 저희가 잘못했습니다. 한 번만 살려주십시오."

틀린 말이 아니었다. 상대방이 독약을 먹여놓고 포박을 그대로 놔둔 채 섬을 떠나 버린다면 그것으로 끝이었다. 배가 없다면 어디로 갈 수도 없으니 꼼짝없이 죽은 목숨이 될 수밖에 없다. 이건 처음부터 협상이 되지 않는 조건이었다.

목풍아가 말했다.

"어리석은 놈들아, 내가 배가 필요한 이유는 도망을 가기 위해서가 아니다. 뭍으로 나가야 해독약을 구할 수 있기 때문이란 말이다. 너희가 배를 가져가 버린다면 내가 어떻게 너희를 구할 해독약을 구할 수 있겠느냐. 그렇지 않느냐?"

수적들이 그 뜻을 깨달았지만 거짓일까 두려워 필사적으로 손을 모아 빌었다.

"그, 그렇지만 아가씨는 건드리시면 안 됩니다. 저희가 죽습니다."

"그 걱정이라면 붙들어 매도 좋다. 나도 그런 몰염치한 계집은 싫으니까 말이다. 너희는 나를 믿고 돌아가도 좋다."

수적들이 눈치를 보다가 목풍아에게 절을 꾸벅 하곤 벼랑으로 난 계단을 따라 내려가기 시작하였다.

일도가 목풍아에게 다가가 조용하게 말했다.

"대장, 열흘 후에 오괴와 독돈 형님이 오겠네요. 그때 수룡방을 때려잡으시려구요?"

목풍아가 고개를 내저었다.

"아마 오늘 저녁에 수적들과 대장이 나를 찾아올걸?"

"예? 그게 무슨 말씀이에요?"

"딸이 사로잡혀 있는데 가만히 있을 아버지가 어디에 있겠느냐?"

"그럼 알고도 그러신 것이에요?"

목풍아가 고개를 끄덕거렸다.

"병법에 승산이 없으면 싸우지 않는다 하였다. 야음을 틈타 떼거지로 몰려올 텐데 우리 두 사람이 무슨 수로 이겨? 저들이 물러가면 뭍으로 잠시 피신하자. 어차피 저들이 먼저 약속을 어길 테니 내가 약속을 어기는 것은 부끄러운 일이 아니야."

"그 다음은 어떡하시려구요."

"이 자식 정말 말이 많구나. 너는 내가 시키는 대로만 해. 내가 시키는 대로만 하면 오괴와 독돈 없이도 수룡방을 무너뜨릴 수 있으니 말이야."

"예."

일도는 주눅이 들어 고개를 푹 숙이며 눈치를 살폈다. 도대체 어떻게 수적들을 무너뜨린단 말인가? 알 수 없는 일이었다.

이때 목풍아는 천천히 벼랑으로 다가가 수적들의 배가 섬을 나가는 것을 지켜보았다.

배가 섬을 빠져나가자 돛이 펼쳐졌다. 바람을 맞아 돛이 불룩하게 솟아나며 빠르게 물살을 가르기 시작하였다.

배가 멀어지는 것을 바라보다가 목풍아는 일도에게 소리쳤다.

"일도야, 어서 도망칠 준비를 하자. 짐을 챙기고 계집애를 데리고 나와라."

"예, 대장."

일도가 재빨리 미륵당 안으로 뛰어들어 갔다.

잠시 후 일도가 곽다혜를 데리고 미륵당 밖으로 나왔다.

목풍아가 빙그레 웃으며 곽다혜의 얼굴을 바라보다가 일도에게 말했다.

"이 계집을 풀어주거라."

"예? 대장, 계집을 풀어주라니요? 이 눈 보세요. 살쾡이처럼 독한 계집인데 무슨 짓을 할지 모른다구요."

"그깟 계집 하나 다루지 못해서야 말이 되겠느냐? 헛소리하지 말고 어서 풀어줘."

일도가 구시렁거리며 가지고 있던 칼로 곽다혜를 풀어주었다.

순간 곽다혜가 일도의 가슴을 밀치며 주먹으로 목풍아의 가슴을 내질렀다.

퍽—

여자지만 제법 묵직한 주먹이었다. 가슴 가운데를 정통으로 맞은 목풍아가 한 걸음 물러났다가 천천히 몸을 폈다.

바닥에 쓰러진 일도는 숨이 멎은 사람처럼 목풍아를 멍하니 바라보았다. 그때 목풍아는 아무렇지 않은 표정으로 빙그레 웃었다.

"지금 장난치는 거야?"

곽다혜의 얼굴이 창백하게 변하였다. 곽다혜는 분명 목풍아의 가슴 가운데 있는 급소를 때렸던 것이다. 아버지가 철권무적이라는 별호가 있는 까닭에 그녀의 주먹 실력 역시 보통은 넘었다. 더구나 상대가 방심한 틈을 타서 일격필살을 노렸지만 의외였다.

목풍아는 빙그레 미소를 지으면서도 속으로는 이를 갈았다.

'빌어먹을 계집.'

아팠다. 하지만 여자의 주먹에 맞고 비명을 지르기에는 목풍아의 자존심이 용납하지 않았다.

고통을 참으려 이를 악물며 저도 모르게 발을 움직였다. 목풍아의 신형이 빠르게 좌우로 움직이기 시작하였다. 자신이 잠시 전에 이름을 붙인 추룡보였다. 발을 빠르게 움직이며 참았던 비명을 기합처럼 내질 렀다.

"오오오옷(아프다)―"

눈물이 핑 돌았다. 이렇게 기합처럼 비명을 지르지 않고는 너무나 가슴이 아파 견딜 수 없을 것 같았다.

"아아아앗(아프다)― 홋(악)― 홋(악)―"

목풍아는 비명 같은 기합을 지르며 미친 듯이 사방을 휘저으며 뛰기 시작하였다. 일도는 무예를 할 줄 모르는 목풍아가 갑자기 사방팔방으 로 빠르게 움직이며 요상한 기합을 지르자 어안이 벙벙하여 목풍아의 잔영을 좇기에 바빴다.

한동안 바깥을 뛰어다니다 보니 고통이 많이 가셨다. 미륵당 마당 가운데 서 있는 곽다혜의 모습이 눈에 들어왔다.

"이런 빌어먹을 계집."

노기충천한 목풍아가 빠르게 곽다혜에게 다가갔다.

"저리 가지 못해?"

놀란 곽다혜가 잇달아 주먹을 휘둘렀지만 목풍아의 움직임이 더 빨 랐다. 목풍아는 주먹을 미꾸라지처럼 피하며 두 발로 땅바닥을 콱콱 밟았다.

쾅― 쾅―

먼지가 풀썩 일어나며 곽다혜가 밟았던 땅바닥에 발자국이 생겨났 다.

곽다혜의 안색이 창백하게 변하였다. 방향을 종잡을 수 없었다. 좌우에서 펼치는 쌍장에 눈이 팔린 사이에 발을 노리는 무서운 공격이 지나가고 있었던 것이다. 무섭게 빠른 발의 속도에 곽다혜는 간담이 서늘하였다. 뒷걸음질치는 발을 따라오며 밟아가는 상대방의 발이 무섭게만 느껴졌다.

"아… 앗."

공격할 실마리를 찾지 못하고 뒷걸음질치던 곽다혜는 어느 틈에 뒤편에 서 있던 일도에게 잡히고 말았다.

일도가 곽다혜의 허리를 두 팔로 잡았다.

"이 계집이 감히 우리 대장을 쳤겠다?"

일도는 곽다혜를 바닥에 내동댕이치곤 재빨리 포승줄로 곽다혜의 손목을 묶었다. 앙탈을 부렸지만 일도의 완력을 당해낼 수 없었다.

목풍아가 가만히 서서 그 모습을 지켜보다가 입을 열었다.

"계집을 일으켜 세워라."

일도가 곽다혜의 멱살을 잡아 일으켰다.

곽다혜가 표독스런 눈으로 목풍아를 노려보았다.

가까이 다가간 목풍아가 갑자기 곽다혜의 눈에 바람을 불었다. 눈을 깜박거렸다.

"노려보는 눈이 살쾡이 같구나. 어째서 나는 이렇게 표독스러운 계집이 귀여워 보일까? 너무 귀엽단 말이야."

목풍아는 두 손가락으로 곽다혜의 두 볼을 꼬집었다. 두 볼이 늘어지며 곽다혜의 두 눈에 눈물이 핑 돌았다.

"일도야, 살쾡이가 이를 드러내기 전에 어서 재갈을 물려 버려라. 독사 같은 입을 가진 계집이다."

"예, 대장."

일도가 기다렸다는 듯이 곽다혜의 입에 재갈을 물렸다.

"빌어먹을 수적의 딸 주제에…… 하는 짓도 비겁하군. 하긴 약한 사람을 놀리길 좋아하는 계집인데 어련하려구."

목풍아는 곽다혜를 경멸하는 눈으로 바라보다가 일도에게 소리쳤다.

"이 계집은 너무 재수가 없어. 좋게 대해주려다가도 그럴 마음이 싹 가신단 말이야."

목풍아를 바라보는 곽다혜의 두 눈에 눈물이 어리었다. 이내 닭똥 같은 눈물이 뺨을 타고 흘러내렸다.

목풍아는 뒤도 돌아보지 않고 어슬렁거리며 미륵당 안으로 들어갔다.

슬쩍 바깥을 바라보니 곽다혜가 주저앉아 울고 있었다.

"제기랄."

목풍아는 씁쓸한 마음으로 가슴을 문질렀다.

"아버지가 철권무적이라 하더니 제법 매운 주먹을 가지고 있구나. 아파서 죽는 줄 알았네. 못된 계집 같으니라구."

목풍아는 웃옷을 벗었다. 품속에 장삼풍이 줬던 책이 있었기에 급사를 면할 수 있었던 것이다.

'기가 죽었을 줄 알았더니 수적 딸 아니랄까 봐 악랄하기가 주소천의 뺨을 치는구나. 못된 계집 같으니라구.'

목풍아는 주변을 두리번거리다가 미륵당 석불 뒤에 벗어놓은 백보갑을 찾아 입었다.

"젠장, 이게 있었으면 그나마 나았을 텐데…… 앞으로는 꼭 입고 다녀야겠다."

백보갑을 입고 웃옷을 입은 목풍아는 다시 품 안에 추풍신권을 집어 넣고 가슴을 툭툭 쳤다. 왠지 모르게 기분이 든든하였다.

좌우를 둘러보던 목풍아는 바닥에 떨어진 칼을 주어 바깥으로 나와 울고 있던 곽다혜의 길게 땋은 머리끝을 한주먹 잘랐다.

곽다혜가 놀라 몸을 꿈틀거리며 앙탈을 부렸다.

목풍아가 곽다혜의 눈앞으로 다가가 말했다.

'이게 무슨 짓이냐구? 내가 네년의 머리를 끊든, 나에게 하였던 것처럼 빨가벗겨 버리든, 무슨 짓을 하든 네가 무슨 상관이야? 머리털을 모조리 반짝거리게 밀어버리고 오독계처럼 빨가벗겨 버릴까 보다.”

목풍아는 천천히 닭장으로 다가가 남은 한 마리 닭을 바라보다가 혀를 찼다.

“불쌍하지만 할 수 없는 일이지.”

목풍아는 일도를 불러 닭을 잡게 하였다. 일도가 잠자코 마지막 한 마리 남은 오독계의 목을 비틀어 땅바닥에 굴러다니는 그릇에 피를 담았다.

목풍아는 피를 든 그릇을 가지고 미륵당 안으로 들어가 곽다혜의 머리를 붓으로 삼아 허연 벽면에 글을 쓰기 시작하였다.

몰염치한 수적 우두머리 보아라.

무릇 장수는 부하를 자식처럼 여긴다 하였다. 그런데 네 딸은 귀하고 독약을 먹은 부하들의 목숨은 안중에도 없으니 어찌 된 일인가. 네 부하들을 모조리 죽일 셈인가?

대장의 어리석음 때문에 빚어진 일이니 사흘을 연장하겠다. 부하들의 목숨을 살리고 싶다면 십삼 일 후에 이 섬으로 찾아오기 바란다.

바보 수적대장 놈아, 나는 약속을 지키는 사람이다. 의심하지 말지어다. 나를 찾아다닌다면 나는 영원히 돌아오지 않을 것이니 그리 알고 어리석은 짓 하지 않길 바란다.

"와하하하. 분통이 터지겠지. 내분도 자연히 생겨날 테고…… 하하하."

붓으로 사용하던 곽다혜의 머리채를 던져 버리고 목풍아는 크게 웃었다.

잠시 후 미륵당을 나온 목풍아는 일도와 곽다혜를 데리고 벼랑을 내려가 배를 타고 소호를 나왔다.

제법 해가 떨어지는 시간이 빨라져서 배가 뭍으로 나왔을 때에는 땅거미가 깔리는 밤이 찾아오고 있었다.

목풍아는 동쪽 하늘에서 별빛이 반짝거리는 것을 바라보며 코웃음을 쳤다.

"지금쯤 열심히 섬으로 올라가고 있겠구나. 바보 녀석들."

배를 갈대밭에 숨기던 일도가 소호를 바라보는 목풍아에게 물었다.

"대장, 정말 대장 혼자서 수룡방을 깨뜨릴 수 있겠어요?"

"그럼, 지금부터 십삼일 후면 수룡방의 조직이 산산이 분해되어 버린다. 부하가 없는 조직이라…… 와하하하. 정말 웃기지 않느냐?"

"정말 그런 일이 생길지 저는 짐작이 안 되는데요?"

"대의가 없는 수적의 조직이라는 것은 모래로 지은 집과 같아서 허물어지기가 무척이나 쉽지. 더구나 그 자식을 보면 그 아비를 안다 하였으니 제법 힘은 있지만 강자에게는 약하고 약자에게는 강한 전형적인 망나니가 분명하다. 결국 승산은 나에게 있다는 말이다. 와하하하."

목풍아가 그렇다는데야 할 말이 없었다. 생각이 자신이 닿지 못하는데 있는데 어찌 더 할 말이 있겠는가. 이미 그의 능력을 아는 일도이기에 더 물어볼 것도 없이 곽다혜의 눈치를 살피며 조용하게 소곤거렸다.

"그건 그렇고, 정말 대장의 무공이 대단하던데요? 도대체 언제 배운 거예요?"

"어제 배웠지. 하지만 아직 무궁한 묘리를 모르고 있으니 그동안 열심히 궁리를 해봐야겠다. 수룡방의 수적은 나 혼자 잡아야 하니까 말이야."

"예? 대장 혼자 잡는다구요?"

"응. 아무리 생각해 봐도 그게 수순이다. 무림에서 한자리 하려면 이름을 널리 알려야 하니까 할 수 없는 일이지. 너는 머리를 굴릴 생각 말고 그냥 지켜보고나 있으라구."

도대체 무슨 소리를 하는지 알 수 없는 일도였다. 대장의 말마따나 지켜보는 수밖에 도리가 없었다.

과연 목풍아의 말대로 그날 밤 수룡방의 수적들이 떼거지로 연화보륜원을 습격하였다. 밤새 섬을 뒤지며 목풍아 일행을 찾던 철권무적 곽도는 미륵당 벽면에 써 있는 글을 발견할 수 있었다.

횃불을 밝히고 내용을 읽어보던 철권무적 곽도가 화를 참고 있는데 부하 하나가 곽다혜의 머리채를 들고 와 내밀었다.

목숨같이 아끼던 딸의 머리채를 보던 곽도는 피가 거꾸로 솟았다.

"이런 쳐 죽일 놈. 반드시 찾아내어 갈가리 찢어 죽여 버리고 말겠다. 모두 그놈들을 찾아봐."

부하 하나가 눈치를 살피며 말했다.

"하지만 그놈을 찾게 되면 멀리 도망가 버릴 것이라고 하지 않았습니까. 그럼 저희는 어떻게 되는……."

"닥쳐랏."

퍽—

말이 끝나기도 전에 곽도의 주먹이 부하의 면상 가운데에 강하게 박히었다.

피투성이가 된 부하가 석굴 벽에 부딪쳐 맥없이 바닥에 떨어졌다. 몸을 몇 번 꿈틀거리던 사내가 맥없이 축 늘어지고 말았다. 장내가 조용하게 변하였다. 말을 꺼냈던 사내가 곽도의 일격에 숨이 끊어지고 말았던 것이다.

곽도는 솥뚜껑 같은 주먹을 들며 핏발 선 두 눈으로 소리쳤다.

"나를 거역하는 자는 용서없다. 가차없이 죽여 버릴 테니 모두 목춘망이란 자를 찾으란 말이다. 이런 글이 있는 것을 보면 우리 배가 들어오는 것을 봤다는 말이다. 멀리 도망가지 않고 이 섬에 있을 테니 샅샅이 찾아. 어서."

부하들이 삽시간에 섬으로 흩어져 버렸다.

하지만 없는 사람을 어떻게 찾을 수 있겠는가. 그날 밤이 새도록 섬을 돌아다녔으나 목풍아를 찾지 못하고 다음날 주변의 섬까지 구석구석 뒤지던 수적들은 목풍아 일행을 끝내 찾을 수 없었다.

화가 난 곽도가 이번에는 수적 부하들로 하여금 뭍으로 나가 목풍아 일행을 찾도록 하였다. 그러나 수적들 중에서 목풍아를 찾아 나서는 사람은 거의 없었다. 자신들이 찾아다닌다는 소문이 나면 목풍아가 해독약을 주지 않고 완전히 떠나 버릴까 두려웠기 때문이다.

이 무렵 목풍아 일행은 소호에서 오 마장 떨어진 산골 아래에 있는 허름한 농가를 사서 태평한 시간을 보내고 있었다.

열흘 동안 목풍아는 추풍신권을 연마하였다. 평생을 머리만 쓰고 살아왔던 까닭에 몸으로 배우는 무예가 쉬운 것이 아니었다.

책은 한 번 보면 모조리 외워 버릴 수 있었지만 무예라는 것은 몸에 자연스럽게 숙달시키는 것이라 목풍아가 머리털 나고 가장 수고를 기울였다 할 수 있었다.

다행히 독돈이 기경을 뚫어놓았으며 무당진보인 대단환을 복용한 까닭에 몸이 어렵지 않게 따라주어서 열흘이 지날 무렵에는 눈을 감고도 추룡보를 디딜 수 있었으며 제법 강력한 추풍각을 밟을 수 있었다.

그렇게 시간이 흘러 열이튿 날 밤이었다. 한동안 추풍신권을 연마하던 목풍아는 마당 가운데에서 걸음을 멈추었다.

기울어가는 달빛을 바라보던 목풍아가 한숨을 쉬며 중얼거렸다.

"학문의 길, 무예의 길, 정치의 길, 이 모든 길이 마찬가지로구나. 한 가지 길의 높은 경지를 추구해 간다는 것, 참으로 대단한 일이다. 아! 무학의 높은 경지에 오른 장삼풍 진인은 얼마나 대단한 사람인가."

목풍아는 무예를 몸으로 익히는 과정에서 자신이 지은 이름이 절묘하다는 것을 깨닫게 되었다. 마치 이런 이름을 지을 것을 알고 있었다는 듯 미꾸라지 같은 신법이었다. 두 발이 차례로 십이 방위를 밟으며 전개되어 마치 공식이 있는 것처럼 움직여 나중에는 사방팔방을 종횡무진 움직일 수 있었다. 그 덕에 산중을 바람처럼 뛰어다닐 수 있었으며 작은 울타리 안에서도 일도가 자신을 잡을 수 없을 정도였다.

영민한 목풍아가 열흘 동안 밤낮을 연마하여 깨달은 것은 추룡보는 절세의 경신술과 피신법이 갖추어져 있으며, 추풍각은 강자를 만났을 때 상대방의 걸음을 무디게 하여 빠르게 도망치게 하는 것이라는 것을 알게 되었다. 그렇지 않다면 추풍각을 자신에게 맞게 변형시켜 새롭게 무공을 만드는 수밖에 없었다.

추풍각과 추룡보를 아직 완전하게 자신의 것으로 만들지 못했으며, 무학에 대한 지식이 얕기 때문에 새로운 무공을 창조한다는 것은 목풍아에게는 무리였다.

무공을 알아갈수록 장삼풍의 의도를 명백하게 알 수 있을 것 같았다.

'이 까까머리 녀석아, 그만큼 해줬는데 네 머리로 만들지도 못하느냐? 어리석은 녀석.'

장삼풍이 수염을 쓰다듬으며 호통 치는 모습이 눈앞에 그려졌다. 천재들끼리 통하는 무언가가 시간의 벽을 넘어 상대방의 의도를 파악하도록 만드는 것인지도 몰랐다. 아니, 그것은 바둑의 고수들이 말하지 않고 한 수, 한 수로 상대방의 의도를 알아가는 것과 비슷한 것인지도 몰랐다.

"늙은 영감이 정말 머리 아프게 만드네."

목풍아는 한숨을 내쉬었다. 알아갈수록 장삼풍의 존재감을 크게 느끼는 목풍아였다.

그리 보자면 자신은 보잘것없는 사람일 뿐이다. 수만 권의 책을 읽었지만 공자나 맹자, 주희(朱熹)처럼 학문의 높은 경지에 오른 것도 아니요, 무공이라고 배운 것은 열심히 연마를 할수록 초라한 자신을 느끼게 할 따름이다.

되돌려 생각하면 무학을 깊게 연구하여 지극히 높은 경지에 오른 장

삼풍 조사는 알아갈수록 커다란 태산처럼 숨 막히는 무게감을 느끼게
하였다.

"나는 어떤 길을 가고 있는 것인가?"

한숨이 절로 나왔다. 천하 백성들이 편안하게 살 수 있는 천하를 만
들어주고 싶었지만 세상은 뜻하는 대로만 되어주지 않았다. 얼마나 많
은 책사와 영웅들이 뜻을 펴지 못하고 사라져 갔던가.

"풍아, 힘을 내자. 너는 추풍대협 목춘망이다. 너는 할 수 있다."

한바탕 소리를 치며 목풍아는 땅바닥을 쿵쿵 밟았다.

'장삼풍 진인이 나를 시험하는 의도를 보더라도 나도 만만찮은 천재
라는 말이겠지? 좋아. 내가 그 문제를 반드시 풀어버리고 추풍신권을
완성시키고 말겠어.'

숨을 깊게 들이마시고 다시금 곳곳에 발자국이 가득한 땅바닥을 바
라보았다.

이제 내일이면 철권무적이라는 별호가 있는 수룡방의 우두머리와
싸워야만 한다. 무수한 사람을 때려죽인 수적의 거두를 상대로 태어나
서 싸움이라고 한 번도 해본 적이 없는 목풍아가 반드시 이겨야만 하
는 싸움이었다.

'무수한 실전으로 단련된 철권무적이란 고수를 어떻게 이길 것인
가?'

눈앞이 깜깜하였다. 그러나 반드시 이겨야 다음 수순을 밟아갈 수
있는 것이다. 목풍아가 가야 할 길은 멀고도 멀었다.

'고수를 이기기 위해서는 반드시 전략이 필요하다.'

마당 가운데 우두커니 서서 눈을 감고 생각을 정리하고 있으려니 등
뒤에서 일도의 음성이 들려왔다.

“대장, 뭐 하세요?”

“생각하고 있다.”

“무슨 생각인데요?”

“빌어먹을 수적 두목을 이길 생각.”

“헤헤헤. 설마 대장이 직접 싸우려는 것은 아니죠? 오괴 형님과 독돈 형님이 돌아오기로 약속한 보름이 내일인데 말이에요.”

“내일 반드시 온다는 보장이 있느냐?”

“오괴 형님은 그 시일에 찾아왔지 않습니까?”

“이번에는 내가 시킨 일이 많았다. 천하를 왕래하는 일이 보름만으로 되겠는가? 너무 기대하지 마라.”

일도가 창백한 얼굴로 물었다.

“그럼 내일 어떻게 하시려구요.”

“내일은 내가 수적 우두머리와 싸운다.”

“뭐라구요?”

일도는 자신의 귀를 파더니 다시 물었다.

“금방 뭐라고 하셨어요, 대장?”

“내일은 내가 싸운다고 했다.”

“예?”

일도가 신발도 신지 않고 마당으로 달려왔다.

“대장, 무슨 소리 하시는 거예요? 대장이 열흘 배운 무예로 철권무적이라는 작자를 이긴다고 생각하시는 거예요? 대장은 싸움에 경험이 없잖아요. 더구나 그놈은 정말 대단한 놈이라구요. 완전히 계란으로 바위 치는 격이라구요. 한주먹에 끝장이 날 거라구요.”

“나도 잘 알고 있어. 하지만 나는 이길 수 있다. 그러니 염려 붙들어

매도 좋다."

그때 헛간에서 곽다혜의 웃음소리가 들려왔다.

"호호호호. 미쳤군, 미쳤어. 개죽음당하려고 작정을 했군. 아버지가 어떤 분인지 알고 하는 말인가?"

목풍아가 일도의 뒤통수를 때렸다.

"또 저 계집의 재갈을 풀어주었구나."

"예… 그것이."

일도가 찔끔하여 뒤통수를 어루만지며 눈치를 살폈다.

목풍아가 성큼성큼 헛간 문으로 다가가 문짝을 발로 찼다.

쾅—

문짝이 맥없이 부서지며 헛간 기둥에 묶여 있던 곽다혜가 놀란 토끼처럼 몸을 쭈그렸다.

"이런 더러운 계집, 한 번만 더 주둥이를 열면 내가 네년의 입을 찢어버린다고 했지?"

목풍아가 다짜고짜 다가가 곽다혜의 두 볼을 꼬집어 길게 좌우로 늘어뜨렸다.

"아—"

곽다혜가 눈물을 찔끔 흘리며 다 죽어가는 목소리로 중얼거렸다.

"잘못했어요. 저는 그냥 대협이 걱정되어서……."

목풍아가 얼굴을 찡그리며 뒷걸음질쳤다. 두 손가락을 옷에 닦고 킁킁 냄새를 맡으며 소리쳤다.

"이런 더러운 계집, 입을 열지 말라고 몇 번이나 말했느냐? 네 몸과 입에서 나는 냄새가 너무 역겹단 말이다."

곽다혜는 기가 죽어 고개를 폭 숙이며 기어들어 가는 목소리로 말했다.

"대협, 열흘이 넘게 씻어보질 못했어요."

"그래서 어쨌단 말이야? 내가 너를 풀어주면 너는 반드시 나를 죽이려 할 텐데 내가 무얼 믿고 너처럼 신의없는 계집을 풀어주겠느냐?"

곽다혜는 시커먼 때가 가득한 얼굴을 들었다. 눈물이 흘러 뺨에 몇 줄기 땟자국이 드러났다.

"잘못했습니다, 대협. 그땐 제가 아무것도 모르고……."

"냄새 나는 주둥이 닥쳐라. 저 냄새 나는 주둥이로 얼마나 힘없는 사람들을 괴롭히고 괄시하였을까? 너는 평생을 이렇게 사는 것이 낫겠다."

"대협."

목풍아가 눈을 부라리며 손가락으로 곽다혜의 입을 가로막았다.

"알았으니 다물어라."

목풍아가 뒤에 서 있는 일도에게 눈짓을 하였다.

"나도 네가 불쌍하지만 어떡하겠느냐? 대장의 치명적인 약점을 가지고 놀렸으니 할 수 없는 일이지. 인과응보라고 생각해라."

일도가 천천히 다가와 곽다혜의 입에 재갈을 물리고 혀를 찼다. 불쌍하지만 할 수 없는 일이었다.

믿고 포박을 풀어준 목풍아를 배신하고 주먹을 휘두른 벌을 톡톡히 받고 있는 것이다.

목풍아는 그 벌로 이곳 헛간에 곽다혜를 가두어놓고 씻는 것을 금지시켰다. 그 때문에 곽다혜는 열흘 사이에 상거지가 되고 말았다.

잘린 머리는 어지럽게 까치집이 지어져 있는데 헛간의 풀과 비듬이 엉키어 미친 여자 같았으며, 얼굴은 씻지 않아 땟국물과 개기름이 줄줄

흘렀다. 거기에 양 볼에 눈물 흘린 자국이 선명하여 그 몰골은 차마 두 눈으로 보기 괴로울 정도였다.

양치질 역시 열흘이 넘게 하지 못한 탓에 입을 벌릴 때마다 지독한 악취가 풍겨져 나와 가까이서 냄새를 맡으면 구역질이 날 정도였다.

그뿐 아니었다. 한마디 말이라도 버릇없이 한다면 당장에 재갈을 물 려 버렸다.

일도는 그것이 목풍아와의 약속을 저버렸다기보다 수적들 앞에서 옷을 벗기고 목풍아의 치명적 약점인 무모(無毛)를 놀린 무모함에 대한 벌이라 생각하였다.

강단있고 고집 세던 곽다혜도 그런 목풍아의 처사에는 견딜 수가 없 어서 엿새 만에 백기를 들고 말았지만 목풍아는 곽다혜를 괴롭히는 것 을 멈추지 않았다. 그것은 실로 처절한 응징이었다.

목풍아는 재갈이 물려 기가 죽은 곽다혜를 바라보며 말했다.

"네가 나를 걱정한다 하였는데 나보다는 네 아비를 걱정하는 게 나 을 거다. 왜냐하면 나는 맹독이 묻은 독침을 가지고 있거든. 네 아비가 나의 발 공격을 피하려고 허둥거릴 때 내 손에 숨겨둔 독침을 휙 던져 서 죽여 버리고 말 테니까. 와하하하."

목을 젖혀 웃던 목풍아가 잠시 후 다시 말했다.

"그리고 너를 위해 내일 특별한 것을 주문해 놓았으니 기다리고 있 어라. 내가 빨가벗고 망신을 당한 것보다 더한 망신을 줄 테니 말이다. 와하하하."

목풍아는 한바탕 웃음을 웃다가 바깥으로 나갔다. 일도가 허겁지겁 그 뒤를 따랐다.

목풍아의 뒷모습을 바라보는 곽다혜의 눈빛이 매섭게 번뜩였다.

다음날 아침 목풍아는 나무로 만든 칼을 가지고 와서 곽다혜의 목에 걸었다. 두 손 역시 포박이 된 상태로 칼에 묶여 두 다리밖에 움직일 수 없었다.

울상이 된 곽다혜의 얼굴을 본 체 만 체 목풍아는 종이에 '흉악한 간부(奸婦)' 라고 적어 칼에 붙였다.

당시에는 바람을 피운 부인을 지아비가 적발하였을 때 그들을 살해하여도 죄가 성립되지 않았다. 이른바 등시포착(登時捕捉)이라는 것으로 곽다혜가 때 아닌 간악한 부인이 되고 만 것이다. 입에 제갈을 물려 놓았으니 하소연을 할 곳도 없었다.

일도는 노끈을 묶어 앞서 가고 그 뒤를 칼을 찬 곽다혜가 비틀거리며 소처럼 끌려가고, 그 뒤를 목풍아가 따랐다.

마을을 지나올 때면 곽다혜를 향하여 질시의 눈초리와 침과 돌 세례가 퍼부어졌다.

곽다혜는 목풍아를 모욕 주고 말을 듣지 않았던 자신을 후회하였으나 소용이 없었다.

그렇게 한나절을 가니 마침내 소호가 보이기 시작하였다. 곽다혜의 눈빛이 반짝거렸다. 체념과 수모가 분노와 저주로 변하고 있었다.

'가만두지 않겠다, 이놈. 네놈의 심장을 도려내고 말 테다.'

갈 때까지 간 터라 이제는 악밖에 남지 않았다. 하지만 더 무서운 짓을 눈 깜짝하지 않고 저지를 수 있는 목풍아임을 알기에 아버지를 만나 구원을 받을 때까지는 끓어오르는 분노를 참을 수밖에 없었다.

소호에 도착한 일도는 불안한 마음에 마을을 돌며 오괴와 독돈을 찾아보았지만 목풍아의 예상대로 두 사람이 도착하지는 않았다.

힘없이 호숫가로 다가오니 수많은 사람들이 모여 있었다. 그 앞에서 목풍아는 곽다혜의 간악스런 죄를 떠들고 있던 중이었다.

"이 계집이 어떤 계집이냐면 정부와 모의하여 지아비를 독살한 간악한 간부랍니다. 오늘 이 계집을 수장시키러 가는 길이니 이상하게 생각할 것 없습니다."

"그런 계집이라면 당연히 수장시켜 버려야지."

"암, 그럼. 나쁜 계집."

"저런 계집이 마누라로 들어올까 겁이 나는군. 퉤."

사람들이 한바탕 침을 뱉으며 떠들어 또 한차례 곽다혜가 수난을 겪었다.

"어이쿠, 저기 배를 몰 사람이 오는군요."

한참을 떠들며 사람들을 부추기던 목풍아는 일도가 나타나자 유유히 배를 타고 호수로 나갔다.

일도는 노를 저으며 힘없는 목소리로 말했다.

"대장, 정말 자신이 있는 겁니까?"

목풍아가 싱긋 웃으며 말했다.

"일도야, 너는 나를 아직도 모르겠니? 나는 승산이 없는 싸움은 하지 않는다. 반드시 이길 수밖에 없는 판이다. 그러니 나를 믿어라."

일도는 아무리 생각해 보아도 마음이 내키지 않았지만 목풍아를 믿고 노를 저어 나갈 수밖에 없었다.

한참을 노를 저어 가다 보니 연화보륜원이 있는 섬이 나타났다. 그런데 섬 주위에 배가 한 척도 보이지 않았다.

목풍아가 코웃음을 치며 말했다.

"미련한 것들, 빤한 계책을 쓰고 있구먼."

노를 젓던 일도가 물었다.

"대장, 빤한 계책이라니요?"

"수룡방 우두머리의 딸이 납치되었고, 부하들의 목숨이 달린 해독약이 걸려 있으니 급한 마음에 벌써 찾아와 있을 것인데 시치미를 떼고 사람이 없는 것처럼 꾸며놓았으니 어떻게 의심을 하지 않겠느냐? 이렇게 어리석은 자를 두목으로 삼고 있는 수룡방이 불쌍하구나. 와하하하."

목풍아는 곽다혜가 들으라는 듯이 소리 높여 웃었다. 곽다혜는 화가 치솟았지만 쥐 죽은 듯 목풍아의 눈치를 살필 따름이다. 그 성질을 건드려 놓으면 어떤 험악한 일을 다시 당할지 모를 일이다. 목풍아의 눈빛만 마주 보아도 겁이 덜컥 나는 곽다혜였다.

목풍아는 그리 크지 않은 바위섬을 발견하고 손가락으로 가리켰다.

"저 근처로 가자. 애가 타는 것은 저놈들일 테니 우리가 온 것을 보면 아마 떼거지로 달려오겠지."

일도는 가슴이 두근거렸다. 원한을 품은 수많은 수적들을 상대로 단 두 사람이 이겨낼 수 있을까 생각하면 눈앞이 캄캄하였다. 목풍아가 무공을 연마하였지만 상대방의 인원이 너무 많은 것을 생각하면 지금이라도 노를 저어 뭍으로 달아나고 싶은 심정이었다.

"뭐 하는 거야? 어서 노를 젓지 않고?"

"예? 예. 대장."

일도가 노를 저어 바위섬으로 가고 있으려니 갑자기 보륜원 섬 뒤편에서 큰 배 두 척과 작은 배 이십여 척이 쏜살같이 달려나오기 시작하였다. 일도는 겁이 털컥 났다. 도망갈 길 없는 호수에서 수적패들을 상대로 어떻게 이길 수 있겠는가.

일도는 바위섬을 향해 힘껏 노를 저었다. 바위섬에 가까이 다가갔을 때 목풍아가 말했다.

"이제 그만."

"예?"

"여기서 멈추라고. 그리고 칼을 잡고 더러운 계집의 목에 겨누고 있으라고."

"예, 예."

일도는 노를 놓고 박도를 꼬나 잡아 곽다혜의 목에 겨누었다.

어느새 수적들의 배는 목풍아가 탄 배의 좌우에 멈춰 서서 퇴로를 막고 있었다. 배 위에서는 박도를 든 수적들이 늘어서서 노려보고 있었다.

목풍아가 가만히 바라보다가 목을 젖혀 크게 웃었다.

"와하하하. 모두 잘들 있었나? 이거 환영식이 너무 대단한데?"

앞에 있는 큰 배에서 거대한 덩치의 사내가 소리를 질렀다.

"나는 수룡방의 방주 철권무적 곽도다. 네가 목춘망이라는 썩을 놈이냐?"

"와하하하. 나는 목춘망이 맞다만 썩을 놈은 내가 아니고 이 계집이다. 얼마나 지저분한지 가까이 있으면 내 코가 다 썩을 지경이다. 와하하하."

곽도는 화가 치밀어 손가락으로 가리키며 소리쳤다.

"저 썩을 놈을 사로잡아라."

목풍아가 작은 단지 하나를 품속에서 꺼내어 소리쳤다.

"죽고 싶은 자는 조금이라도 움직여라. 그럼 이 항아리에 있는 해독약을 물속으로 던져 버릴 테니 말이야."

작은 배 위에 있던 수적들이 눈치를 살피며 움직이지 못하였다.

"어서 저 자식을 잡지 못해?"

곽도의 말을 듣고 목풍아가 소리쳤다.

"어리석은 놈, 네 딸을 죽이고 싶어 소원인 모양이구나. 만약 수적들이 한 발자국이라도 움직인다면 이 계집의 팔 한 짝을 잘라주겠다. 만약 배를 움직인다면 이 계집의 다리를 잘라주마. 어때 한번 잘라줄까?"

일도가 곽다혜의 팔에 박도를 가져갔다.

"그만, 그만. 우리 협상하자."

곽도가 번쩍 손을 들고 소리쳤다.

목풍아가 웃으며 소리쳤다.

"와하하하. 진작 그럴 것이지. 겁을 주면 통할 줄 알았나 보지?"

곽도는 화가 치밀었지만 어쩔 수 없었다. 딸의 목숨이 무엇보다 중요했기 때문이다.

"조건이 무엇인가?"

"조건을 말하기 전에 네놈을 비난하지 않을 수 없구나. 부하들의 목숨은 어찌 되어도 좋고 딸아이의 목숨이 걸리면 꼬리를 내리는 네놈의 심보가 가소롭구나."

"그… 그건 네가 부모의 심정을 아느냐?"

"닥쳐라. 너는 부모이기 이전에 수적의 우두머리, 수적들의 부모란 말이다. 만약 내가 해독약을 버렸다면 네 부하들의 목숨은 어찌 되겠는가? 너는 두목의 자격이 없는 자다."

"뭐라고?"

"내가 말을 잘못하였나?"

목풍아는 좌우로 고개를 돌려 수적들에게 소리쳤다.

"내 말을 잘 들어라. 생각보다 너희 대장은 너희 목숨보다 딸의 목숨을 중요하게 생각하는 의리라고는 손톱의 때만큼도 없는 자로구나. 나는 너희에게 약속한 대로 열사흘 만에 해독약을 가지고 찾아왔는데 너희 대장을 보고 나니 한숨이 절로 나온다. 너희의 인생이 가련하게 생각되어서 말이다. 추풍대협 목춘망의 이름을 걸고 너희에게 제의를 하겠다. 나를 따라 목숨을 살리고 양민으로 돌아갈 자 왼편으로 이동하라. 의리없는 대장의 밑에서 개처럼 살아갈 자는 그대로 남아라. 결정은 한 번뿐이다. 머뭇거리다가는 평생 빠져나올 수 없으니 빨리 결단을 내려라."

곽도는 화가 치밀어 소리쳤다.

"무슨 소리 하는 거야, 이 자식아."

목풍아가 손가락으로 곽도를 가리키며 소리쳤다.

"닥치고 있어. 만약 한마디 입을 연다면 딸년의 다리를 잘라줄 테다."

곽도는 입을 다물 수밖에 없었다.

그때 몇몇 수적들이 작은 배를 몰아 목풍아가 지적한 왼편으로 움직이기 시작하였다. 수적들이 술렁거리기 시작하였다. 목풍아는 씨익 미소를 지었다.

오독계를 먹었던 수적들은 선택의 여지가 없었다. 곽다혜의 목숨보다 자신의 목숨이 더욱 중요한 수적들은 지체하지 않고 목풍아가 가리킨 방향으로 배를 몰기 시작하였다.

하나둘 동료들이 곽도에게서 돌아서자 상황은 걷잡을 수 없게 되었다.

　목숨을 바쳐 일궈놓은 수룡방보다 딸을 선택한 대장에게 환멸을 느
낀 수적들도 흐름에 따라 움직이기 시작하였다.

　이미 몇 사람이 문책을 받아 곽도에게 죽임을 당하였던 터라 수적들
은 불안감에 곽도를 따르고 있었던 것이다.　이제 동료들이 목춘망을
믿고 돌아서는 이때에 의리없는 대장을 위해 의리를 지킨다는 것은 우
스운 일처럼 생각되었다.

　큰 배에 타고 있던 수적들은 물속으로 뛰어들어 윈편으로 움직이는
작은 배에 올랐다.

　선창에서 이를 바라보던 곽도는 기가 막혔다.　자신을 믿고 따랐던
부하들이 하루아침에 등을 돌린 것을 믿을 수 없었다.

　꿈만 같이 생각되었다.　마치 뭐에 홀린 듯한 느낌이 들어 손가락으
로 뺨을 꼬집었다.　아픔이 느껴졌다.

　소리를 지르고 싶었지만 딸아이를 생각하면 차마 어찌할 수가 없었
다.　꿀 먹은 벙어리처럼 멍하게 선창에 서서 떠나가는 부하들을 보고
있으려니 어느새 주위에 있던 부하들은 모두 떠나가고 큰 배에 대여섯
사람이 남았다.

　자신을 믿고 남아준 사람들을 바라보니 눈물이 절로 나왔다.

　"고, 고맙다."

　소매로 눈물을 닦으려니 그들 중에 가장 나이 든 사내 하나가 큰절
을 하였다.

　"대장, 저는 스무 살 때부터 이 호수를 무대로 대장과 삼십여 년간
생사고락을 같이 했습니다.　대장은 너무 많이 변했습니다.　예전의 대
장이 아닙니다.　그래서 저도 여기서 작별을 고할까 합니다.　안녕히 계
십시오."

사내가 자리에서 일어나 물속으로 뛰어들었다. 옆에 있던 사내들도 곽도에게 꾸벅 인사를 하곤 배를 떠나고 말았다.

이제 큰 배에는 곽도 한 사람밖에는 없었다. 믿었던 부하들이 목난봉의 뒤편에 모두 자리하여 도리어 자신이 쫓기는 신세가 되어버린 것 같았다.

"와하하하. 정말 가관이군. 이빨 빠진 사자가 저런 모습일까? 어쩌다가 저렇게 되었을까? 와하하하."

목풍아가 배를 잡고 웃었다. 그 모습을 옆에서 바라보는 일도는 꿈을 꾸는 기분이었다. 수적들이 이렇게 쉽게 돌아설 줄은 꿈에도 생각하지 못했던 일이었다. 더구나 그 무섭다는 철권무적 곽도를 가지고 놀고 있는 것이 아닌가.

곽도는 화가 치밀어 올라 소리를 질렀다.

"이 자식, 내 모든 것을 빼앗아가다니…… 그러고도 살아남을 수 있을 것 같으냐?"

"그건 모르지. 너와 내가 싸워봐야 알 수 있는 문제니까."

"좋아. 싸우자. 싸우자구. 갈가리 찢어줄 테다."

목풍아는 가까운 바위섬을 가리키며 말했다.

"저곳에서 싸우자고. 부하들이 네가 패배하는 모습을 잘 볼 수 있는 곳이니 말이야. 네 딸년도 풀어줄 테니 마음 놓고 싸워보자구."

딸을 놓아준다니 마음이 놓였다.

"좋다."

하지만 막상 섬으로 가려 하니 작은 배가 하나도 없다. 큰 배를 한 사람이 몰 수가 없었으므로 곽도는 웃옷을 벗고 강물 속으로 뛰어들었다.

　제법 거리가 멀었지만 평생을 소호와 함께 살아온 사람이라 물살을 가르며 바위섬으로 향하였다.

　소호의 주인으로 떵떵거리며 살았던 수룡방의 방주가 자맥질을 하며 섬으로 가는 모습은 비참하기 그지없었다.

　목풍아는 그런 곽도를 바라보며 중얼거렸다.

　"이루기는 어렵지만 몰락은 한순간일지니 그대여, 항상 자신을 스스로 경계할지어다."

　옆에서 듣고 있던 일도는 마치 그 말이 목풍아 스스로에게 훈계하는 말처럼 들렸다.

　한참을 수영하여 가까스로 바위섬에 오르니 팔다리가 노곤하다. 십여 년 만에 처음 하는 수영이라 팔다리에 힘이 빠지는 것 같았다. 하지만 이렇게 있을 수만은 없는 일이다. 곽도는 목풍아가 타고 있는 배를 바라보며 소리쳤다.

　"자, 어서 와라. 나는 이렇게 기다리고 있다."

　목풍아가 웃으며 소리쳤다.

　"와하하하. 그곳에서 평생을 푹 쉬면 어때?"

　"뭐라고? 이 교활한 놈, 어서 오지 못해?"

　곽도가 방방 뛰며 소리쳤다. 한번 기운을 쓴 터라 팔다리가 노곤하여 다시 헤엄칠 엄두가 나지 않았다. 만약 배가 떠나 버린다면 싸우지 않고 굶어 죽는 수밖에는 도리가 없었다.

　일도는 그제야 손뼉을 치며 소리쳤다.

　"대장, 이런 수가 있었군요. 싸우지 않고 이길 수 있는 계략을 생각하고 계셨군요."

　목풍아가 빙그레 웃으며 말했다.

“병법으로 말하자면 싸우지 않고 승리한 것이지만 아직 완전한 승리
는 아니야.”

“완전한 승리가 무엇인데요?”

“저자와 일 대 일로 싸워 이기는 것. 그래서 흔들리는 수적들의 마
음을 완전히 사로잡아 복종시키는 것이 완전한 승리다.”

“대장, 정말 싸울 겁니까? 지금도 이긴 거라구요.”

“와하하하. 그걸 누가 모르냐? 하지만 내 뒤편에 있는 수적들은 내
가 완전히 곽도를 눌러주기만 기다리고 있다. 의리가 있지만 힘도 있
어야 해. 그걸 보여주지 않고서는 아마 살아서 돌아가긴 힘들걸?”

“대장…….”

끝이 난 줄로만 알았건만 아직도 끝이 아니었다. 한주먹에 사람을
죽인다는 철권무적 곽도와 무예를 연마한 지 열흘밖에 안 되는 목풍아
가 어떻게 싸워 이길 것인가.

목풍아가 일도의 어깨를 두드리며 말했다.

“일도야, 나를 믿지?”

“예.”

“나를 믿어라.”

일도는 목풍아를 바라보았다. 삼 년 사이에 목풍아도 제법 키가 커
서 자신과 비슷한 눈높이가 되어 있었다. 그리고 보면 세월은 모르는
사이에 흘러간다고 하던 옛말이 틀림없었다.

“대장, 대장은 큰일을 할 사람이니 반드시 이길 거예요.”

“좋아. 알았으면 배를 몰아라.”

일도는 노를 잡고 배를 몰기 시작하였다.

‘대장은 정말 이길지도 모른다.’

막연한 희망이 생겨났다. 승산이 없다면 싸우는 사람이 아니다. 배는 물살을 가르며 삐걱거리며 바위섬으로 향하였다.

속았다며 발악을 하던 곽도는 배가 다가오는 것을 보고 음흉한 미소를 지었다.

"흐흐흐흐. 쇠파리 같은 까까머리 놈, 죽으러 오는구나."

그 역시 이 한판의 승부가 얼마나 중요한 것인지 알고 있었다. 빼앗긴 모든 것을 되찾을 수 있는 한판이었다. 목춘망을 이긴다면 빼앗긴 부하들은 물론이거니와 사랑스런 딸까지 되찾을 수 있다. 만약 지게 되면 평생을 싸워 이룩한 모든 것들이 날아가 버리는 것이니 포기할 수 없는 판이었다.

"산산이 조각을 내주겠다, 이놈. 나를 농락한 이자까지 쳐서……."

곽도는 이를 우두둑 갈았다.

잠시 후 배가 곽도가 서 있는 바위섬에 닿았다. 곽도는 당장 달려가 배를 빼앗고 쳐 죽이고 싶었지만 아끼는 딸이 인질로 잡혀 있으니 섣불리 움직일 수 없었다.

배에서 내린 목풍아가 일도에게 말했다.

"너는 조금 떨어진 곳에서 기다리고 있어라."

일도는 걱정이 되었지만 할 수 없는 일이었다. 마음 같아서는 자신이 싸우고 싶었지만 명령에 따르는 수밖에는 도리가 없었다.

"자, 이 더러운 계집아, 어서 가자."

목풍아는 곽다혜를 데리고 섬에 올랐다.

곽도가 기다리는 평탄한 바위섬에 올라온 목풍아는 서로 마주 보는 상황이 되었다.

"썩을 까까머리 중 놈아, 약속한 대로 어서 내 딸을 내놓아라."

"빌어먹을 도적 놈아, 내가 약속을 지키지 않을 줄 아느냐? 염려 마라. 세상에 이렇게 추악한 년은 처음 보았다. 퉤퉤퉤."

목풍아는 침을 마구 뱉더니 품속에서 가느다란 침을 꺼내 손에 들었다. 그리곤 곽다혜의 귀에다 중얼거렸다.

"더러운 계집아, 잘 가거라."

목풍아는 잡고 있던 칼을 놓았다.

곽다혜는 손과 목이 연결된 칼을 찬 채로 곽도를 향해 달려가기 시작하였다. 눈물이 마구 쏟아졌다. 세상에 태어나 이렇게 비참한 꼴을 당한 것은 이번이 처음이었다. 늘상 수적들의 위에 군림하며 사람들을 놀리고 살았던 곽다혜였으므로 당한 만큼 원한도 높았다.

곽도는 곽다혜에게 달려갔다. 금이야 옥이야 귀하게만 키웠던 딸이 비참하게 되돌아온 것을 보니 눈물이 앞을 가렸다.

곽도는 곽다혜의 칼을 두 손으로 움켜잡았다.

바직—

나무로 만든 칼이 맥없이 부서지며 곽다혜가 칼에서 벗어났다. 이어 곽도는 곽다혜의 입을 막은 재갈을 풀어주었다.

"아, 아버지."

"다혜야."

곽도는 처참한 몰골이 된 곽다혜를 껴안았다. 눈물이 절로 쏟아져 나왔다. 무엇을 주어도 바꿀 수 없는 귀한 딸을 이렇게 만들어놓은 목춘망에 대한 원한이 불처럼 솟구쳤다.

"이 까까머리 자식, 가만 놔두지 않겠다."

번쩍 고개를 들어 자리에서 일어났다. 그때였다.

"아버지, 목춘망이라는 자는 간악한 자예요. 저는 세상에서 저렇게 악랄하고 간악한 자를 본 적이 없어요."

"오냐, 나도 안다. 내 저놈의 사지를 모두 비틀어 죽고 싶어도 죽지 못하도록 만들어놓겠다. 그래서 평생 네가 저놈을 괴롭힐 수 있도록 해주마."

"아버지, 조심하세요. 저놈의 손에 독침이 있어요."

순간 정신이 번쩍 들었다. 부하들에게 독닭을 먹인 것과 만독십오환으로 조종한 것을 보면 독에 대해 능한 자가 틀림없었다. 그러고 보면 자신은 지금 독침을 막을 갑옷조차 없는 벌거숭이였다. 섬까지 헤엄쳐서 온 탓에 갑옷을 벗어버린 것이 잘못이었다. 너무 안이하게 생각한 것이 틀림없었다.

"너무 걱정 마라. 이 아버지는 무림에 철권무적이라는 별호가 있다. 백전을 싸운 사람이라 그 정도는 생각하고 있으니 걱정할 것 없다."

곽도는 목풍아를 바라보았다. 번들거리는 머리를 쓰다듬으며 빙그레 미소를 짓고 있었다.

곽다혜가 다시 말했다.

"손을 조심하세요."

"알겠다."

곽도는 천천히 걸음을 걷기 시작하였다. 이내 걸음이 빨라지기 시작하였다. 어차피 도망갈 길 없는 바위섬이다.

'이놈, 도망 갈 수는 없다.'

곽도는 주먹을 움켜쥐며 달리기 시작하였다.

목풍아는 곽도가 달려오자 함께 달리기 시작하였다. 무공을 배운 경험이 짧고 고수와의 실전박투가 처음인 목풍아에게 어차피 승부는 가장 자신이 있는 단 한 수로 결정을 내는 수밖에 없다 생각하였다. 아니, 목풍아에겐 그밖에 다른 수가 없었다.

빠르게 추룡보를 내디디며 달려가던 목풍아가 곽도와 마주쳤다.

"각오해."

목풍아가 소리를 지르며 두 손을 마구 휘저었다.

"기다리던 바다, 이놈."

손가락 끝에 있는 바늘을 발견한 곽도의 눈빛이 매섭게 반짝거렸다.

"저, 저런……."

배 위에서 두 사람의 모습을 지켜보던 일도는 목풍아가 대책없이 달려가며 두 손을 휘젓는 것을 보고 경악을 금치 못하였다. 저렇게 엉성한 모습으로 어떻게 백전불패의 곽도를 상대할 수 있을 것인가. 이때 달려가던 두 사람이 맞붙었다. 곽도의 주먹이 뻗어 나가는 순간 가슴을 맞은 목풍아의 신형이 뒤편으로 날아올랐다.

"아, 안 돼."

울상이 된 일도는 가슴이 덜컥 내려앉았다.

주먹을 뻗은 채 정지하고 있는 곽도의 신형이 선명하게 보였다. 그리고 허공으로 날아올랐다가 떨어지는 목풍아의 신형도 일도의 눈에 느린 화면처럼 전개되었다.

"대장."

한주먹에 사람이 죽을 정도로 위력이 있는 권술을 가진 탓에 철권무적이라는 별호가 붙은 곽도였다. 한 번도 패한 적이 없는 그의 주먹에 정통으로 맞은 것이 분명하였다. 저 정도로 날아갔으니 사망 아니면 중상이 틀림없었다. 번쩍 정신이 들었다. 천하 백성을 태평하게 하

자던 약속도, 반드시 이긴다는 약속도 한주먹에 날아가 버리고 말았
다.

'일도야, 천하 백성을 편하게 만들 수 있도록 세상을 주물럭거리는
사람이 되자.'

목풍아가 의기양양한 얼굴로 일도와 다짐을 하던 모습이 눈앞에 선
하게 그려졌다. 갑자기 뜨거운 눈물이 주르르 흘러내렸다.

"그러게 오괴와 독돈 형님을 기다리자니까… 힉… 힉."

흐르는 눈물을 닦으며 허겁지겁 노를 저어 섬으로 가던 일도가 고개
를 돌려보니 수적들도 술렁이는 모습이 역력하게 보였다. 몇몇 수적들
의 배가 움직이며 바위섬으로 다가오기 시작하였다.

"힉… 힉… 대장, 대장. 이긴다고 큰소리치더니…… 힉… 힉… 다
글렀네."

손등으로 눈물을 닦으며 열심히 노를 저었다. 이제는 죽는 일밖에
안 남았다. 대장이 한주먹에 날아가 버렸으니 어떻게 죽느냐? 수장되
느냐? 어육이 되느냐? 생각하니 눈앞이 깜깜하였다.

고개를 들어보니 목풍아가 일어나고 있었다. 일도는 눈이 휘둥그레
졌다.

이 장 밖으로 나가떨어졌던 대장이 가슴을 툭툭 털면서 일어나고 있
었기 때문이다.

"힉… 힉… 대장."

일도는 몸에 소름이 저절로 돋고 경련이 일어났다.

목풍아는 아무렇지도 않은 듯 몸을 털며 주먹을 뻗고 서 있는 곽도
에게 천천히 걸어가는 것이었다.

"대장, 가지 마세요. 기다리세요."

일도가 손을 모아 소리를 질렀지만 목풍아는 성큼성큼 다가가고 있었다.

"힉… 힉……."

일도가 노를 빠르게 저어 바위턱에 닿아 고개를 돌리니 수적들이 새까맣게 섬을 향해 몰려들고 있었다.

"젠장."

박도를 꼬나 잡고 목풍아에게 건네받은 해독약 단지를 감싸 안고는 바위턱으로 달려가기 시작하였다. 뒤따라 바위턱에 닿은 수적들이 일도를 잡기 위해 달려오기 시작하였다.

숨이 턱에 닿은 듯하지만 일도는 목풍아가 걱정이 되어 바위 위에 간신히 올라섰다. 뒤를 흘깃 바라보던 일도는 수적들이 멍하게 서 있는 것을 발견하였다. 쫓아오던 수적들이 멍하게 한 지점을 응시하는 것을 보고 일도의 시선이 그곳으로 향하였다.

"헉."

일도는 자신의 눈을 의심하였다.

바위 가운데에 곽도가 무릎을 꿇고 앉아 있었으며 그 앞에 까까머리 목풍아가 뒷짐을 선 채 곽도를 내려다보며 서 있었기 때문이다.

"이거 어떻게 된 일이야?"

일도는 꿈이 아닌가 싶어 자신의 눈을 몇 번 비비고 다시 보았다. 그대로였다. 믿을 수 없어 이번에는 자신의 볼을 꼬집었다. 아픈 것을 보니 꿈이 아니었다.

"어떻게 된 일이지?"

일도는 믿을 수 없어 몇 번이나 눈을 깜박거렸다.

두 사람이 마주치는 순간이었다. 목풍아는 바늘을 쥔 손을 휘저어 곽도의 정신을 흐트려 놓은 후 강력한 추풍각으로 곽도의 두 다리를 잇달아 밟아버렸다.

와지끈—

발등의 뼈가 부서지는 순간 곽도가 이를 악물었다.

'속았다.'

목풍아가 곽다혜에게 극심한 치욕을 준 것은 바로 이 때문이었다. 수치가 극이 되어 원한이 되는 허점을 노린 것이다. 목풍아는 독을 조제할 줄 모르는 사람이다.

더구나 그가 열흘 남짓 배운 무공은 다리를 노리는 추풍각이었다. 백전노장의 수적 두목을 상대로 반드시 이기려면 상대방의 장점을 무위로 만들고 자신의 장점을 최대한 유리하게 작용시키는 길밖에는 도리가 없었다.

더구나 실전 경험이 없는 목풍아에게 이번 싸움은 무모한 싸움이었다. 필승의 전략은 심리전밖에 없었다.

목풍아는 곽다혜에게 사무치는 수모와 모욕을 주어 그녀에게 증오심을 심어주었다. 시간이 흘러 얼마 전 농가의 헛간에서 독침으로 공격할 것이라는 말을 흘려주곤 곽다혜를 놓아주는 과정에서 은근슬쩍 바늘을 보여준 것이다.

원한이 깊은 곽다혜는 그 정보를 아버지 곽도에게 전해주었고 곽도는 독침을 방비할 수밖에 없었다.

백전불패의 강력한 싸움꾼이었지만 모든 것을 되찾아야만 하는 한판의 싸움에서 전체를 바라봐야 할 시선은 어쩔 수 없이 독침을 들고 있는 손으로 갈 수밖에 없었던 것이다. 그 결과 상대방의 수법

을 보지 못하게 되었으며 목풍아의 통렬한 일격을 당하게 되었던 것
이다.

"이놈."

그러나 그 역시 실전 경험이 많은 철권무적 곽도였다. 발이 밟히는
순간 즉시 소매를 붙잡으며 오른 주먹으로 목풍아의 가슴을 강하게 때
렸다.

깡—

둔탁한 소리와 함께 목풍아의 신형이 허공으로 떠올랐다. 마침 한
번의 공격이 성공하여 발끝을 차며 추룡보를 밟아 뒤로 물러나려던 순
간 주먹을 맞았던 것이다. 주먹의 강한 위력에 목풍아는 이 장이나 넘
게 날아 바닥에 떨어지고 말았다.

한동안 정신이 멍하였지만 큰 상처를 입은 것은 아니었다. 숨 쉬기
도 불편하지 않았다. 목풍아는 이곳저곳 먼지를 털다가 고개를 젖혀
크게 웃었다.

"와하하하. 어쨌든 성공하였군."

추풍각이 적중하여 발등의 뼈가 부러진 소리를 들었으므로 목풍아
는 겁없는 사람처럼 곽도에게 다가갔다.

곽도는 상대방이 자신의 주먹에 맞고 죽었으리라 생각하다가 멀쩡
한 것을 보고 눈이 휘둥그레졌다.

'이럴 리가 없는데……'

중상을 입었을 것이라 생각하였다. 철권무적이 빈말이 아니었으나
지금 이 순간 빈말이 되고 말았다.

"이 자식, 죽여 버린다."

한 걸음을 떼는 순간 발과 종아리에 극심한 통증이 밀려들었다. 고

개를 숙여보니 두 발등이 퉁퉁 부어 시커멓게 되어 있었다. 발등의 뼈가 완전히 부러진 것이 틀림없었다. 수영을 하고 오느라 맨발이 되어 있었던 터라 상대방의 공격이 더욱 효과적으로 먹혔던 것이다.

"흐흐… 완전히 당했군."

얼굴을 찡그리고 있으니 목풍아가 세 걸음 뒤에 서서 웃으며 말했다.

"이봐, 나를 이길 수 있겠나? 자신이 있다면 다시 한 번 싸워보자구."

"이 자식, 죽여 버린다."

곽도가 이를 갈며 성큼성큼 걸음을 옮기다가 갑자기 무릎이 꺾이었다. 발등의 뼈가 우직거리는 소리와 함께 극심한 통증이 밀려들었던 것이다.

걷고 싶었지만 걸을 수 없었다. 다리에 힘을 줄 수 없으므로 더 이상 싸울 수도 없었다.

목풍아가 말했다.

"자존심 부려서 걸었다가는 절름발이가 되거나 두 발을 잘라야 될지도 몰라."

곽도는 사색이 되어 몸을 부들부들 떨었다.

'이, 이럴 수가…… 불패의 내가 저런 애송이에게……."

단 한 수였다. 단 한 수 만에 백전무패의 철권무적 곽도가 무너져 버린 것이다. 이것은 완벽한 패배였다. 한 번도 져본 적이 없었기에 그 허탈함이 온몸을 관통하는 것 같았다.

"이봐, 세상은 넓다구. 너는 작은 소호라는 우물에 사는 개구리에 불과해. 너무 늦게 깨달았을 뿐이지."

대꾸할 수조차 없었다. 애송이에게, 그것도 한 수 만에 무너졌으니 할 말이 있을 수 없었다. 누구에게 변명을 해봐도 통할 수 없는 완벽한 패배였다. 목풍아가 팔짱을 끼며 말했다.

"자, 누가 이긴 것인가? 사내들끼리 이야기해 보자. 누가 이겼나?"

곽도는 한숨을 내쉬었다.

"그대가 이겼다. 내가 졌다. 나는 우물 안의 개구리였다."

곽도는 천천히 무릎을 꿇었다.

당연히 아버지가 이길 것이라 생각하던 곽다혜의 두 눈이 휘둥그레졌다. 어떻게 된 일인지 알 수 없었지만 곽도의 옆에 달려와 무릎을 꿇고 손을 모아 빌었다.

"대협님, 아버님을 살려주세요. 제가 잘못했으니 아버지를 살려주세요. 모두 제 탓입니다."

"걱정 마라. 나는 호걸을 죽이지 않는다."

목풍아는 고개를 끄덕끄덕하였다.

이때 일도가 허겁지겁 다가와 눈물을 흘리며 목풍아의 몸을 살폈다.

"힉… 힉… 대, 대장, 괜찮으세요?"

"사내자식이 울긴 왜 울어?"

"히… 힉… 대견해서요. 힉…… 자랑스러워서요. 정말 대단하세요. 대장… 힉……."

목풍아가 일도의 어깨를 탁 치며 말했다.

"자식, 나를 믿고 따라준 네가 더 자랑스럽다."

일도가 감격에 겨워 목풍아를 껴안았다.

"대장, 힉… 힉… 정말… 대장은…… 힉…힉……."

목풍아는 일도를 가볍게 밀어내고 바위섬에 하나둘 올라와 둘러서 있는 수적들을 바라보며 말했다.

"자, 너희 전 대장이 나에게 무릎을 꿇었다. 나에게 도전할 사람 없는가?"

잠시 정적이 흐른 후 나이가 지긋한 수적 하나가 무릎을 꿇었다. 그 옆에 있던 수적이 무릎을 꿇었다. 이내 하나둘 수적들이 차례로 무릎을 꿇기 시작하였다.

삽시간에 모든 수적들이 무릎을 꿇었다. 수룡방을 혼자서 무너뜨린 것이었다. 일도는 자신의 눈을 믿을 수 없었다. 목풍아의 말이 사실이 되어버린 것이다. 불가능한 일을 가능하게 만드는 목풍아가 바로 자신의 대장이라는 것이 자랑스럽게만 느껴지는 일도였다.

목풍아는 곽도가 타던 대장선에 위세 좋게 올라 연화보륜원이 있는 섬으로 향하였다. 곽도는 목풍아의 배려로 두 번째 선실에서 치료를 받고 있었다. 수룡방은 목풍아에게 넘어가고 곽도는 이미 목풍아의 부하가 된 다음이었다.

대장선의 누각 가운데 있는 큰 의자에 앉아 위세 좋게 넓은 호수를 바라보고 있으려니 눈치를 살피던 일도가 입을 열었다.

"대장, 물어보고 싶은 것이 있는데요?"

"뭔데?"

"아까 철권무적의 주먹을 정통으로 맞았는데 어째서 이렇게 멀쩡하신 서쇼!"

목풍아가 좌우의 눈치를 살피다가 씨익 웃으며 웃옷을 살짝 열었다.

시커먼 무쇠 갑옷이 옷 안에 살짝 보였다.

웃옷을 닫고 일도의 귀를 당긴 목풍아는 들릴 듯 말 듯한 목소리로 말했다.

"일찌감치 대장간에 주문하여 가슴에 대는 무쇠 갑옷을 만들어 입었지. 그런데 얼마나 주먹이 센지 한주먹에 갑옷에 금이 가고 말았지 뭐냐. 철권무적이라더니 무쇠 갑옷이 없었다면 한주먹에 죽을 뻔했다. 휴~ 일도야, 언제 틈을 봐서 아무도 모르게 갑옷을 호수에다 던져 버려라. 부하들이 알면 개망신이니까. 알겠지? 이건 비밀이야."

'그럼 그렇지.'

한 치의 빈틈도 용납하지 않는 목풍아를 누가 이길 수 있겠는가.

일도는 위풍당당하게 소호를 바라보는 목풍아의 뒷모습을 바라보며 소리 죽여 비웃었다.

"이히히히—"

목풍아는 일도의 비웃음 소리를 듣고 눈을 흘겼다. 일도가 아무렇지도 않은 듯 하늘을 바라보았다.

목풍아는 품속에서 일산안경을 꺼내 쓰고 자리에서 벌떡 일어나 소호를 바라보며 소리쳤다.

"이런 빌어먹을 늙은이들…… 가만히 보면 은근슬쩍 나를 어린애 취급하는 것 같단 말이야. 명령을 내린 지가 언제인데 오지 않는 거야? 내일까지 도착하지 않으면 가만 놔두지 않을 거야."

"대장, 내일까지 오지 않으면 어쩔 건데요?"

"와하하하. 오괴에게는 여자들을 상으로 내려주고, 독돈에게는 그 방 앞에서 가만히 지키고 있으라 하지 뭐. 와하하하. 생각만 해도 재미있지 않냐?"

"에헤헤헤. 그렇네요, 대장. 에헤헤헤."

"좋아, 좋아. 내일까지 오지 않으면 두 사람은 지상의 지옥을 구경하게 되겠지. 와하하하하.”

　호탕한 신임 수룡방의 방주 목풍아의 웃음소리가 소호에 가득 울리
었다.

『목풍아』 4권에 계속…